子川 著

夜长
梦不多

中国书籍出版社
China Book Press

图书在版编目（CIP）数据

夜长梦不多 / 子川著. — 北京：中国书籍出版社，2018.8（2023.7重印）
ISBN 978-7-5068-6959-1

Ⅰ.①夜… Ⅱ.①子… Ⅲ.①散文集—中国—当代
Ⅳ.① I267

中国版本图书馆 CIP 数据核字 (2018) 第 167791 号

夜长梦不多

子 川 著

图书策划	牛 超 崔付建
责任编辑	成晓春
责任印制	孙马飞 马 芝
出版发行	中国书籍出版社
地 址	北京市丰台区三路居路 97 号（邮编：100073）
电 话	（010）52257143（总编室）（010）52257140（发行部）
电子邮箱	eo@chinabp.com.cn
经 销	全国新华书店
印 刷	三河市华东印刷有限公司
开 本	650 毫米 × 940 毫米 1/16
字 数	285 千字
印 张	17.75
版 次	2018 年 8 月第 1 版 2023 年 7 月第 2 次印刷
书 号	ISBN 978-7-5068-6959-1
定 价	68.00 元

版权所有 翻印必究

目录

第一辑　故里杂忆

古运河畔的少年　/ 002

高邮西北乡　/ 005

我在高山上望船沉　/ 009

年夜饭　/ 012

新米饭　/ 015

想起那些日子　/ 020

大麦烧　/ 023

曾　经　/ 026

琴　韵　/ 029

1970年夏天　/ 032

习书初蒙　/ 041

卢全芳　/ 045

母　亲　/ 051

在 1996 年回忆 / 059

第二辑　岁晚杂谈

岁晚杂谈 / 082

夜长梦不多 / 085

关于读书 / 088

我将离去 / 091

无端的寂寞 / 094

秋天的情绪 / 096

少年的狂妄 / 099

无枝可栖 / 101

第三辑　河西杂记

石头城漫步（断章十四） / 106

诗歌与一座城市 / 126

高邮人心中永远的汪曾祺 / 138

我的老师 / 143

那碗碎了 / 148

社员都是向阳花 / 151

猫啊猫（十章） / 154

第四辑　书蠹杂论

三读《人老莫作诗》 / 180

我和一株顶高的树并排立着 / 193
关于新诗的多余的话 / 202
现代汉诗的四种阅读 / 212
生命中不能承受之重 / 225
在岁月的版图上 / 232
当精神价值被消解 / 240
"快"的盲区与切片扫描 / 247
穿越生死边界的一脉香火 / 253
一定有一枚棋子不能被移动 / 262
人将何处去 / 271
小题可以大作 / 275

第一辑 故里杂忆

紫金文库

古运河畔的少年

　　古老的运河，从故里的旧宅旁流过。站在我家大门口，可以看到运河堤岸，一道很高、很宽的堤岸，被修筑成一条沿运河弯曲、贯通南北的公路。

　　小时候，我们并不知道这是一条了不起的河流。只知道我们得从这里担水回家吃和用，挑一对木桶，后来也用过白铁皮敲成的水桶，沿着石阶爬上河堤，穿过公路，再沿着石阶下到河边。从水边舀起两桶水，扭扭歪歪地担回家，倒进一口大水缸。

　　河边石阶上，有许多妇女在汰洗衣服。她们挽着裤腿，站在水里，用捶衣棍，捶打浸在水里的衣服，溅起许多水花。傍晚时分，夕照映着那些水花和穿花布衫的洗衣女的脸，有一种难名其状的美。

　　运河和它的堤岸，是我们一帮孩子的乐园。

　　放学后，我们一般不会直接回家，背着书包一个个上了运河堤。

夜长梦不多

运河堤两侧坡岸，生长着大片大片的紫穗槐丛，从春天开始，钻紫穗槐丛捉迷藏，玩中国美国游戏，占据了我们几乎所有课余时间。当然，这还得感谢当年的教育制度，我不记得我们上小学时有过家庭作业。印象里，放学了就是玩，玩，玩，运河和它的堤岸，是我们的最大的游乐场。

夏天，学校里放暑假，我们会整个下午泡在运河里。

家长和老师一般都会提一些要求，从时间到地点，限制或规范我们下河去游澡。然而，没有任何用处，毕竟大人有大人的事情要做，谁也约束不了我们。整个夏天，我们都属于运河。

一群喜欢弄水的光屁股蛋儿，在水里扑腾，在岸边一溜烟地跑，惹得水边的女孩子大声惊叫。那些洗衣的妇女则不屑地瞥过一眼，瞥得这帮小男生不好意思地又钻进水里，把光屁股藏起来。运河里航行着长长的拖驳，一般是一个轮船头拖着十来只驳船。河运时代，这是运河的一大景观。

在夏天，这些拖驳在经过我们嬉戏的河段时，会进入警戒状态，河边一大群光屁股，远远地冲着拖驳一批批游过去。一大片让人看花眼的头和手，在运河里拨弄水花，靠上驳船后，从船帮爬上那些吃水很深的驳船。这时，长长拖驳的船帮上，猴着一溜边的光屁股。

也有一些满载的拖驳，担心出事故，会有船员来驱赶。船员所到之处，只听得一阵阵"扑通"声，那些个光屁股下饺子一样跳到水里，得意扬扬地开始返航。

夏天过去，秋天也过去，冬天能有多长？孩子渐渐长大，出门了。远行的汽车，行驶在运河堤岸公路上，运河水在公路的一侧，送我们一程又一程。

紫金文库

许多年后,重返故里,想起少年的梦,原来枕在这样一条河流上。我在《古运河》一诗中写道:

> 古运河是一条远行的路
> 一个少年经过这里走向远方
> 两岸丛生的紫穗槐
> 沿运河流向开着紫色的花朵
> 一年一度,向远行人举起绿色的手臂

高邮西北乡

《高邮西北乡》是一首著名的高邮民歌,被列入国家级非物质文化遗产名录。西北乡到底在高邮的什么方位?到今天我还是没有弄明白。

不过,我每次听到这首民歌,头脑中立即出现这样一个里下河农村的画面:一大片低凹的水田,生长着慈菇、荸荠、茭白,水田之上,有三三两两的鸥鸟和稻鸡,呱呱地飞。

沿田埂或干渠走不多远,就会有一条小河,横着,把田岸隔断,小河里,生长着菱、荷和一种叫水浮莲的植物。

河上,横着比板凳面宽不了多少的独木桥,行人得努力保持着身体平衡,上桥,下桥,然后长舒一口气,跨上河岸。还有一种横跨河面的水槽像另一种意义上的桥梁,水槽里,用来灌溉的渠水,涓涓地流。行人得像跨栏一样,踩着流水上面间隔两三尺的一根根木楞,踮着身子通过水槽,小心翼翼地跨过最后一格,再纵身一

跃，带着一种越过险境的轻松。

更多的小河没有桥梁，有渡口，一条小船横在渡口，小船边上大都钉了一个缆绳，船夫只须牵动船旁的缆绳，即可渡到彼岸。

还有一些无人渡，真正"野渡无人舟自横"，由来往行路人自助通行。毫无疑问，这样的里下河农村真实存在过。

在我记忆中，这幅画面里，还应当有头顶上热烘烘的太阳。路边，偶尔有一排。稀稀落落的树，所谓的路是干渠的圩堤或田埂，两个小孩，一个女孩，一个男孩，一前一后，有时走在田埂上，有时走在渠道上。如果给这画面上考虑一种音乐背景，那无疑就是《高邮西北乡》的民歌调调……

2009年6月5日，高邮大剧院，四幕音乐情景剧《我的家乡在高邮》正在上演，《高邮西北乡》音乐在剧院回荡。音乐声中，岁月流逝，当年的小男孩几乎成老人了。当年的小男孩，突然有了一种冲动，想走进40年前的画面里去看看。毫无疑问，要实现这想法是有难度的。

当他开始专注想起这幅画面，记忆存储器残存的信息已不多：张轩公社的东角灯，还有一个高家大队，再就是三姐妹里的老二，嫁的对象属龙，当年似乎才16岁，对了，还有一个信息，那就是嫁过去的人家，公爹是一个板罾取鱼的。

6月6日是个星期六，一辆小车载着我驶向40年前的水乡画面。东角灯是很容易找到了，而42年前的女孩就不容易找到，尤其是在姓名和嫁到谁家也不知道的前提下。因此，当我在东角灯村庄上，一问起这个40年嫁到这里的小新娘子，几乎所有人都笑了。他们说，哪有这样找人，这样找人怎么能找得到？我虽然找人心切，也有几分固执，也还是为自己的鲁莽不好意思起来。

夜长梦不多

这件魂萦梦绕的往事，叙说起来其实也简单。40年前，我作为小新娘的娘家亲戚随母亲来东角灯吃她的喜酒，当年的农村婚嫁早，印象里我和新郎、新娘差不多大。还有，不知道为什么，我母亲和新娘的母亲吃完喜酒先回去，而把我留在新郎家。这就有了后来始终在回忆中萦回的画面：一个女孩和一个男孩，一前一后走在水乡田野上。一个女孩的说法其实不准确，事实上送我一程又一程的是一个小新娘子。

我记得小新娘子送我回她娘家，送过一条小河，又一条小河，走过一座小桥，又一个小桥，渡过一个渡口，又一个渡口。最后，她告诉我，再往前没有河道了，向前再向左一拐，就到她娘家了。她还说，小舅舅，什么时候等我们单过了，你再过来玩。

我是她娘家亲戚，辈分比她高，尽管她年龄比我大，已经嫁人。她说的单过，我当时的理解是她刚嫁人，跟公婆一起生活，招待客人什么的自己做不了主。不过，我始终记住的却是她送我走了很长很长的水乡路，为了过桥过渡的安全，她似乎还不时用手搀扶着我。那天的阳光那么灿烂，水田有如一面面镜子，一个清秀纯清、喜气未褪的小新娘子，送一个小男孩走在水乡田野上。

事实上，在她记忆中，我这个小长辈以及来吃她喜酒的事都记得起来，唯有送我离去的这一节，她记不清楚了。说到这里，大家都明白了，凭着那些已经不完整的记忆残片和断简式的信息，在高邮朋友的帮助下，我竟然找到正在农田忙夏收的她。

这时，单凭外貌已无法让我们相互辨认，是语言和语言提示出来的相互关系，让她很容易想起了我的身份，她叫我一声小舅。我确实是个小舅，她比我大三岁，比她的丈夫大两岁。我们从田里往她家里走，一路走，一路说话。我们说了许多彼此记得起来的话

题,比如她母亲,我母亲,她的姐妹,还有我们彼此想了解的话题。只是,当我说起当年她送我离开,走过了一条条小河的事情,她定了定神,然后不好意思地对我说:"我想不起来了。"

记不记得起来,一点也不能影响我的激动,是的,记不起来其实很正常,在岁月糙石的打磨下,什么东西还能那么经久。40年后看水乡,水乡的水面似乎小了许多,水乡的面貌也大不一样。可是,插秧季节,白鹭依旧在秧田上下飞,它们没有改变,还有水里生长的莲荷和菱角,也没有改变,改变的是在这里生活过的人,时间改变了我们的容貌,却改变不了记忆中那一份美好的情怀。

夜长梦不多

我在高山上望船沉

这是从里下河民歌里听来的一句词。

1970年夏天,我插队所在的里下河农村发大水,所有河流的水位都高出地面。稻田成了汪洋,水稻的秧苗在水下挣扎,水面上只能看到它探出来的头尖尖儿。这时候,所有通向圩内的堤坝、闸门,都被封堵,三车六桶,全集中到圩堤上。人们手舀、脚踩,千方百计要把圩内的水弄到圩外。

这时候,暴雨一直在下,苍天像漏了一样,谁也堵不住它。好不容易弄出去的水,又被暴雨一下子弄了回来。稻秧们依旧被闷在水里,似乎已经没了呼救的力量。雨中,大圩子上一排边架着水车,日夜连轴,歇人不歇车,脚踩车轴声,车头水花声,还有敲着锣鼓点儿的民歌声,24小时不间断。到夜晚,车头,插着水筹(随着车轴转动而旋转的一种计时工具)的方向吊着一个桅灯,远远望过去,长长一条圩子上,挂着一排长龙似的怎么也看不到尽头的星

星。这就是惊天地、泣鬼神的里下河地区的抗洪排涝。

民歌用锣鼓伴唱，我不知道别的地方是否也有？在里下河，也只有车水时才用得着锣鼓。里下河有唱秧歌的，有打牛哞哞的。插秧和用牛都是腾不出手的农活。踩水车就不同，踩水车的农民，手掸在车杠上保持平衡即可，脚在车轴上"行走"，"走"那总也走不完的路。掸在车杠上的手正可以用来敲锣鼓。

车水锣鼓，可说是里下河农村特有的民歌，当年抗洪排涝用人力水车排水时，经常会听人唱它。唱锣鼓小唱的歌手，可是里下河农村的稀缺人才，因为唱锣鼓小唱，不仅需要有副好嗓子，会唱民歌，还必须首先是一个强劳力。踩水车是强体力劳动，不要说24小时连轴转，哪怕是踩完一筹子水，换下来的汉子们也会气喘咻咻。所以，虽然大圩子上有成百上千的水车，总是哑车居多。好在歌声传得远，一个车上的唱起锣鼓小唱，会让方圆百米的人都听得清唱词儿。

民歌有许多唱词儿。可1970年的歌手们，他们的选择性却很窄，因为有许多词不能唱，也不敢唱。用旧调填上一些有着政治内容的新词，在音步节奏上总有些勉强，唱起来，经常会磕磕碰碰。有一个老歌手，我记得他的名字叫王德风，1970年他的体力还能允许他上大圩，王德风不唱新词，也不唱那些明显不合时宜的旧词。大水淹没了1970年夏天，脚下的土地全部沦陷。王德风已显老弱的身形掸在水车上，狂风，暴雨，圩堤上平日霸壮的大树，也好像变得孱弱，可车头的水花声，"叮叮咚，叮叮咚"的锣鼓声，却显现几分倔强。这时，我听到王德风唱出："问一声有谁来补苍天，我在高山上望船沉……"

民歌的词儿，有些是套用现成的旧词曲，搭配上每每就不那么

夜长梦不多

工整，有时甚至有点无理，这两句词显然就有套用旧词曲的嫌疑，搭配上有欠工稳。不过，面对天上倾盆大雨，面对身后一片大水，这两句套用的词曲竟有了无理而妙的效果。当年我年纪小，对文字的理解能力差，尤其是这句"我在高山上望船沉"，总觉得有那么点置身事外的意思。然而，王德风的唱腔，苍凉，嘶哑，拖长的音韵中深藏了诸多无奈。

许多年后，想起王德风的歌韵，才明白"我在高山上望船沉"其实有一种彻骨之痛。高山距离水面遥远，在这里，它象征着某种阻隔，因为这种阻隔，人们面对沉船，除了眼睁睁看着它沉到水底，却没有任何办法。赖以生存的家园被洪水淹没，正在生长的粮食眼看要颗粒无收，人们已经竭尽全力了，却无力回天。眼睁睁地，望着承载生命的船一点点沉没，天底下再没有比它更令人痛心的事了。

1970年的洪水早已成为往事，一种苍凉感伤的东西却永远留下来。

今天，每当我看到我所热爱的美好事物，日趋毁亡，却谁也无法阻止，更无法挽回，我又会想起王德风的苍凉、嘶哑的长腔："问一声有谁来补苍天，我在高山上望船沉……"

年夜饭

进入腊月,车来船往,熙熙攘攘,肩负手提,行路人几乎都是冲着吃年夜饭而走在回家的路上。由此可见,年夜饭在民族传统里有多重要。

在我的记忆中,我曾经有差不多十年时间,并没有回家过年、吃年夜饭。那是二十世纪七十年代的事情,当时我插队在高邮农村。那时,提倡过一个"革命化春节"。不过,对我来说,不回家过春节、吃年夜饭,倒不全是"革命化"的缘故。我当年还小,许多事弄不明白。不能回家过年,是因为我当时负责大队文艺宣传队兼琴师,而文艺宣传队则需要在大年初一就深入到各个生产队搞演出,在社员嘴里,文艺演出通常被叫作"唱文娱"的。大年初一到各生产队"唱文娱",大约就是农村过"革命化春节"的一种标志吧。

这样一来,我的年夜饭就变得无所谓起来。

夜长梦不多

当时在农村,我单身一人,住着两间茅草房,吃饭、洗衣都是自己打理。年夜饭与平时的晚饭,对我来说,唯一不同是自己为自己烩了一头盆慈菇烧肉,还有一钵子炒芹菜。

农村的夜原本很静,年夜尤其静。距我草房不远处的村庄,阖家团聚喝酒的嚣闹声和小孩鸣放小炮仗的零星炸响,时有传来。这些都加剧了我的草屋里盛着的静。如今已回忆不起来,当年那一个个年夜到底是怎么过来的。在那些静夜我又想了一些什么。

有一个年夜是在另一个农民家度过的。他叫郭玉山,是13队的一个青年农民。我当年插在11队。郭玉山属龙,比我大一岁,前一年已经娶了新媳妇。他也喜欢拉二胡,我们去他生产队演出时,他喜欢坐在我旁边,听我拉二胡,演出结束时,他会把我的二胡拿过去,来一段小调。

他的二胡似乎比我拉得好,可他始终认为我的二胡比他拉得好,这就有了点惺惺相惜的意味了。他长得挺俊,圆脸,一笑有两个酒窝塘儿。他喜欢写点小唱词之类文字,这在农村青年中不多见。这就使我们很投缘。这一年是他结婚后跟父母分开居住的第一年,他邀请我去他家吃年夜饭。

那是一个难忘的年夜。他的新媳妇给我们俩忙年夜饭,我跟他一人一把二胡,合奏。

我记得我拉正弓,他拉背弓,(二胡合奏必须调不同弦,正弓的外弦与背弓的内弦同音),从扬剧《梳妆台》《八段景》到小调《拔根芦柴花》《剪剪花》,再奏《芦江怨》《孟姜女唱长城》一些悲调。

他媳妇说,大过年的,不要拉这种悲调。大过年的,确实是不太适合拉悲调。然而,有那么一会儿,忽然就感伤起来。后来,我

们又喝开酒。是黄酒，入口有点甜，却有后劲。

半小碗黄酒喝下去，头就有点飘，我的眼睛比刚来时胆大许多。也就是那时，我才算是真正看清楚郭玉山的新媳妇。此前，我一直不敢正眼看她，只用眼梢飞快一掠便闪开。

他的新媳妇很漂亮，梳着长辫，额前分着刘海，果子脸，丹凤眼。他们俩新婚不久，正情浓之际，有时会趁我不注意，在桌边做点不伤大雅的小动作。令人羡慕不已。

从那个年夜后，我常常会想起成家的事。从年龄角度，农村里我一帮年纪的青年人，大都娶亲生子了。可我竟不能。想起成家我总会想起郭玉山他媳妇来，就想，如果有一个如她一样的村姑，结婚过一辈子，应该是幸福的。

郭玉山媳妇小名扣珍，学名凤琴。许多年不见，今天的她大约当婆婆或者外婆了吧。

夜长梦不多

新米饭

有一个时期经常搞一些忆苦思甜活动。这年代已经一去不复返。如今人们有兴趣的话题是一身衣服几大千,一双皮鞋几大百。

新米饭显然不是忆苦思甜活动的节目。忆苦时新米饭太好,思甜时新米饭又太一般化,我记得我参加过的所有的忆苦思甜活动,最后似乎都以大膘肉和猪下水作甜的象征,来画句号。不过,我所说的新米饭虽不比当年的大膘肉诱人,也同样不可多得,尤其在日渐好过起来的今天。

粮油市场放开前,粮店里供应的全是老陈米,所谓"深挖洞、广积粮",粮食越积越多,锅碗里的米就越吃越陈。充饥固然很好,从美食角度就不那么回事。

我有个朋友在粮库工作,他说就他所在的粮库里,陈谷子烂芝麻最早的堆贮了有近二十年。每年新粮收上来,都往最里面的库房堆贮,然后挑最陈的粮食卖给市民吃。

像某个笑话说的那样：有个会做日子的当家人，在一筐苹果中拣坏的吃，结果是吃了一筐的坏苹果。陈米虽然不太好吃，却比新米涨锅。在那个肚子经常饿得慌的年代，陈米比较受当家过日子的妇女们欢迎。随着市场经济的繁荣，粮食绕过堆贮，产销直接见面，把粮食放陈了再下锅的现象，已不多见。

我不是一个土生土长的乡下人。1969年插队农村前，我曾有幸生活在城市，有着吃定量的城市户口。这种幸运，使得我能够按照定量计划吃上粮店供应的老陈米。

三年困难期间，虽不能按定量满足供应老陈米，也搞一些"瓜菜代"，毕竟有个定量标准在那里。由于定量户口的缘故，那年头作为粮食消费者的城市人口，成为饿死鬼的不多，尽管不少人患上了严重缺乏营养的黄肿病。反倒是那些整日"汗滴禾下土"的生产粮食的农民，过不了粮食关，在灾害面前减员许多。那年头，米饭是极其珍贵的，讲究新米、陈米显然太奢侈。

到了1969年，情形已大不同，虽然尚未到了粮食极大丰富，肚子已经不那么饥，米饭也不再是一般家庭的稀客。

1969年，我来到农村，从一个粮食消费者变成粮食生产者。这是一个根本性的转变。粮食生产者的新米饭与粮食消费者的新米饭，其实不是一回事。这是我走上社会后的第一个认识。

刚到农村那会儿，按上山下乡的政策可以照顾供应六个月的定量。也就是人虽然到了农村，却依旧可以再吃半年的老陈米。那时候我们都把这六个月称作断奶期。这是投生在城市的先天优越性。

我所去的农村，头一年刚好粮食歉收，在这青黄不及的春三月，日子过得稍稍滋润一点的农家，也只有中午一顿锅里碗里能见到米星星，绝大多数人家都是"瓜菜"掺了一些面糊糊，稀罕见到

夜长梦不多

米。这也就是出了名的曾见之于当时中央文件的所谓"瓜菜代"。

当周围的人都在"瓜菜代"时，而我却有老陈米可嚼，这种幸福实非言语所能表达。尤其是到了四月，公社粮站按国家规定也给我断了奶，使我正式加入"瓜菜代"行列，这时再回忆嚼老陈米的日子，该用什么言语来表达自己的感受？这么多年了，我始终找不到一种哪怕相对靠点边的语言。

我当时所经历的"瓜菜代"，其实没有瓜，除非地瓜。地瓜在我们这里叫作山芋。从四月中旬到五月底麦子上场，我"瓜菜代"了近五十天。当然，与贫下中农相比，差距还很大。那时，对米和面这样的精粮，有一种特殊的渴望，我会经常想象着米、面的香味。每天扒食山芋、青菜、萝卜这样一些主食，就像后来吃忆苦饭那样痛苦。为什么会这样？后来我曾不止一次想过这问题，我自己做的结论："瓜菜代"还嫌苦，说明自己还未尝到真正的苦滋味。这时候，再看看老贫农们一个个有说有笑地"瓜菜代"，就觉得向贫下中农学习，这句话说起来容易，做起来其实很难。

麦子登了场，可算有精粮好吃，却是面食里打滚：面条，面疙瘩，面糊糊。老陈米依旧见不着。记得我曾经以30斤面粉跟公社里一个北方来的技术员兑换了30斤老陈米，回家的路上，一个劲笑这个书呆子不会划算过日子，到家后忙忙淘了两三斤米，焖一锅米饭三下五除二地填进肚里。

人啊人，真个是欲壑难填，瓜菜代时想精粮，吃着面食想米饭。从五月到七月中旬，为老陈米我足足害了近六十天的相思病。如今我对朋友说我曾经一顿吃过二三斤干米饭，谁也不愿意相信，总以为我在吹牛皮。我吹这牛皮干什么？提起旧事，酸楚早已淡化，唯一的益处是提醒自己原本是吃过苦的人，在后来的岁月中总

还能经得起一些或大或小的磨难。

新谷登场不是一件突如其来的事。作为一个粮食生产者，从秧苗栽下去到稻子收上来，就像小孩子成长一样是个自然过程。因为老陈米的匮乏，心里便很巴巴地盼着田里稻子快快长，反倒觉得稻子的生长期，特别的长。

终于盼到稻子登了场，我记得头茬稻子割下来，脱出来，清理出来，当天晚上生产队里开夜工，按劳力分到户。

那时节，只见生产队长拎了一杆大秤，会计拿了个工分本，他们共同主持了这个隆重的仪式。生产队场头河边，这时已经停泊了几条小船，一待新稻子分到手，七家八户的便一起将盛着新稻子的笆斗扛上船，将船撑到机米厂，在机米厂排队将稻子轧成米运回家。

我自己的新稻子机成米运回家时，天刚麻麻亮，这已是第二天早晨。这个时间就是我吃新米饭的精确时间。如今回想我到农村收获的第一季稻子，从它登场到变成米饭下肚，中间虽经历了十来个小时，却一点空档也没有。整个吃新米饭的过程，简要概括一下：那就是将稻子割下来，稻把挑到场上，用把筒将稻谷脱下来，用风斗将稻谷扬出来，一一到户后，再运到机米厂轧成米运回家，然后煮成饭，吃下肚。这就是我要说的新米饭。这新米饭自然是不容易吃得到的。

天麻麻亮时，我把淘了的新米放下锅，三五个草把就把锅烧开。这时，新米饭的清香就在屋子蒸腾。那香味是我从未嗅到过的，里边好像有青草香、泥土香，以及一些说不清道不明的香味儿，熏得人心颤颤的，直想哭。

从那一年往后，农村的情形逐渐好转，缺粮现象也基本消除，

夜长梦不多

但到了稻子登场,我依旧保持原先的习惯,新稻子一分下来立即运到机米厂机成新米,然后吃一顿不隔宿的新米饭。这时候我心中迫切的已不是饥饿,而是念着那特殊的新米饭的香味。

如今,回城眼见得已二十多年了,老陈米不知又嚼去了多少。这期间当然也吃过一些从农村带上来的新米,新米比起陈米自然很好吃,只是用它与早年在农村所享用的新米饭相比,差别就很大了。古人云:曾经沧海难为水。这一点我信。二十多年前那一顿不隔宿的新米饭,事实上已断送了我今生今世再享用新米饭的可能性。

想起那些日子

后来,我经常想起在农村的那些日子。想起那些日子,已经感觉不到那岁月的漫长,虽然那是整整十年光阴,是我一生中最金贵的一段岁月。想起那些日子,我有时会哑然失笑,不知道的人看到我陡然地傻笑,以为我大脑有毛病。其实,我大脑一点毛病也没有。我只是一个俗人。

当年插队的时候,我就不像其他知青那样,身上有一种区别于农民的特质,尤其是那些大城市的知青。大城市的知青与我们不同,他们见多识广,去的地方又主要是边境,比如北国南疆,比如北大荒。他们的打的旗号也不同,叫兵团,像部队一样。

而我所在的城市是个小县城,全县六七十万人口,城镇人口占十分之一还不到,其余都是农业人口。让我们下乡插队,只为了让占十分之一还不到的城镇人口更少一些,而让占十分之九以上的农业人口更多一些。我说这话的意思,是想说明我所在城市与农村其

夜长梦不多

实很接近。也许正是这么个原因，下放农村后不久，我身上的城市人的自我感觉很快就消失了。到农村的第三四个年头，我就觉得自己与纯粹的农民已经没什么差别。

这当然是一厢情愿的事，不管我怎样脱胎换骨，农民们并不把我看作是纯粹的农民。比如，我曾经不止一次想在农村里找一个合适的姑娘做老婆。然后，像正宗农民那样生儿育女，传宗接代，自此，子子孙孙当一个地道的农民。我的这一美好的愿望并不为当地农民接受。当地农民都很狡黠，他们对距离他们并不遥远的城市一点不陌生，对城上人的德行也大体了解一二。所以，我只能眼看着身边那些长得稍许像点样的姑娘，一个个从我身边飞走。她们最终成了纯粹农家的媳妇，却没有一个人愿意嫁给我，或者说她们的父母谁也不愿意自己的女儿嫁我这样的人。

她们父母的观点：要么城里人，要么乡下人。像我这样，既不是城上人，也不是农村人，或者说，既是城里人，又是乡下人，就被认为不妥。因为他们很清楚，作为城里人，我身上并没有城里人的长处，比如有定量户口，到月有地方给发粮票，比如有固定工作，到月有单位给发薪水；作为农村人我却保留了城里人的许多弱点，比如要面子，干不了重活计。用他们的话说，"文不似个秀才，武不似个兵"。在他们的眼里，我有点像那种三尾儿蟋蟀，人们都知道，蟋蟀要么二尾要么独尾，三尾就不对了，三尾的诨名叫"油葫芦"，即不公不母不伦不类的意思。

可三尾子也是个生物呀，所以，在农村的最后几年里，我常常梦到娶媳妇的事。城市女孩固然不会嫁给我，退而求其次，农村女孩也不肯嫁给我，虽然我迫切希望娶个媳妇回家过日子。

到后来，农村里跟我差不多大、长得又能看得下去的女孩，差

不多已嫁光,因为乡下论婚嫁的年龄普遍比城里小。除了以上两种女孩,再有便是与我一样下放的女孩,或者叫女知青。"同是天涯沦落人,相逢何必曾相识",这些女孩子对与她们处境相同的男知青,比如我,理应多出一分顾盼之情吧。可她们不。她们自有她们的难处。

一般来说,女孩比男孩的眼界要高出不少,所谓"女攀高亲"说的就是这层意思。所以,当我念念中想娶一个农村女孩做媳妇的时候,她们却大都对农村少年关闭了她们的少女之门。她们扫描我的目光,显然也是不屑一顾的神情。虽然她们知道我并不比她们特别差,问题是她们需要的我必须高出她们一头。

当然,以她们的抱负,大约总得嫁个城里人才好,才符合规律。问题是城里人也不傻,虽说你曾是城里人,如今却是一个货真价实的农村户口。那年头,农村户口可不是随便说说的事情,特别是女性,按照当时的户籍管理规定,小孩从来都是随母亲落户口的。所以,城里人在找对象时,特别要先摸清女方的户口,而拒绝女方介绍人的理由,常常只需道出这么个顺口溜:(这姑娘)丑倒不丑,(可惜是个)农村户口。女方也就知难而退了。

当我在农村待足了十年以后,回到城市,才发现所见到的女知青姐妹们大都没有结婚。这样一大批刚刚回到城市的知识青年,又多了另一个名号:大龄青年。所幸这些大龄青年,倒也没有成为多大的社会问题。当她们到了城市以后,都以短跑速度结了婚,并且在差不多的时间里突击抱上了孩子,弄得那些接收她们的工厂,一肚子牢骚怪话,说,真倒霉!好不容易招一个工人,什么用场没派,得先给她配房子、歇产假,难道厂里前世欠了你们不成!

夜长梦不多

大麦烧

　　大麦烧是一种土酿，走遍酒店饭馆也买不到。回想起来，我还是在农村时喝过它，当年在小城时节，偶尔也能喝到，自然也是从农村里捎上来的。离开小城后，多少年尝不到大麦烧了，偶尔想起来，似乎还能咂出那股特殊的土酿味道。

　　酿酒原不是我们这一带农村常见的副业，也没有多少人懂酿酒工艺。我插队农村的那些年，就没见过农村里开酒坊，农家自己做土酿的。

　　我插队农村的时候，农村还比较困苦，上交国库后留下的粮食，能掺和着瓜菜填饱肚皮，就算是一桩谢天谢地的大幸事，哪敢糟蹋粮食来酿酒？至于后来的那些经营性质的酒坊，当年也为政策所不允。

　　十年插队以后，我又回到城市，进了工厂。一个大圈子划了过来，人生的最为宝贵的青春岁月，已化作汗水、泪水渗进那块我曾

经劳作过的土地。当我再次走近农村,看田里青青的麦苗、黄黄的菜花,看稻田里扬花的穗,竟会有一种特别的血浓于水的情感。

再次走近农村,从时间上说,距我彻底逃离农村不过三四年时间,视角却与先前大不相同。再次走近农村,我是以一个纸厂工作人员身份,到农村来收购造纸原料——麦草。那些年,农村里变化果然很大,这一点上,未在农村生活过的人未必有我体会得真切。作为客人来到农村,主人们用他们的土产来招待我们,大麦烧也正是在这样的场合,首次与我相逢并博得我的欢心。

顾名思义,大麦烧是大麦酿制而成。第一次喝它时会觉得入口时有一股不太好的味道,当地人说大麦烧这酒不上头,就是有点"尾"子。他们说的"尾"子就是我感到的那股近似猫尿的味道。

其实,在后来喝到的茅台一类酱香型的酒时,也大都有这么一股"尾"子。有关大麦烧的酿制工艺我不明了,从它存留的这股"尾"子来看,它大约也属于酱香型罢。不过,喝两三回大麦烧后,你就觉不出它的这股味道了。

大麦烧上桌,并不似其他一些酒,用瓶或坛装了并且封了口。未进主人的屋,你远远就嗅到一股酒香味,说话间,主人用钢精锅或搪瓷盆从自备的大瓮里随手舀出一锅或一盆酒来。

喝大麦烧也不用酒杯酒盅一类的用具,而是排出一些盛饭的碗,大碗、二碗,再不济也给你上小碗。酒也不用斟,拿起碗来就从锅或盆里舀出一碗,锅里盆里被舀完了再从瓮里挖出一锅一盆来。喝酒,也不似通常以三个指头捏酒杯,擎起来,相互之间象征性地碰一碰,然后,停靠在嘴唇边,轻轻地咂一口,从容地发出一声类似赞叹不是赞叹的声音。

大麦烧不是这样的喝法,喝大麦烧是用两只手捧了一个碗,端

夜长梦不多

至眉齐,然后一埋头,对着碗边就是一大口,像夏日里渴了喝水一样。这样喝酒的形式,粗犷得可爱,很有一点上山入伙大块吃肉、大碗喝酒的江湖豪气。

正所谓内容决定形式,倘是茅台、五粮液一类的酒,想来就不宜大麦烧这样的喝法。这样的喝酒,人与人之间感情的交流,也与一般酒席上不同,谈事议事,直截了当,不是用小杯子在空中碰来碰去,讲许多酒经喝很少酒,而是一抬手,一埋头,喉咙发出"咕咚咕咚"的一阵响,酒碗底儿朝了天。

当年,我还很年轻,喝这样的酒,以这样一种方式喝酒,总觉得挺过瘾。我常常想,梁山上那拨好汉聚会时喝的一定是这样的酒。很小的时候,梁山上好汉,曾经是我们的偶像。还有李白的"斗酒诗百篇"。一想到李白豪饮的姿势,以及他酒后诗兴大发的洒脱神情,我就不由自主地想到了大麦烧。显然,大麦烧与梁山好汉,与大诗人李白,是毫不相干的。

这土酿不知今日还有没有。如果再去喝它,是不是还能喝出当年的那份滋味?只能存疑。

曾　经

　　爱萍是一个女孩。曾经，我和她在一个夜里，共同走过一条漫长的路。漫长这词用得有点夸张，从县城里到我下放的农村，大约二十来里路，步行也就两个多小时路程。只因我们肩上担了一副重担，这条路便漫长起来。

　　当年，这条路被我们走走歇歇，走了近8个小时。我们肩上的重担是重100斤（50千克）的酿酒下脚料——酒糟。在乡下，我养了一头猪，酒糟是猪的好饲料。这一担酒糟可是找熟人批条子才能买到的。

　　因为这样一副重担，当然，可能还有一个理由，那就是跟一个与我年龄差不多的女孩一同走在夜里，我们把这夜路走得很长。相对于我这个年龄（这一年我17岁，是下乡不到两年的城市青少年），我显然比周边那些没有插队经历的城市青年，更懂得生活甘苦。

　　我和一个叫爱萍的女孩，在一个春天的夜晚，结伴走过这段路

夜长梦不多

程。那个晚上，我得把一担（100斤）猪饲料从县城挑回我插队的乡下。

爱萍是我邻队的女知青，她在10队，我在11队。爱萍是随父母全家下放农村的。爱萍比我大两岁，是一个初中毕业生，年龄撇开不说，光是初中毕业她比我多读了整整三年书。

我们能够结伴走这段路程是一个偶然。

爱萍在傍晚时候经过我城市里的家，看见了我，问我晚上回不回乡下。我说回，不过得有一担酒糟挑回去。不知为什么她竟然愿意与我同行，并且愿意分担我肩头的重担。那年头，人很淳朴，许多年过后，想想这样的事情，觉得当年的一些事似乎不好理喻。当年，才17岁的我，有一个成分较高、家境又颇为艰难的家庭。这一点，我很有自知之明，且因此笼罩着强烈的自卑之感。这一点，爱萍大约能感觉到。

一个17岁的男孩和一个19岁的女孩，在一个春天的夜晚，走了一条不长也不短的夜路，还挑了一副不重也不轻的担子。

那天，我们之间都说了些什么，如今已经记不大清楚了。我的印象里，春天的夜晚有一股无名的花香与草气，我们经过的路大都是乡间的灌溉渠，也有一些比田埂宽不了许多的支渠，全是土路。路上布满许多雨天被泥脚踩成的脚窝儿，坑坑洼洼。那天夜里，我们两人都不觉得累，从晚上7时到凌晨3时，我们轮流挑着一副重担，步行了二十来里地。如果没有她，我想，我一个人无论如何是走不了这么长的路的，而且还得挑一副重担！

有一点很清楚，我们彼此没有相爱，甚至连相爱前的某种好感也说不上。相爱这个词，无疑是今天回忆往事才使用的，当年我肯定不会用这个词来表达感情，并且对它的含义也不是很明了，因此

想也无从去想。

　　爱萍有一个妹妹叫爱菱，与我同龄，相比较而言，我跟爱菱的关系也许更近一些。可是，那天夜里，不是我和她妹妹，而是我和她一起走过一条漫长的夜路。许多年以后，我经常会想起这样的一个夜晚。

　　大约在那个夜晚过去的两年之后，她已经被招工回城，在一个食品加工厂工作。我又一次在城里遇上了她。她把我带到她所在的工厂去玩，并把我介绍给她的同事。那时她们一批回城的青工都住在单位集体宿舍里，她向她同事介绍我是她同插队一个地方的知青，还特别强调我很聪明，特别聪明。

　　我当时很有点不好意思，为了跟异性的接触，也为了她的夸奖。不过，打那时起，我仿佛明白她其实在心里有点儿喜欢我，或者说喜欢我的聪明气。然而，我们之间什么也没有说过，我们之间从来没有流露过什么。倒是她的妹妹爱菱在她回城过后，开始与我有了过多的交往，并且好像带了那么一点感情色彩。

　　爱萍后来嫁给一个复员军人。爱菱也没有跟我成事。我不明白，爱菱为何跟我没有成事？这个与我同龄的女孩待我其实很好，当时我不明白，甚至许多年后依旧不明白。直到今天写这篇回忆短文时，我才猛然醒悟：原来我是喜欢那个爱萍的，只是我当年不敢表达，也羞于表达。这么说来，爱萍的妹妹爱菱和我之间，原来隔着一个我们都不知道的爱萍。想必是爱萍阻隔了我们彼此再向前跨上一步。

夜长梦不多

琴　韵

　　与琴的一段缘，应追溯到插队的年代。彼时，毛泽东思想文艺宣传队很是流行，社社队队都有那么一支队伍。

　　文艺宣传的载体是歌唱与舞蹈，所以，农民们只将宣传队唤作唱文娱的。宣传队一般自秋后农闲开始唱起，唱完整整一个冬天，唱到来年春耕大生产，告一段落。唱文娱必得有乐队跟着，这一点大概没有什么异议。当年我们的宣传队里的乐队极其寒碜，十几个演员的队伍只有一把二胡。琴师姓黄，操胡琴有年月了。

　　琴系雅事，与棋书画并称四雅，这是日后明白的道理。我们的黄琴师却不算雅，他大字不识一个，面对简谱、线谱像面对天书鬼符。不过，这并不妨碍他担当我们的琴师。

　　黄琴师最大的本领是擅于依声托腔，无论新腔旧调，只要你一唱出声，他便能将琴弓一上一下锯得有声有色。

　　在宣传队这支队伍中，琴师也是其中普通一员，并无特别之处。倘若一定要寻出琴师与众人不同的地方，只有两处：演出时，别人得在场中演唱或不时上场下场，他只坐在边上操琴；换场子时，宣传队在田埂上走成一路纵队，最前面擎了一面红旗，其后，是四件锣鼓家伙，咚锵咚锵地敲过去，再后面，是男男女女的演员，而琴师，总是掖了一把二胡走在最后。

后来，黄琴师竟不辞而别，去了安徽不知什么地方。据说他的三年困难期间逃荒出去的妻，在那里有了下落。那把二胡便由大队革委会主任授我掖着。由是与琴结了缘，属于包办婚姻。也可以说，我是先作为琴师而后开始习琴的。好在当时年少，兴趣容易产生也容易转移，加之琴师那种坐在边上，走在最后的与众不同，亦颇令人向往。

从初识琴弦到勉强成调，再从勉强成调到悦耳、到动听，自有一番勤学苦练的过程。这过程枯燥且乏味。想那琴之雅，必是技成之后方能发现的情趣。练琴之日，弓弦略一摩擦，琴箱中顿时有尖锐器音迸出，凄厉如杀鸡，虽以长筷担于琴箱之上，耳膜亦不堪耐受。日日如是，自信被锯得七零八落，雅趣从何而来？

待到勉强成调，便得出场，坐在场边与场中的演员合乐。初时，技劣加上心怯，常有与演员合不上的时候，演员唱毕下场，脸上便不好看。有的人还会在演出中丢一眼埋怨过来。那时的演出，并没有舞台，只在打谷场上扫出一块光地。没有台上台下，也没有幕前幕后，演出中出丑，可是一点儿遮掩也没有。惭愧之余，唯有归来废寝忘食地"杀鸡"。

若干年后，读书读到"琴令人寂"时，不禁苦苦一笑，当年，我可是"琴令人烦"了好一阵子。

三年文娱唱下来，那一把弓、两根弦，端是驯顺多了，演员与

夜长梦不多

我合时，亦觉得较原先的黄琴师为佳。坐在演出场边操琴，时有老农递一根"大铁桥"或"向阳"牌香烟过来。

掖了一把二胡走在队伍后面的步履也老成许多，虽然这一年我还不到二十岁。向晚时分，打谷场上一坐，弓与弦信手张弛，柔和的琴声便自琴箱溢向暮色里。奏到得意处，直觉得有清凉凉的水，环绕着，说不出的爽然。倘是夜晚，琴声去得很远，思绪尾着琴音袅袅前去，有时竟会忘了演出、观众以及自己，唯有一派宁静，如同旷野。

这大概便是某种境界了。曾经以为"杀鸡"杀到一定火候当能抵达这样的境界，后来发现并非如此。

回城以后，不止一次在剧院欣赏过二胡演奏家的演奏，亦曾购得二胡独奏磁带细细欣赏。论琴技自当佩服得五体投地，而当年打谷场上的琴韵，殊难寻觅。

1970年夏天

1970年夏天，特大的暴雨，昼夜不停，下得昏天黑地。社场上，收割上来的麦子来不及晒出，全泡在水里，发了芽。水稻成了真正的水中稻。那些已经长得有模有样的早稻，和刚刚插秧下田的中晚稻秧苗，都沉在水下，透不过气来。不仅农田，那些高于农田的圩埂以及土路，也一无例外地沉到水下。

1970年夏天，我站在我的茅屋前，站在茫茫一片大水中，茫然无措地望着眼前的一切。身后，茅屋的板门上贴着一副依稀可见新气的春联：身居茅屋，心安天下。我所在的乡村，家家户户的门上都有书写新内容的春联，诸如：人定胜天，其乐无穷；春风杨柳万千条，六亿神州尽舜尧……1970年夏天这些春联已褪了红颜色，大都残缺不全。

1970年对于我，原本是令人向往的一年。1970年带给我一种特别的兴奋。到1970年秋天，我就满17周岁了。17周岁一直是我

夜长梦不多

内心里的盼望。为什么不是18周岁也不是16周岁？我为何如此盼望着17周岁。这里面有点说不清道不明的东西。

许多年以后我才想明白，17周岁原是我渴望中一个仪式，因为到了17周岁，我的知青身份就不再有疑问了。在《杂色》文章里，我曾经说起当年插队时的经历，里面有这么一段话：

> 1968年12月，我既不是老三届也不是社会青年，年龄也小他们两周岁，却轻易就"混"进那支队伍，走上了"上山下乡"的革命道路。且在这条道路上走了整整10年。因为不是正式知青，我也就从来没有参加过什么知青组，下去是一个人，上来也是一个人，就这么简单。对农民来说，我是城上下来的，与土生土长的他们不同，对知青们来说，我年龄小、学历低，不属于知识青年的阵营，与他们也有些不同。而我，就在这两者之间，渡过我青春年少风华正茂的10年。

由于实际年龄不够知识青年这一事实，虽有被街道居委会主任诱骗下乡的前提，总还是觉得自己的知识青年身份有冒充嫌疑。无论是响应"上山下乡"的号召，还是接受贫下中农再教育，对我来说，多少有点名不正言不顺。所以，心里头一直不实在。到了1970年，我终于可以踏实起来。因为，我就将17周岁了。我终于够年龄了。

1970年春天，我开始有了自己的草屋。此前，因为我不是知青小组成员，单凭一个人下乡时那点建房经费不够建成一个草房，所以，在一个社员家里借住了一个冬天，然后又借住在生产队的牛屋

里，住了一个夏秋。

我还记得，第一个冬天过后，生产队的老牛出了屋，它那间越冬用的牛屋就成了我来农村后的第二个居所。虽然，屋子里有一股浓烈的牛尿的臊味，我依旧很高兴，因为借住在社员家里，毕竟没有一个人居住那种自由感。尤其是，我借住的人家有一个与我同龄、长得非常漂亮的村姑，她的名字叫桂兰。

当年，桂兰其实是我选择到这个地方来落户的一个初始动机。这件事我略过不提。由于这样的原因，我住在桂兰家就非常的不自在，这种不自在来自于对她的好感。住在牛屋自有住牛屋的烦恼，而且住不长久，冬天一来，我又得把房子腾给老牛。

这回是住进生产队长家里，生产队长家没有桂兰家房子宽大，我只能在他家堂屋里搁一个临时铺。这就比住在桂兰家也不如了。在桂兰家我住的是一个小厢房，关起门来，还有一个小天地。住在队长家的堂屋，等于住在生产队的会场。生产队开会有两个地方，一个是社场，一个就是队长的堂屋。

来到农村的第二个冬天，我就是住在这么一个地方。队长家堂屋几乎是一个公众场所，我睡的床铺也是一个公众座位，男女老少，人人都可以坐，甚至可以躺下来。这是1969年冬天的事。

生产队长其实也不愿意我住在他的堂屋里，这样，他家等于多了一个守夜人或者设了一个值班室。在家庭的屋檐下，多了这样一个角色，队长家的隐私似乎受到了侵犯。我睡的堂屋与队长夫妻住的房间，只隔一扇不隔音的板壁，对于他们来说，就非常不方便。一个冬天熬下来，我难受，他们比我更难受。于是，1970年开春，生产队决定替我建房了。生产队的决定或许与生产队长的不自在有着至关重要的联系。

夜长梦不多

1970年夏天,是我到农村后的第二个夏天。这时,我的草屋刚建起来不久,从屋顶上的麦草、土墙上的草帘以及大门上的红春联,都可以看出这是两间新草房,尚未褪尽新气。

1970年夏天,我站在我的新屋前,面对白茫茫一片大水,心中一派茫然。也有一种意想不到的惊讶。我惊讶地意识到,我终日走来走去的乡间原来是那样低洼。

1970年夏天,农田里已经看不见庄稼与伺候庄稼的人。挂在榆树梢的高音喇叭也没有了那些声嘶力竭的声音。抓革命,促生产!战天斗地,大灾夺取大丰收!这样一些口号似乎也被狂风暴雨冲击得七零八落。那高音喇叭原来还会播放一些激昂的革命歌曲,比如《社员都是向阳花》《大海航行靠舵手》,也为了暴雨的缘故,断断续续,有一阵竟然哑了很长一段时间。

在一片大水面前,生活中原来一些内容似乎发生了质的变化。曾经喧嚣的一切都已沉寂下来。而这时候的天,是一片漏到底的天,狂暴的雨鞭,噼噼啪啪地抽打着,天地间传出一种奇怪的空洞的共鸣声。

"大雨落幽燕,白浪滔天,秦皇岛外打鱼船。一片汪洋都不见,知向谁边?"我不知道毛泽东主席这首词的具体填写背景。1970年夏天我站在一片洪水面前,忽然想起毛泽东主席诗词及其语境。在一片汪洋一般的大水中,浮在水上的是房屋以及围绕在房屋一周的树木,令人想起孤单,与无助。事实上,许多建筑在老垛基之外的后建的房屋,有很多已经进了水,除了那些垛基筑得很高的老庄台。

1968年冬天,我刚来到这里落户的时候,对那些筑得像城堡一样的垛基庄台,有点不理解,我觉得没有必要把房屋建在一个高高

的小土山上。

1970年的夏天，当我赤脚站在一片大水中，看到那些老庄台上的人可以穿着鞋站在家门前，而门外，暴雨倾泻，庄台下面急流湍涌，终于明白了为什么老埭基要筑那么高！

筑得很高的还有外河沿的圩子，它们像长城也像关防，不过不是用来防寇、防贼，这里，圩子的作用在于防水。

1970年夏天，由于雨水的缘故，圩子外面的汝定河，水位很高，尤显得圩子里面农田的低洼，发大水的时候，站在圩顶上，看看圩外的很高的水位，再看看圩内的很低洼的农田，就会觉得"锅底凹"和"大水缸"这种形容词非常贴切形象。如果没有那场暴雨，我也许不会很在意我所处的地理位置以及这里的水系态势。

这里是一片凹地。地理位置虽不是很偏，中国的中东部，长江以北黄河以南，有一个闻名遐迩的里下河地区。据说这里是中国版图上最低洼的地区。经过这里流向江海的有两条河流，一条是在西边大约十几公里处流过的京杭大运河，大运河也被叫作上河，大运河对于这片土地的功能主要在于灌溉；另一条是东边濒临的汝定河，汝定河通常被人们叫作下河，汝定河的作用则在于排水。

上河与下河，都是外河。在上河与下河之间，还有许许多多无名的河流，在这片像河套的土地上纵横着。

从水系学角度，所谓上河应当是水位更高的河，通常上河（京杭大运河）的水流经这个流域，分流出一部分水用以农田里的灌溉，这地方的灌溉也因此有一个特殊名称叫作自流灌溉。

上河分流下来的水经过内河的河系，流向汝定河（下河），再经过鲁定河流向黄海。从西面的京杭大运河，到东侧的汝定河，这一片土地有着一个通过必要人工调节的自然灌排系统。这一片耕地

夜长梦不多

也有一个特有的名称，叫圩田。

然而，1970年夏天的暴雨让我明白，到了发洪水季节，这一系统就不再受人的调控。上河里的水位因为上游洪峰通过长江的缘故陡涨，这时，所有通向上河的闸门全部堵死了，不仅不能分流，且得防范运河堤防会否决堤。相对于这片土地，运河是一条高高在上的悬河，运河的河床比这里的屋顶还高，一旦决堤，那水流就会像瀑布一样冲将过来。这样的灾害正好用得上一个成语：灭顶之灾。好在这样的灾害并不经常出现。据历史记载，京杭大运河最近一次的决堤是1931年。虽然后来，在1943年，1956年，曾经出现过接近1931年的洪水，却因为有效的防范避免了可能的灭顶之灾。

1970年的夏天，各项水文数据都标志这是一场史无前例的大洪水。与之同时，汝定河即下河的水，一到发水季节就因为来不及泄流而上涨，到了河水上涨到高于内河的水平就会倒灌。

这时，人们能做的唯一事情，就是把汝定河圩子所有通向内河的口子一一堵死，把所有能用于排水的器具集中在圩子上来，动用所有能动用的人力，让圩田里的水翻过一道高高的圩子，排入比圩内水位高出很多的下河里去。

这时候，人们已经无法穿鞋了，事实上从夏天开始，我就没有穿过任何鞋，包括雨鞋。在这场大水面前，我所有的鞋子都已经坚壁清野。民间往往把穿鞋的与赤脚的比作不同的阶层，可是，在1970年的夏天，对于大部分农民来说，鞋已经是奢侈物。

其实不仅仅是鞋。如果你到圩子上，到抗洪排涝的第一线去，你会发现那里汉子们的衣服也全是奢侈物。在汝定河圩子上，我看见了许多不穿衣服、全裸的男人，在那里踩水车。

那些雄性的男子，把全副阳刚交给脚下的水车，他们6个一组

或者4个一组,使劲蹬踩水车。这些都是大队、生产队的头等劳力,全是25岁以上45岁以下的汉子,这里,年纪稍许大一些的或者年龄稍许小一些的,都不能顶在这样的前沿,承受这样的劳累。

这时候,所有圩田地区的水车以及所有能用于排涝的工具,所有强壮劳力,都集中在汝定河的长圩子上。

这时候,你可以看到比任何口号都更激烈的场景。这时候,整个大队的人力水车,都一字长龙地排在圩子的坡子上,每一辆水车上都吊着六个汉子或四个汉子,拼命蹬车排水。

这种排水的方法通俗的说法叫踩水。每一辆水车上都搭成一个窄窄的雨棚,每一辆水车旁边,另有同样的六条汉子或四条汉子蹲着,换筹子休息,随时准备接班踩水车。这就叫歇人不歇车。那是一种可怕的强劳动,25岁以下的青年不能全顶上,用农民的话说,那会把人做伤了,45岁以上的也不能全顶上,那会把人做病了。

这就是里下河农村特有的惊天地、泣鬼神的抗洪排涝。

1970年夏天,我的新草屋也进了水,放地上的桶呀盆的不值得也无法坚壁清野的东西,全浮起来,人在地上一走,它们就在泥水里晃荡。一年前,1969年夏天,我还住在生产队的社场上。此时,整个生产队社场也全部沉到水下。

大雨依旧在下,不听任何劝阻地下。

我门前的小菜园全部沉在水下面。还有我草房左侧的猪圈与鸡栏,它们都在水里,我饲养的那头猪早已离开它的窝,跟我住到一起来,它依旧不知足,全不知道因为这场大雨,我已经把它的地位大大提高。还有鸡,我的鸡舍,地身原比猪圈的位置高,它们的院子是我屋子东边的一间房的位置,它们夜里栖息的窝就在我的屋内。

夜长梦不多

可是，屋里一进水，我的猪与鸡就再没有可以躲避的地方。我的屋子里一地的水，猪在泥水里跋涉哼哼唧唧地嚷嚷，鸡扑棱棱地飞，随便拣一个可以栖止的地方，像鸟儿用爪子捉住一根树枝，蹲在上面。

1970年我还不知道有《圣经》这样的书，我也不了解洪水和方舟的典故。1970年，让我遭遇一个在城市里永远不会得知的特大洪涝灾害。1970年我说不上是恐惧，还是略有点兴奋，不，这些说法都不够准确。

1970年夏天的暴雨始终下在我的记忆里。如果没有1970年夏天的洪水，我就不可能那样真切地体会何为真正的凹地，以及凹地对我的慑魂扯魄的魔力？许多年后，我在一本诗集的后记里这么写道：

> 苏北里下河地区是你的出生地。那是个出了名的低凹地区。你的始终的"凹地"意识是否缘此而生？你不知道。你只知道：那一片"凹地"起始遥远；你只知道，生是无法选择的。走出凹地，是纠缠你至今不解的情结，而"走出"的欲念，又使你永远地与"凹"为伍。因为，向前向上每一步的跨出，会给人一种感觉——那已经踩实的一步仍在低凹处。

如果没有1970年夏天的那场暴雨，这片起始遥远的凹地也许会和我失之交臂地错过，我的始终的凹地意识也许就不存在，而这个纠缠我一辈子令我始终不得安宁的凹地意识，对我而言难道只是一种不幸吗？

许多年过后，我对1970年那场大水其实充满感激！因为，它让我明白了自己的生存处境，而明白了这样一种处境后，我的内心就产生了一个重要的带有原始状态的动机：走出凹地。虽然我当时并不明白怎样才能走出这片凹地，虽然我当时还不能明白在"宇宙的永恒与无限面前，'走不出凹地'才是唯一的绝对的命题。"凹地，凹地。1970年夏天，我的还不满17周岁的智力，已经能让我明白有两个重叠的凹地，横亘在我面前：一个凹地起始遥远，一个凹地与生俱来。

　　1970年夏天，对于我生命有着非常重要的意义。如果说1970年以前我还是浑浑噩噩没有开智的一个少年，1970年夏天我已经清醒，我已经成为一个理智的青年。当时有一个政治斗争的术语：击一猛掌。说的是被斗争对象若是沉迷不悟，革命的动力就得对其采取革命行动，从后击一猛掌，促其反省与觉悟。

　　1970年夏天的大暴雨，即是对少年的我，击一猛掌，令我警醒。1970年夏天是我人生的重要转折期，尽管我当初并没有明确意识到这一点。

　　许多年后，当我回想起1970年夏天，忽然觉悟到那样一场特大暴雨以及随之而来的洪涝灾害，原来对我有着至关重要的意味，或者说，我今天的一切始于1970年的夏天。

夜长梦不多

习书初蒙

幼小时,不解书法为何物,常见有人来找父亲写字,往往一挥而就。然后,等墨干,等用印,来人便与父亲聊天,有一搭没一搭。

"文革"后,高邮公园重修烈士纪念碑,向社会各界征集"高邮人民英雄纪念碑"的铭文,父亲的手书在诸多名家中脱颖而出,被镌在九个一米见方的花岗岩上,叠成高高的纪念碑。这才知道父亲的字原来那么好。

父亲原先有一个书房,后来,孩子多了住得挤,他就在卧室临窗处,搁下一张老式书桌,在上面写字、下棋。父亲花很多时间写字、临帖,他自己叫做功课。父亲每天做多少时间功课?我们其实不是很清楚,他写字的时间多是大清早,那时小孩多半还没有起床。反正我们起床上学时,父亲总在书桌前写字,我们睡下时,父亲依旧在书桌前写字。

等到父亲着手培养我写字,才知道他早上是临别人的帖,晚上才是写自己的字。这也是父亲对我种种启蒙之一种:不能不临帖,不能只临帖。为此他还说了一通道理,他说的道理小时我也听不懂。

许多年后,父亲已经故世,当我重新拿起毛笔去书写,激活幼时记忆,才明白父亲说的其实是自由与不自由的关系。人自孕育之初即非自由之果,生而不自由乃人的本原,正因为如此,渴望并试图获取自由则是人的天性。这是大道理。

临帖首先是让人上规矩,有点像查字典,不认识的汉字一查就能认识,不致错用。临帖时人不能随心所欲,因此与人渴望自由的天性相悖,这就使得临帖其实比写字更难。从写字的角度,适当限制自由是必要的,但一个人如果只知道临帖,不给自己必要的自由空间,个性也会被遮蔽。所以,家父总是一边临别人的帖,一边写自己的字。

悬肘执笔,是父亲教我写字的死规矩,小时候,为了偷偷让肘部靠住桌子,不知被戒尺打过多少回。待我渐渐养成悬肘书写的习惯,依旧不明白父亲说的道理。彼时教我学"二王",曰:这是书家必攻之大法。二王之书均是无依托书写(晋人席地而坐),父亲说,学二王先得学会无依托。在一个有书桌可坐可依托的年代,让人悬肘练习无依托书写,是不是在墨守成规?小时挨打我内心里这么嘀咕过。待到自己对笔法笔势有所理解,这才明白行草之法不同于馆阁正书,不悬肘确是无法运笔取势,而搁肘枕腕之后,欲想做到"不输古人"多为痴人说梦。这就如同在古人那里,书法首先是一种应用,王羲之的兰亭,苏东坡的黄州寒食诗帖,其书写是工具,是应用,是诗文之余。

夜长梦不多

许多年后看到有文章写到齐白石、林散之评价自己的诸般技艺，都不约而同强调诗第一，余皆次之，真不太明白。

小时，常见父亲不断写诗填词并请教高人，也不是很明白，后来才知道，父亲是为了让自己的书法更接近古人诗文之余的初旨。再想齐老、林老强调自己诗第一的自我评价，大约也是想让书写回归古人"诗为书魂"的位置。这种回归其实有深意，值得所有搞书法的人去思考。

还有，家父总在强调书法与太极的关系，害得我很小时就不得不随他去公园学打太极拳。父亲讲草书圆笔及向背之势，常用太极中"云手""开合"来说事。小时也觉得他是节外生枝，听得生烦。时至今日，当我悬肘转笔，调息运气，犹如纸上行走太极，始觉幼时所习之法，仅从健身的角度，实在是书写之妙谛。

父亲说到的黑白之趣，亦令人茅塞顿开。比如面对帖上的字，有人以为只要临得像就成，父亲不然。他常说，如果没有这一块白，那一笔未必就这样下，言下之意，笔墨的来去与周边的虚白有着密切关系，没有这样的白，就没有那样的黑。如果临帖的人，只临黑而不去想白与黑的关系，字临得再像，也还是未真正领悟前人的用心与神韵，顶多形似而已。由墨书想及《老子》的"知其白，守其黑，为天下式。"再由"知白守黑"想及世间诸多事理，恍然大悟。

飞白与题壁，是父亲当故事说与我听。小时候听得津津有味，到今天才算回悟明白。题壁，是古人特有的一种书写方式，大抵是酒酣诗兴大发，叫得酒保来，笔墨伺候着，把席间吟出的诗文书写于粉壁。这种书写方式，毛笔与粉壁垂直接触，笔不能饱墨，壁常有粉痂，加之草书的快捷之故，故字中飞白乃常见之态。小时感兴趣的是那种酒酣豪放的书写姿态。后来，从飞白与题壁，悟出另外一些东西，每当我看到某些书家，为做成纸上的飞白，用心把笔毫舔干、做枯，禁不住从旁会心一笑。

还有临场发挥之说。父亲曾不止一次强调，不管你师从谁，不管你面对谁，不管大场合，小场合，不管书写内容是生还是熟，一旦临纸，应不管不顾，胸中只有笔墨，目中不见有人。

幼时家父望子成龙，授我棋、书之艺，在我身上花了大量心血。可惜我幼时悟性差，不上进，辜负甚多。到了桑榆渐晚，激活幼时记忆，竟发现从习书启蒙中获益颇多。感念中，记下点滴，缅怀先严。先严张也愚，生于1910年8月18日，于1996年11月30日辞世，算起来，今年冥寿一百〇六了。

夜长梦不多

卢全芳

那一年我17虚岁。那一年她多大岁数?没有问过她,在十四五或者十六七吧,印象上她的年龄不会比我大。

那是我插队农村当年的秋天。秋天,农村里多见娶媳妇、嫁女儿一类的喜事。我与她见面便是在这样一个喜宴上,这是一个偶然巧遇。她是随父母从城里来农村吃喜宴的,她们来到我所在的生产队。那还是一个生活极其窘困,且处于移风易俗大背景下的时代,婚礼与喜宴都极其简陋。由于当时没有比照,事实上我们也不能识别何为简陋?何为不简陋?

事情经过就是这样简单:在乡间,在一个简陋的婚礼喜宴上,我偶然遇上并认识了她。当时,迎接新娘的队伍还没有回来。她父母大约是忙着什么应酬,而让她一个人坐在新房里。我当时也在新房里,我是随一帮差不多大小的农村伙伴们闯进新房来,只是他们退出的时候,我滞留下来。我滞留下来,主要是对这个来自城里的

女孩产生兴趣。我假装看新房那样，东张张，西望望。借打量新房的机会，我用余光仔细打量了她。很显然，在我暗中打量她的时候，她也悄悄地打量我。

后来，我们就开始说话了。在那种情况下，我们大约没有办法不说话，特别是只有我们两个人的时候，特别是我把新房打量又打量，到后来实在无法掩饰自己的动机的时候。第一个开口的竟是她。她说，哎，你也是从城里下来的？我点点头，随即又摇摇头。我看她有点大惑不解的样子，就对她解释说，我是从城里下放下来的。她很惊讶，说，你，下放？大约是见我年纪很小的样子，她似乎有点不相信。而我说的却是事实。我没有对她说我是提前下放的，也没有说我为什么要提前下放？因为我们待在一起的时间很短，如果我们有很长时间在一起，我或许会跟她说这些。当时，我似乎有一种强烈的想倾诉的愿望。

后来，我告诉她，我城里的家在荷花塘那一带。她则欣喜地说，那我们的家靠得很近呀！她说她家住在税务桥那里。她说她爸爸在银行工作，是个行长。她说她姓卢，她用手比画给我看，是这个这个卢。她说她叫卢全芳……

新娘偏偏在这个时候进了门。看热闹的人们一下子都涌了进来。我们的话被打断，并且，再也没有到一起说话的机会了。我们只是隔着人堆，远远地互相瞥上一眼，那瞥过来的眼神中闪闪烁烁，似乎有点什么东西，忽然间，让人觉得有些慌乱，比两个人待在一起说话还要慌乱。她是不是比我要胆大一些呢？我不知道，我只能感觉到她投向我的一瞥，很有点意味深长。

这就是我和她的全部接触。因为喜宴时我们并不坐在一个屋里，待到我离了席，已经再也见不到她了。我在庄头转来转去，想

夜长梦不多

碰碰运气撞上她。我却没有这样的好运气。她就像一颗流星，从我眼前一亮便再也不见踪影。留在我记忆里的是她清秀的倩影，她在自己手心画字时那尖尖嫩嫩的手指头，以及那张瓜子脸，那下巴渐渐地恰到好处地尖起来，还有那双闪闪烁烁的眼睛，那似乎意味深长的一瞥。

也许，这些只是我自己在想象中添加上去的东西。这些都不重要。重要的是我作为一个17岁少年，在农村单独待了一年以后，忽然在这种场合下，遇见一个从城市里下来的与我差不多大小的女孩，而且，我们还说了话。她跟我说话时，神情是那么的友好与亲切，让人回想起来是多么的美好，美好得就像一个梦。

在农村的那些年，我很少回城里的家，即使回家，待的时间也很短。这里自然也有些原因。这些原因这里说不到它。我只能说，每当我回城市探亲，总得设法绕到她的家门口（按她告诉我的位置），在那里转上几个来回，我希望能在那里突然遇见她，最好能再跟她说说话儿。

她的家住在税务桥边的东街上，从她门前一直往东走，就到了汪曾祺笔下的大淖了。大淖这个地名我们早就知道，只是汪曾祺这样一个人我们当年都不知道。然而，我一次也没有能遇见她，直到十年后，我离开农村去了另外一个城市。

如今，在另外的城市里，我已经生活了近二十年。在另外一个城市谋生，过日子，回乡的机会无疑更少了。偶尔回乡，还会想起她的名字，会想起许多年以前农村里一次偶然相遇。

想起来，不禁悄然一笑。也真是好笑，都不知猴年马月的事了，她大约早就忘了这回事，或者，当年她压根就没有留下印象。大约也只有我依旧记得这么清楚罢。我早已不再是青春年少的我，

自然也就不会一次次去她家门前转悠徘徊。那条老街这些年变化不大，所以，她家的门户方位，我如今还记得。只是，她当初对我叙说的地方到底准不准确，她是不是一直住在那里，我一概不知。这些，无疑都是已经过去的事情。它对我也没有什么实际意义，只是我无法忘了它。

有时，我对自己说，也许这一切根本就没有发生过，抑或这原本就是想象虚构出来的人和事，是一个梦。

当我在一次饭局上听到她的名字，我显然很激动，且无法掩饰我的激动。我问说话的人，你刚才说的是卢全芳？是那个家住在税务桥父亲曾经在银行工作过的卢全芳？

怎么，你也认识她？说话的人是她的同学。他似乎也有些惊讶，大约是觉得我的神情有些特别。

也就是在那时候，我细细推算一下时间，才知道原来已经三十年过去了。三十年，人都经历了哪些人和事？实在多得难以一一记述。然而，我却清清楚楚地记得三十年前的一次偶遇，及其细节，且在三十年后一听到她的名字就为之激动。这应当不是一种寻常的印象！

事情发生到这里，卢全芳是确有其人，那一段往事并不是梦，这已经完全可以确定了。

后来，我按照她同学提供的电话号码，给她打了个电话，说我是外地的一个熟人，回乡办事，希望能见到她。她在电话中说，我现在正在班上，要么，你到我单位来吧。我们终于能见面了。在见她之前，我设想了许多，比如她已经不记得那些事，自然更不认识我这人，或者她可能把这人与那事对上号，就像人们在面对岁月久远往事时，通常会为记忆的误差而啼笑皆非一样。

夜长梦不多

当我跨进她所在公司的大门时,我似乎又有了一点与年龄不相称的慌乱,并且对这样唐突的拜访有些犹豫。幸好她已经看见了我,她说,哦,原来是你,刚才电话里哪能想得起来!

她似乎已经认出我。她很热情大方地说,坐坐,噢,对了,我们还是在南平、黄淦渠家的,好多年了,你倒变化不大,还能一下子认出你来。这下轮到我愣住了。

她说的南平是我插队时的大队,那黄淦渠家是她去吃喜宴的人家。正是在那里,我们遇上并相互认识。这也就是说,她非但没有忘记过去,甚至对一些细节记得比我还清楚。她落落大方地与我说笑,我也坦坦荡荡地应对。阔别三十年以后,终于又见了面,不是我走近她,也不是她走近我。阔别三十年以后,我们都已经找到了真正的坦荡与大方。

她对我说,你模样倒没有大变,只是没有小时候皮肤白了。小时候你白白的、鬈头发、大鼻子、抠眼睛,像个外国人。她说,后来在城里,我曾经见过你一次,那是在我家附近,我在你身后,想叫你却没有叫。她说她其实是不好意思叫。她说,其实那时到很想能在街上再见到你,想跟你说说话,像那回在农村那样。她还说,也不知道怎么就记住这样一件事了,有时还笑自己呢,你还记得,人家或许早就忘干净了!

记得一次在太湖游览,游艇上,我坐在一个临窗的位置,瞅着浩渺无边的湖水出神。我远远看见另一艘游艇,它与我们保持一个平行的距离驶过。

我当时就在想,那上面有没有人像我一样,坐在窗口,也瞅着我们这条船?她会不会也像我一样,在想,那边一条船上,会不会也有人像我一样,在想我们之间那条平行的距离?在想那边一条船

紫金文库

上会不会也有人在想我们这条船上是不是也有一个人……

很显然，如果我让这一想象无止境地蔓延下去，那就像两片相对映照的镜面里所产生的，一迭迭无止境延伸的镜象。

我对她说，我们有点像那两艘游艇上的游客。

夜长梦不多

母 亲

农历正月二十四是母亲的八十寿辰，我们兄弟姐妹约齐了准备一起回家给她老人家做寿。

待到张罗得差不多，二姐从镇江打来电话转达了父母的意思：生日不庆贺，外地的子女也不必专程回去。

父母的意思其实就是父亲意思。父亲一向反对做生日，他反对的理由有两点：一是"减肉延寿"，说的是粗茶淡饭可以延年，而做生日势必要办宴席，免不了要杀生。父亲说这是他所不取的；二是老年人平静自然才平安，做生日一大家团聚，欢喜快乐都是免不了的，而老年人处于大喜大悲情境是犯忌的。父亲说每每会有乐极生悲的事。

父亲这两个理由不一定科学，又都有一些道理，他自己信得很虔诚，别人也就插不上话。我父亲今年八十六岁了，他自己的一个个生日就是这样寻寻常常过来的，这点最有说服力。

母亲却是个欢喜热闹的人。如果她生日的那天，我们在外地的子女一起回去，团聚一堂，肯定是她很向往的场面。可是，我父亲既然这么说了，她一定会顺着父亲的意思去做。这么多年了，她从来都顺着我父亲的意思办事。到了晚年，怕是想改也改不了。

母亲有一个很脆的名字，父亲经常在嘴边叫。那一年刚解禁放映电影《红楼梦》，有邻居看了电影再听我父亲这么一声声地叫，开玩笑地说，你怎么也叫起紫娟来？母亲的名字叫子娟，字不同音同。从十来岁的女孩子，到八十岁的老太，子娟这名字被父亲叫了大约不下千万次。

父亲叫这名字时，十有八九都是支配她事情，乃至一些极细小的事，比如，父亲坐在饭桌上，会叫：子娟，筷子。或者，子娟，添饭。母亲听到这样的呼唤，总是忙不迭地应着：来了来了。把筷子递过来或者把饭碗端过去。直到晚年，还是这样一听到父亲的叫唤就忙不迭地赶过来。

我儿子曾经有一次要和我父亲理论理论，我儿子说，爷爷为什么自己不会去拿筷子，总要奶奶递过来？我父亲这时便嘿嘿嘿地笑，而这时候母亲已经把筷子递了过来。

母亲出生于一个平民家庭，没有进过学堂，更没有念过《女儿经》什么的，想来她不明了相夫教子这样的大道理。自从十几岁嫁给我父亲，成了我们兄弟姐妹们的母亲。六十多年了，她始终只是一个不识字的家庭妇女。

小时候，填履历表不知道怎么填母亲的职业，回来问大人，说，就填家庭妇女。这些年来，我的履历表上母亲这一栏都是这样填写的：职业——家庭妇女；政治——清白。小时候的概念，家庭妇女就是没有职业的人，事实也正是这样，从事任何一种职业，到

夜长梦不多

退休时都有个地方靠着吃劳保,家庭妇女是没有这个靠的,家庭妇女的靠只能是一句老话:养儿防老,积谷防饥。

然而,家庭妇女这个"职业"恰恰又是世界上最劳累最艰辛的职业之一,尤其是当我们自己做了父母以后,这一体会才更真切,所以古人说,养儿方知报娘恩。

我母亲的劳累艰辛远不是今天的人之父母所能比拟的。现在的中年人,膝下几乎都是独生子女,两个大人张罗一个小孩,也有累也有烦,自然也有喜悦有天伦之乐。

母亲那一代人就不这么简单了。我母亲前前后后生了十几个小孩,譬如我,排行第十,上面有小八子小九子,下面有十一子。如今,老幺十一子也是往四十上数的人了。这么多的子女,都成了人,而且在各自的生活环境中都还过得去。回头看一看,母亲她老人家的功绩是多么了不得。

如果家庭妇女也像其他职业要评个"劳模"什么的,我母亲无疑是当之无愧的最佳人选之一。母亲的艰辛不仅仅在于子女多,更要紧是还有一个经济困难的大前提。当一大趟嗷嗷待哺的小东西绕着她的脚前脚后要吃要穿,那时候父亲的月薪才三十来块钱。十几个人吃饭就靠这点钱,窘困是可以想见的。何况还有一个挨肩高的小孩在上学。

那个时候,我们兄弟姐妹在学校都是被照顾免交学杂费的对象,我记得我在荷花塘小学读了六年书,大约只有一两个学期交过五角钱学费。学杂费可以免,书本费却得自己交。每年一到开学,母亲就愁得睡不好觉,三五个读中学小学孩子的书本费,可是一笔了不得的支出。

在我幼年的记忆中,印象比较深的是家里卖东西和母亲向父亲

要钱。

父亲将每月的工资交给母亲后，一般就不再过问经济之类的事。父亲交了工资后，一般还给自己留点抽烟钱。母亲遇有应急事，就会打他抽烟钱的主意。这时父亲就将口袋翻个底朝天，将里面的零钱全找出来。自然，找出来的零钱有不少是一分二分五分的镍币。父亲把钱交给母亲时的动作很有趣，他把翻出来的镍币拢在一只手心里，然后，一枚枚用两只指头拈起，再以大拇指顶着揿在桌面上，揿出一个个响声。揿完后，他拍拍空手，意思是没有了，全在这里啦。

这样的日子，是只能闷着头去过而不能去想，因为，无论是谁，只要她常常去想这日子怎么过，她一定过不了这日子。

民间里过日子这样的说法确实了不起，我想母亲当年肯定像过河过桥过关什么的，一天天地在过这日子。

没有文化缺少思想是母亲的先天不足，然而，对母亲来说这种先天不足却不能不说是一件好事情。母亲从不想入非非，脚踏实地，任劳任怨，以朴素的本能的母爱与责任，像打补丁一样缝缝补补地把她的日子过了下来，把我们一趟儿女抚养大。

母亲从来都是天不亮就起床，将每天早上例行的活计做完后，就拎一只大筐篮去肉案排队买五六分钱一斤的肉骨头，那是一种肉被剔得光光的猪腿骨。母亲将猪腿骨买回来用斧子砸断，然后熬成一锅稠稠的汤汁。

记忆中，我们小时候的肉食就是母亲熬的肉骨头汤。这是一种经济且实惠的肉食品，因为熬过汤的骨头还可以二三分钱一斤卖给废品收购站。生活曾经是那样艰辛，而我们家兄弟姐妹站出来竟没有一个矮个头。回想起来，恐怕全亏母亲一个个天不亮的早晨，和

夜长梦不多

那一锅锅又浓又稠的骨头汤。

"文革"期间母亲的日子就过得更是艰难了。

事情要从"破四旧"开始说起。

新中国成立前，父亲虽然是做小生意的出身，却附庸文雅，爱好琴棋书画，收藏了不少前人的字画。父亲很虔诚，也许很无奈，不过他终于还是决定将他那些心爱的画轴付之一炬。不幸的是在那些旧画轴之间混合了一幅旧了的领袖像，并且，在即将填进炉膛的时刻谁也没有发现。

这把"破四旧"的火尚未点燃，就被红卫兵抢先一步夺去那些字画以及破除它们的权利。也正由于这一步之遥，父亲的罪名因之便被加上了"未遂"的定语。这是一条救命的定语。尽管如此，那蓬天火虽然不致燎尽所有生机，毕竟还是烧到了父亲和我们家的头上。

作为"现反"家属，母亲的精神上的压力无疑很大。回首当年，我的印象里有两件小事一直记忆犹新。

一件事情是我母亲某一天夜里突然起来杀光了家中饲养的几只鸡和鸭，这一点很出人意料。母亲不是那种精明强干的人，先前她可从来没有亲手杀过鸡和鸭。说不会杀当然也是个理由，说不敢杀才更接近她的那种懦弱近于无能的秉性。以前我们家里吃鸡、鸭都是请邻居家的汉子动刀，母亲只是不远不近地站着，等到宰杀完成，她才敢接近那些属于菜肴半成品的鸡和鸭。

次日一早，一屋子的鸡鸭肉香，将我们熏醒。我记得我们当时曾经为了可以美美地饱餐一顿鸡鸭肉肴而高兴不已。多少年以后，当我有了一定的阅世，再回想这一节，忽然竟有了深深的后怕。我想，当时的母亲或许有过一种不祥的想法，那种不祥的想法也许在

混沌中就已夭折，也可能那想法已经形成，只不过临时有一个什么东西萌生出来，阻止那想法的实施。我的后怕在于，那一顿美餐在一念之间极有可能成为我们一家的"最后的晚餐"。

另一件事情只跟我一个人有关。

我那一年十五岁，刚小学毕业便告失学，母亲领我去找她的一个在当时有点权势的亲戚，只是想为我谋求一份临时职业。作为"现反"家属，站在亲戚面前，虽然她们之间有着血缘关系，处境可想而知，求告的结果也可想而知。

回家的路很长，夜黑黑的，我隐隐约约听见母亲抽动鼻子。很长很长的路。后来，母亲用她的手搭在我的肩头，拥着我的肩，用她那带了浓重鼻音的语气对我说，儿呀，要争口气。这许多年，我始终记着这句话，每当我懈怠时，便又想起那个黑黑的夜，那条长长的路。

我已经说到了母亲不是精明强干的人，生活的重负压在她的肩上，实在是远远超过了她的承受能力，可她却承受下来，无怨无悔地走过了她的大半生。如今，八十岁的母亲腰佝偻了，头发全都白了，一副典型风烛残年的模样。比她大六岁的父亲，虽然也比早几年衰老很多，却依旧腰腿硬朗。这是被早年生活的担子压成这样的，看着母亲佝偻的身影不由就心酸起来，她身后那条长长的路印满了她的一个个沉重的脚印。

插队农村的时候，我曾经跟生产队会计干过一次架，那大概是我有生以来唯一的一次干架。因为我的秉性和身体素质条件，确实不是打架的材料。

那是在生产队场头分口粮的时候，那个油嘴打花的会计说了一句侮辱我母亲的话。我记得我当时发了狂似的抓起脚边的一个盛满

夜长梦不多

小麦的笆斗,朝着他摔过去。周围的人都惊呆了,那位会计更是吓得面色苍白。那满满一笆斗小麦足足有一百来斤重,若不是他躲闪得快,一下子砸上他的身上可不是闹着玩的。我也不明白当时我怎么会一下子就把一百来斤重的笆斗擎过头顶,并且迅疾如风地掷出去,这绝对是我当时的体力所不能承受的动作。

据后来旁观的社员说,你当时一头怒发竖在头上,两只眼睛瞪得赤红,像一头发狂的狮子。这都是少年豪气给撑的。不过,谁都不想母亲被人伤害可是常理。

当岁月无情地夺走母亲的青春,当慈母逐渐变成一个老妪,带着所有老人的弱点坐在你的面前,跟你唠叨并不时显得有点儿颠三倒四时,你忽然觉得胸口堵得慌,心里很难受,你却一点办法也没有。造物者的残酷无情我们早已领教过,它总在不断地打击我们的幸福,而我们却始终不能对它实施有效的回击。

1988年,我们一大家族几十口人曾经团聚过一次,我们从各自居处的城市回到故乡高邮,回到父母的身边。虽然我们都已经成了人之父母,我的大哥大姐甚至已经有孙男孙女围绕着叫爷爷奶奶了。然而,我们又都作为孩子回到了父母的身边。那可是一个了不得的热闹场面,儿子辈,孙子辈,重孙子辈,坐下来吃饭就得几大桌,走在小城的街上闹哄哄一大片。

这次聚会是父母的一次成功的"作品"会展。见到的街坊邻居都羡慕地说,好福气。

我记得当时说的人和听的人,都喜气洋洋的。想来母亲的一生辛劳最终换得了这三个字还是很值的,母亲确也喜欢经常向别人说起儿孙满堂的情景,脸上流露出怎么也藏不住的自豪。然而,像任何一个事业有成的人一样,如果我们透过那令人炫目的成就本身,看他努力奋斗的历程，多少艰辛，多少血泪，付出的沉重每每使人们怀疑起成功的意义。

我曾经在一个冬日傍晚，看见母亲在小城的街道上走过，她的腰佝偻着，蓬乱的白发在晚风中飘动，她没有用拐杖，走得很勤勉，走得很费力。那一霎里，我就有这种感觉。泪水一下子蒙住了我的眼睛，为了我的母亲，我忽然深深地不安。

夜长梦不多

在 1996 年回忆

一

1996年，我43岁，而父亲刚好86岁。子女与父母的年龄成倍数关系，人的一生只有一次。1996年对我和父亲是一个特别的年份。

43年前，43岁的父亲以一个什么样心情面对我的到来，我不可能知道。日后也从未听父亲或其他人说起我出生时的情形，所以，没有人能够叙说父亲当时的真实思想，除了父亲自己。不过，到了我43岁的时候，我似乎觉得自己已经很"老"了，至少心态上是这样。换句话说，如果让我43岁的时候，再来面对一个新生命的诞生，并且再重新开始一遍那异常艰难的养育过程，还真是难以想象的事。

父亲曾经的经历，想必对他后半辈人生有着极其重要影响。父

亲的同龄人，不难看出父亲在这方面的不同与变化。他们都说我父亲"镇反"前后，好像变了个人似的。他比先前看得开，也不似先前那样过多注重社会方面以及生意场上的进取，并且，时时事事，为子女想得更多了一些。

父亲或许想，自己这一生能有这样的结局，实在是不幸之万幸了。其实，这里不只是时代方面的原因，还有一个年龄方面的原因。

如果要真正找出父亲这时候的变化，首先得知道父亲年轻时候到底是一个什么样子。这对我而言是一个难题。从写实的角度，我只能记起我和父亲共存于这个世界的一些事情与印象，至少这是一些直接的印象，而对于我出世前的父亲的行状，我只能借助他人的回忆和叙述。这样一来，它们的真实性、准确性，就如同我们所见到的所有历史教科书一样，是一种别人记述下来的事实。

为了解父亲的年轻时代，我曾经走访了许多亲戚长辈，还阅读地方史志中，有关那个时代的一些背景方面资料的信息。那么，父亲年轻时候到底怎样呢？我不知道。因为年龄差异的缘故，父亲年轻时的模样，在我眼中就只有那幅挂在墙上的被放成16寸的已经变黄了的大照片。

照片上的父亲很年轻，剃了一个光头。小时候，不识是非，看小人书看到了蒋光头，总以为家中的照片就是蒋光头。后来，才知道那是父亲。是父亲而立之年时，他的一个开照相馆的姓王的朋友，为他照成留作纪念的。剪光头是当时的一种时尚。

父亲留下这张照片的时候，我们一家还住在荷花塘的故宅里。而到我看到这张照片的时候，我们家已经因运河拓宽拆迁到后来生活的地方。我们家的故宅也早已没了踪影。

夜长梦不多

我家的故宅在高邮县城北门外挡军楼附近的荷花塘,紧挨着庙巷口,年岁大的人都知道庙巷口曾是小城北门外一个了不得的闹市。1956年京杭大运河的拓宽中,庙巷口与我家的故宅都被拓进宽阔的河道,成为河床。

30年后的1986年,我们在外地工作的子女曾经约齐了回故乡聚首,照"合家欢"。耄耋之年的父亲曾经领我们去觅过故宅的遗踪。我记得父亲健朗地登上了运河堤岸,指点那河中滔滔流水对我们说起,哪里是庙巷口,荷花塘又在庙巷口的哪里,而我们家的老房子就在荷花塘边上,开门正对着古运河……

逝者如斯,不想滔滔水流之下,竟有闹市,竟有故宅,瞻望之际,不无苍凉之感。"人老河宽"这样一句老话,让人不知不觉地沉重起来。其实,自从隋炀帝开凿运河以来,一千五百年来,古运河已不知拓浚几多次,加筑河工堤岸以防水患,更是常事,地方史志多有记载。

日前翻阅闲书时,尚在清钱泳《履园丛话》中,见到一则文字,记写:"嘉庆十八年三月,高邮州城北挡军楼后,为加筑河工堤岸,民工掘土得铁钱数万枚,并古镜刀剑之属,又有铜盘瓷碗甚多。"云云。钱咏所说的地势,正是我家祖先的旧宅附近。

父亲年轻时候,那庙巷口还是繁华的市口,北面挡军楼,南面荷花塘,是这个闹市的两翼。由此得知,我家的故宅所在荷花塘,既临大运河,又紧挨着闹市区,交通与商贸都很便利。选择这样一个地方经商贸易,实在是天时、地利俱备。

大凡举事、成功,"天时,地利,人和",三者缺一不可。就父亲而言,"天时、地利"固然好,而父亲上面的一辈人,也就是我的爷爷,家境艰难,日子很不好过,曾有过"纸糊帐子娶媳妇,麻

布裤子过冬天"的说法流传下来。

家底子薄,再加上那时节,父亲辈兄弟三人刚分了家,人力财力都相对分散,所做生意又是一种十分利的本分经营,要一下子发达起来实在不是一件容易事。这期间,还遇上一场百年不遇的大天灾,即1931年的发大水。

那一年,不知怎么就犯了天怒,上天突然降下那一场大灾难,惩罚我们小民百姓。经历过那一场劫难的老人们在提到那场大水,都难抑揪心之痛。许多年后,我妈在叙说当年倒口子的时候,依旧面呈怖色,胆战心惊不能自已。那时,我妈刚嫁到我家来不久,也就十五六岁。

关于那场大水,地方志上有许多记载,这里不一一赘述。傍运河的小城,地势极低凹,运河堤岸比城里人家的屋脊还高,发洪水时水与岸齐,一旦决口,那水冲下来如同瀑布一般。处于"瀑布"下的人家不止被水淹,而是被水冲得片瓦无存。我们家所在荷花塘,当年即是运河堤决口处之一,当其时,幸好人丁均先已逃出,待到水退,再来看家园,偌大一份产业早已荡然无存,故宅竟连一片瓦也没有留下来。决口处的瀑布湍流,以一泻千里之势,激起一个个漩涡,将故宅处的地基也淘成一个大深塘。

水退以后,重建家园。邻居和家里的伯伯叔叔们,都不愿意立于险地了,纷纷别处择地建房造屋,而才二十出头的父亲却坚持在故宅身底下重新建房,许多人劝他都不起作用。

别人说我父亲的"哈",也就"哈"在了这些地方。

我母亲曾经说起过当年重建家园的事。母亲说,为了垫平已被湍流淘成深塘的宅基,那时雇了许多民工来挑土,民工们挑一担土倾倒在水塘里,空担子回来时,便从箩筐里数给他三个铜板,盛

夜长梦不多

铜板的箩筐就搁在他们来来去去的路边上，就这样三个铜板一担土地往水塘里倾倒，来来去去，不知数罄了多少箩筐的铜板。可想而知，那是一个什么样的深塘？可想而知，父亲坚持在原地重建家园，显得是多么迂腐和固执！尤其是重新建房二十五年后，又面临1956年的运河拓宽，父亲又亲手将这所尚未完全褪尽新气的房子拆除，迁至另一个地方。

父亲并不后悔。因为父亲最辉煌的一段人生，便是在这里实现的。作为一个生意人，父亲的理想不外乎"生意兴隆通四海，财源茂盛达三江"罢。事实上，父亲在短短二十年里，把一个小本经营的店堂生意做得超乎寻常的红火，如果换在许多年以后，父亲或许可以毫无愧色地作为先富起来的典型人物，受到表彰。大水以后的重建家园，耗去父亲很大的精力与财力，休养生息，恢复元气，必须假以时日。事实上，改变家境与扩大店堂生意还真不是一件容易事。

父亲店面经营北货，字号张立兴北货行。栈店合一，换成现代的行话叫作批零兼营。所谓北货行，特点首先是杂，从红枣、百合、何首乌、生姜、薏仁米、砂糖、桃仁瓜子、藕粉、莲子、枸杞子、葡萄干、江米、砂炒栗子、花生果乃至红薯干，都在经营范围中。其次，经营北面进的货的大都是干货，干货比较易于贮存，周转期相对比较长。选择这样的经营范围，父亲显然有他的考虑，比如北方的货源经大运河南下，在我们家门口歇宿、打尖，上货下货也就顺带完成了，再比如干货适合于经销与代销两种经销方式，可以节省一次性资金投入，等等。

总括了一句，父亲的经营方略是稳健而不激进。生意人，都知道本大利宽这样浅显的道理，这样一家店面，在当年，大约需要多

063

少固定资产和流动资金？我们这辈人都不知道，也不可能知道。从父亲当年拥有的经济实力来看，似乎有点先天不足。

这时候，一个意想不到的机遇，朝着我父亲一步步走来了。这是1937年底的事情。

1937年在中国现代史上是一个绕不过去的年份，发生在这一年的"七七事变"是日本鬼子大举侵华的标志，中国人民抗日战争全面展开。多少年后，来看抗日战争这折历史，该说的话很多很多，我这里都说不到它们。

侵华日军一举占领国民党首都南京，并在之后数日内制造了骇人听闻的南京大屠杀。与此同时，日军以南京为轴心，沿东南西北四个方向呈放射状推进。

事实上，日军1937年12月13日侵占南京，随即进犯苏北的门户扬州。驻扬的国军被迫退却，一路沿邵仙公路北撤，在大运河昭关坝到高邮一线布防，一路向天长方向退却，在扬天公路的天仪段沿线设防。

12月14日，日军松井师团平浦区右翼先遣队占领扬州。

两天后，12月16日，小川中队和杉之部队占领仙女庙，继由扬邵大道之槐子桥、新圩运河向北进犯，于12月19日占领邵伯，控制扬州东北地区。旋即向西北进犯，攻占公道桥和大仪镇，控制扬州西北地区。在南边，在占领瓜洲的前提下，又占领头桥之廿五圩、霍家桥，控制了邵、仙至长江的水路交通。

这是不到一周时间内，日军的接二连三的军事打击行动。日军的锋锐似乎势不可挡。接下来，日军的战略行动就是向北进犯，打通运河，以期南北呼应，占领苏北。

在此严峻形势下，国军竟在昭关坝一带，打了一场持续近一年

的阻敌北犯的战斗。

对侵华战争开始以来气焰嚣张的日军来说,这也是一场对他们傲气予以痛击的战斗。这是一场被历史专家们所忽略的很小规模的战斗,其意义与作用却一点不亚于一场大的战役。从昭关坝到高邮县城,不过几十里路程,但日军却花了几乎一年的时间,才爬过这段距离。1938年10月2日日军侵占高邮,宝应也相继失陷。

完整记载这场战斗,不是我想做的事情,料想已经有人或者必将有人来做这么一件事。我只是持另一种角度——宿命的角度,来看待这样一个史实。因为,这场意想不到的阻击战,竟最终成就了我父亲的辉煌。这当然是事后的目光。当初谁也没想到,从侵占南京到占领扬州只花了一天时间的日军,竟会在小小的昭关坝前受阻了几乎一年的时间。

1937年的霜重之秋,那一夜,父亲几乎没有睡觉,他沿着古老的荷花塘转了一圈,又一圈。

父亲在面临一种选择。也正是这一年的秋天,一批山东北面的客商运了十几船干货,沿运河下来,在高邮打尖,就歇在我家门口的码头上。这在以往也是常有的事,父亲当时开的就是货栈,客商南来北往打个尖、歇个脚很正常的事。而且,客人歇下来,还顺带做些生意上的事,比如,结算上年度的账目,再卸下一批新货或签订一批代销货物的契约,等等。

显然,这十几条船的货不是卸给父亲这家货栈的,父亲就是脱裤子当当,也卸不起这么庞大的一批货。这些货船的主要集散地,在仙女庙、扬州、瓜州一带。

然而,这一年秋天,泊在父亲门前的货船却无法往南方去了,南京沦陷,瓜州沦陷、扬州沦陷、日本兵很快推进到仙女庙以北的

邵伯镇。

邵伯距离高邮城只有六十六里路程,枪炮声依稀可闻,鬼子要过来那还不是早晚的事。这时候小城里的官家与警力,早已"战略转移,"其实就是逃跑。小城里,稍有些身份的人家也都已经开始了躲兵荒,下河码头,天天都挤了许多船只,把有钱人家的细软与家小,装上船,载向苏北里下河地区的乡下。而里下河的湖荡地区,又在这时候闹起了土匪,专门打劫躲兵荒人家的细软,说的是捉"肥羊"。那个乱,不是躬逢其时的人,还真的形容不出。

泊靠我家码头上的船主们,开头两天还挤在我家里喝闷酒,期待着战场上会出现转机。到后来,酒也喝不下去了。他们在愁这十几船货怎么办?往前没有路,运回家,货往那里发?总不能一家一户收上来的货再退到各家各户去!而且,日本鬼子在沦陷区烧杀抢掠的暴行,早已传遍大街小巷,尤其那些胆小的妇道,听到传闻已经吓得面如土色,浑身筛糠。如果日本鬼子打进来,船主们不要说货,连他们身家性命也不知怎么保全。

这时,他们就想出一个"不错"的主意来。他们的主意就是让我父亲做一次选择,父亲一生中重大选择之一。

应当说,如果不是战乱,他们的主意是父亲梦寐以求,却求之不得的好事情。他们愿意以最少的定金把这十几船货卸给父亲的货栈,等父亲把货出手后再来收账,而且,价格是从来没有过的,低得不能再低的成本价。耳畔,不断从昭关坝方向传来的枪炮声,提醒着父亲和他的家人,这最少的定金其实是一场最大的风险。

那一夜,父亲在荷花塘徘徊都想些什么?谁也不会知道。父亲在后来叙说这折往事时,似乎也没有过多强调他抉择前的思考。只是,在我的想象中,父亲整整一夜的徘徊,绝不是一件可以轻描淡

夜长梦不多

写的事情。露重的寒秋,父亲他冷吗?那满天的繁星,冷冷地照着他,给过他什么启示吗?父亲他为不可知的未来叹息过、流泪过吗?

天亮了。一头霜露的父亲把家所有值钱的东西全部送进当铺,包括母亲那点可怜的并不值钱的包金首饰,甚至还挤瘪母亲悄悄为外婆攒下来抽烟的私房钱口袋。

他把这些钱全给了那帮客商,卸下那十几船货,痛痛快快喝了顿酒。然后,站在荷花塘边,站在身后如山的货堆前,送客商们登上返乡的路。父亲看着那返航的十几艘空船,鱼贯消失在视野中。

母亲后来说,从荷花塘回来的父亲,脸色铁青,大约受了很重的风寒。铁青着脸的父亲,带领着家里所有能动用的人,雇了一条条船,把堆积如山的货载到里下河的兴化、东台、盐城等地,卸给那里的客商。

我无法想象父亲当年为此吃了多大的辛苦,只听母亲说起过,那个时候,父亲从未躺倒了睡过一个囫囵觉。父亲的睡眠是在事情与事情的间隙中完成的,站着,坐着,靠在哪里,稍有空闲便打个盹。除此以外,人们见到的父亲始终是精神抖擞地忙这忙那。因为,只有父亲才知道,他所能拥有的时间,只有在昭关坝防线被击穿前的短暂时刻。而那条显然不牢固的防线,在常人的心目中,几乎是稍触即溃,谁也没有想到它竟然能抵御那么长的时间。

父亲在后来的一次回忆中说,就像当年倒口子,我那时只想到尽快把该搬运走的东西尽快搬走,一旦长堤决了口,就什么都完了。

幸运的是民国二十六年(1937年),昭关坝前,那条看上去很脆弱的防线,竟比六年前的运河长堤牢固得多。就在昭关坝前的勇

067

士拼命抵抗入侵敌人、而小城里达官贵人拼命逃难避祸的时候,父亲一家正拼命在把他已经接受下来的货物,蚂蚁搬家一样向里下河地区疏散。

父亲说,那时货无论卸到哪个货栈,都没法谈价格、现钱现货这样的商业规范。匆匆地货送到了,能给多少定金给多少定金,余下的先具个收条,签个契约,然后,就又到了下一家。正像火中取栗,抢多少是多少,哪还有讨价还价的时间。

说父亲他在拼命,还不单纯指吃苦劳累。父亲他们在运货途中,曾经遇上劫匪,那是汝定河的一个河湾,天刚发白,夜行船刚开始加速,架起两支橹。岸边陡然有人吼起来,亮出家伙,直嚷嚷,快靠岸,老子要开火了。

船上人,这时大都钻到舱里去,父亲见土匪们没有快船,料想是个把"断路"的毛匪,把两个弄船的揪出来,也吼,快摇,快!父亲挺直了站在了船头上。岸上的见船没有靠岸反而加速行驶,便搂了家伙。是土枪,一打一大团黑烟,紧挨着船屁股扫过去。

幸亏没有打到,否则,就一定伤着人,走不脱了。那侥幸躲过飞子的船工们,有一种命是捡来的感觉,更是拼命地摇橹,摇得那船一支箭似的。回来时,说起船上有人吓得尿了裤子,有人在笑,父亲不笑。可父亲当时怕不怕呢?许多年以后问过父亲,他笑而不答。

山东的货主们,后来听说关于父亲一些经历,很是佩服。父亲的行为事实上也保全了他们的利益。那个时代的商业行为还是很讲道义的,战乱时期也不例外。

后来,父亲与货主之间,下面客户与父亲之间,都是按那种约定俗成的商业规范,进行结算。父亲自然盈利颇丰,事实上父亲得

夜长梦不多

到的远不只这些。他因此赢得运河一线北方货主的信赖，这一点，对于父亲的事业无疑有着前所未有的意义。因为，在后来的商业经营行为中，北面客商按季按需给我们家送货，从来没有谈过定金与代销扣率的事，一律按经销价结算，父亲的名字和"高邮张立兴"的成了金字招牌。而这一点，恰恰为父亲扩大经营提供了"天时、地利"之外的必要条件。

史籍上并不显著的昭关坝阻击战，竟成了父亲一家的重大历史转折，也客观上成就了父亲的事业。

这是我父亲最辉煌的岁月。父亲把这一切归结于"皇天不负苦心人"，总结为"平心、守心、不欺心"的结果。父亲在对我讲这段历史的时候，还特地强调这两句话，并且告诫我要记牢它。无疑，这也是许多年以后的事情。

还有一个反证的例子。那是父亲在里下河地区商界小有名气的时候，有一次，另一个商家打听到父亲要到盐城送货的消息，便抢先发一批相同的货，冒名送到盐城。按说，这种欺诈行为在当时商界并不盛行。只是，他这么做了，却有可能对父亲造成实际的损害。

然而，当父亲的送货船抵达盐城的时候，却在河道中遇上这艘货船，只是它搁浅在那里，一时无法靠岸。父亲说，这就是做欺心事的结果，也叫人算不如天算。这艘船后来还是在父亲卸了货的空船的帮助下，才得以脱离浅滩。

很显然，到了我出世以后，父亲已不再年轻，父亲的那段辉煌也已经属于历史。随着新旧政权的更迭，以及随之而来的一系列社会变革，父亲成了一个合作商店的营业员。唯一可见的足以显示他辉煌业绩一斑的，是他置下的一些房产。

不过，他的那些据说是为我们子女们建的房屋，我们这些做子女的谁也没有享用过。父亲的发达是1937年以后的事。从他的事业开始发达到为子女们建房造屋再到新四军二次解放高邮，其时间跨度不过十年。也就是说，当父亲为我们子女置下那些房产时，以公有制为主要内容的社会主义改造运动，已经轰轰烈烈地展开。

事实上，父亲的十年辉煌，所创下的产业，虽然没有为子女带来什么，却也为众多街坊邻居遮阳避雨，成了实际上公益事业，也算是一桩积德的事。有这么一个果子，也并不辱没父亲的十年辉煌。

二

接下来，我要记写的是进入我的世界的父亲。前面已经说到，我出生的时机似乎不那么对头，这时候，事业上的父亲已经夕阳西斜了，家境也每况愈下。与此同时，我却似乎比其他兄弟姐妹多得到一些他们所没有的东西。由于世事变故，父亲从一个事业进取的老板，一下子转向家庭，成了一个非常关爱子女的父亲。我其实并不知道这到底是不是根本原因，也不知道在事业与慈父二者之间，到底是不是这样一种矛盾联系。

但我在家中曾经得到父亲过多的宠爱，是家中所有人有目共睹的事实。过早的印象已经是一段空白，幼时，留在我最初记忆里的父亲，个子极高，似乎在店堂里，父亲很深地弯下身子，牵着我的手，而我则攀着他两条长长的腿，像爬树一样往上爬，我始终爬不上去。这时，父亲就哈哈哈地笑，笑得浑身在抖动。

我是父亲的第十个子女，一个整数记录。在父亲心情好的时

夜长梦不多

候，我曾是他的自豪，当别人问起我是他第几个小孩时，他会故作寻常地说，他呀，老十。

通常，问他的人就很惊讶，说，你有十个？这时父亲的脸上就会掠过一道得意的光。我出生四年后，弟弟十一子问世了，父亲除了用得意的神色回答他人，每每又添上一句：下面还有个十一子。好比根深叶茂生命之树的最后一根枝条，弟弟十一子的出世，最终结束了父亲在家族某一支脉中繁衍生命的使命。

父亲当年有多少心情好的时候，我就不知道了。依我今天对生活的理解，他似乎应当难有心情好的时候。光从经济负担的角度，一个人挣钱而十来口人吊着要吃饭，其难处可想而知。父亲那时的薪水也就三十来块钱吧，把它们分摊到每一个人的头上应当是多少，显然不是一个复杂的计算题。而从四十来年以来，他又接连添了四张嗷嗷待哺的小嘴，那就是我们家的八子、九子、十子、十一子四个小孩。我想象每添一个小孩时父亲的表情，除了天性的父爱与喜悦，剩下的大约是一种无可奈何罢。

父亲显然没有被生活的重担压垮。没有被压垮很重要的一个方面，是父亲乐观与韧性。父亲不像一些生活型的人，常有着经济的忧虑。从这一角度，父亲也许有点大而化之。另一方面，在经济承受能力方面，父亲还有着一些潜力。比如，自我记事的时候起，印象里，家里经常会变卖一些家具和首饰，比如红木的八仙桌、柏木雕花橱柜，以及一些不常穿的皮衣袄袍和玉器钻戒一类的小手饰。

这大约就是人们常说的大户人家败落的"穷归穷，三担铜"了。变卖家中物事一类事情，大都由母亲出面来料理。更多时候，父亲都有不在现场理由，也每每不在现场。

父亲为什么要避开这样的现场？他是不是也隐在后面拿些大主

意呢？如今想想，似乎也是可以理解的。我只是想不通父亲为什么从来就没有想到变卖一些房产？从经济的角度，那不是比淘家里的小物事要抵事得多。

父亲从来没有去打房屋的主意，不仅没有变卖房产，相反，在大运河拓宽拆迁故宅时，他还增加投入许多资金，在新辟的通湖路上建了三进新屋。父亲对新屋的地理位置、建筑设置颇为得意，他曾经说过，前街后河，街是新街，河是老河，两个天井连同后河边，刚好三个院子。这是父亲为三个女儿砌置的房产。

父亲当时接受了不少新思想，比如男女平等。父亲虽然没有多少重男轻女的旧思想，却又觉得自己并没有做到真正的平等，因为他为儿子们每一房都置下了产业，却没有置女儿的房产，故宅拆迁时，他觉得终于有机会弥补上这一遗憾了。

当时，拆迁人家不少，像父亲这样有房子住，并且有着许多自己眼下住不到的房产的人家，没有一户像父亲这样做的。但是正好赶上刮"共产风"，根本就不是搞个人建设的时候。父亲的失误，使得他不仅把故宅的房产全抛了，还把家中仅有一点老底也淘空了。最终，等于竭尽所能，做了一件公益事业。

起初，父亲与我们一家，还看不到后来的结果，因为这些房屋开始都还是以租赁形式租给一些机关单位和居民居住，可以收取房租贴补家用。后来的"房改"（与今天的房改是完全不同的两个概念），也就是房产改造，禁止私人收取房租，改为私房公管，父亲所有的房产，在门楣上都钉了一个"公管"的方牌。公管后，房主只能按季度去房产管理部门领取极有限的房产定息，再后来，房产定息也取消了，那些房产也就算彻底地完成社会主义公有化改造。

在父亲的内心世界，大约也只是到这时候，才真正意识到他的

夜长梦不多

全部辉煌终于离他远去。

　　这个时候,刚好是我记事的年代。这个时候的父亲似乎并不颓唐,也没有丧失信心。在我记事的时候,父亲给我印象仍然是一个乐观的对子女投注很多爱的父亲。后来,我曾经不止一次设想父亲当年的处境,也试图想象父亲当年的心理感受。一次次设想过后,我不得不对父亲毅力与韧性,由衷地钦佩。

　　父亲毅力之强是非常罕见的。不仅我们做子女的一个个自叹不如,父辈的亲戚朋友们提起来,也没有不佩服的。从大盛到大衰,一转眼的工夫。人常说,顺风好行船,逆风难带舵。在父亲身上,却很难看出大起大落在他身上留下的痕迹。

　　父亲依旧黎明即起。虽然在合作商店工作,无须起这么早。父亲依旧清晨时分练他的书法,下班以后或与人下棋,或沏一杯茶对我们说些古书、讲一些唐诗宋词。与年轻时候相比,他除了待在家里时间多了,许多生活规律一无变化。比如他每天清晨练书法,几十年不间断。

　　作为一个书法家,每天做功课也许是必须的,可能做到的。而对于父亲这样一个从事商业的业主和后来的商店营业员来说,似乎就不是必须的,也不是一件容易做到的事情。

　　说起父亲的黎明即起,就想起父亲的规则来。父亲从来都贯彻"黎明即起"的格言,他对待早起的方法,是一起身就下床,穿戴衣物全是床下的事。父亲说,大凡人,都有懒惰的本性,早上留恋热被窝,尤其是冬天。

　　父亲年轻时候曾为自己订了一个规则:不管多累多欠睡眠,黎明即起。身子倦得动不了时,他就数口令,他拉长声音,数"一、二——"。这时,不管是谁应答一声"三"!他马上就从床上蹦起

来，下床穿衣服，其速度迅捷得完全可以与出操的军人媲美。

父亲不是军人，也没有从军及相关经历。我至今还记得我们几个小弟兄，很小的时候，最喜欢接他数的数字，每当他拉长声音数到二时，床上会抢出许多响应的"三"！随着众多的"三"的应答，父亲应声跃下床，在床下极麻利地穿好他的衣着。这一习惯，多少年也没有改变，直到我离开家庭走上社会。

对父亲而言，书法与下棋都是余事，业余爱好而已。然而，父亲的余事，竟也在高邮城内出类拔萃，令行家里手们不得不叹服。小时候，常见到有人来找父亲写毛笔字，我们并不以为这有什么了不得的地方。即便是现在，父亲也算不上什么名头很大的书法家，然而，在高邮，什么书法家都不得不佩服他，都尊他一声张老。

县城人民公园重修人民英雄纪念碑，拟将碑铭更换字体，向众多书法家征集书法作品，最后在众多应征作品中选取父亲书写的"高邮人民英雄纪念碑"作为碑铭。由此看来，父亲的书法品位不低。

不久前，我回故里，还特意去公园看那花岗岩做成的九个一米见方的大字，它们嵌在碑的正面，与碑石一样雄浑、巍峨地立在那里。汪曾祺1982年第一次返回故里，距离他离开家乡已经42年了。汪不认识我父亲，但他在亲友家见到我父亲的笔墨，竟非常欣赏，特地请了人，去父亲门上求父亲的条幅。

汪老自己的书法就不错，是行家，他的眼力大约不会差到那里去。

与小时即开始练书法不同，父亲的下棋属于"后学"。

那时，小城的象棋高手有县中高冠常和县师范的张远庸，他们称雄小城棋坛许多年，直到我父亲步入棋坛。

夜长梦不多

我曾经跟着父亲去过高老和张老家，去看他们下棋。高冠常是县中的数学老师，张远庸是师范的语文教师，在小城都算是有学养的人，他们下的棋是书生棋，比较注重理论。父亲的棋则理论、实战并重，棋风刚柔并济，且算度精深，极具韧性，渐渐便后来居上。看得出高、张二老并不怎么佩服父亲的棋，却也不得不甘拜下风。

父亲经常代表本县参加省、市一些比赛。我看过父亲参加1960年江苏省象棋比赛时的合影照片，这照片至今还妥善保存在家中。

后来，我曾在另一位当年参赛的棋友家中，也看到过同样的照片。在这张老照片中，我很容易就找到了父亲，父亲那年刚好50岁，但照片上的模样好像还不显老。后来，少年的我在下棋有了一些成绩时，人们在提到我时，常常会说，噢，他是张某人家的公子，将门虎子。

显然，父亲在棋艺上面的提高，得益于他事业上辉煌的消失。这有点像一个过早地解甲归田的征夫，父亲把他本应用到事业上的一份力气用到枰场上，难怪像高老、张老这样一些人，难以抵御父亲的搏技，因为父亲的每一招中，都挟带另一股力。这是我许多年以后，才明白的道理，父亲其实是在棋盘上，在一个虚拟空间，实现自我。

父亲的另一种实现自我的方式，是希望造就子女，继承父"业"，尤其对我期望甚高。

当我6岁时跟在父亲后面学棋，并且在棋上面稍稍显露一点点才情的时候，父亲几乎难以抑制他的喜出望外。从那时起，父亲总喜欢把我带在他的身边，喜欢别人当他的面夸我神童，有时，甚至并不是别人在称许，而只是父亲自身在营造出一种对我的称许。这就使得少年的我很不好意思。

我记得有一年县里举行一场成人棋赛,父亲一定要让才7岁的我参加比赛,而抽签的结果,偏偏第一轮便父子相逢。由于父亲是当时县城里的高手,又因为我是他儿子,才那么个小不点儿,我们这局棋旁就围了很多人在看热闹。也许是那盘棋我发挥得特别好,也许是父亲暗中手下留情,这盘后来竟下成和棋。

我记得父亲当时很激动,他为我能跟他下成和棋而自豪,父亲对一旁的观棋的熟人说,是他自己下和的,是他自己下和的。父亲的意思,这棋并不是他手下留情让我的。只不过他越这么说,越给人一种"此地无银三百两"的印象。

父亲为了把我培养成一个出色的棋手,在我身上所下的那番力气,实在令人难以想象。父亲每天早上练完书法,就把我从床上拉起来教棋,这时候,往往天还黑洞洞的。应当说,对于少年的我来说,这是一件非常痛苦的事!

当我眼睛糊着眼屎,睁不开眼也不想睁开眼的时候,父亲已经跟我讲开了《桔中秘》《梅花谱》这些古象棋谱和广东杨官麟主编的《中国象棋谱》。

常常是我朦朦胧胧似乎又睡着的时候,父亲猛地一敲棋子,又把我从梦里拽出来。轮到父亲去商店里值宿的日子,父亲那时的轮值时间好像是一个月。为了不让我中断功课,每天晚饭后,我就得背着书包跟父亲去商店里住,早上依旧是四五点钟被拎起来,听父亲讲棋谱,到天大亮以后,在父亲商店附近的食堂里喝一碗稀粥,直接从那里去上学。三九四伏,晴雨雪天,日日如此。我也不知道那些日子,我在父亲胁迫之下到底读了多少棋谱,反正父亲的一箱子棋书,让我从头到尾读了个遍。对于才几岁的我来说,这样的晨课确实是一桩辛苦事,可父亲他苦不苦呢?

许多年后,我已经忘了小时候那种辛苦的滋味。当我也做了父亲,当我为自己儿子成长做一些事情时,这才觉得,我跟我父亲相比,差得实在太远了。我由此更觉得父亲当年为我所付出的辛劳,实在不是常人父母所能做到的。

遗憾的是,我后来并没有在下棋方面有很大的出息。11 岁那年我曾经获得扬州专区十县二市的少年象棋冠军,这可以说是父亲和我在下棋方面的最大的收获。

父亲当时的目标是把我送进省专业棋队,据说他还与扬州的著名棋手当时扬州地区的象棋教练扬兆宏先生商讨过此事,两年后的"文革",彻底粉碎了父亲的梦想。

由于下棋也是一种旧文化,棋类竞赛被停止。省专业棋队也解散了,当时江苏省的著名棋手戴荣光、周顺发等人全部下放到南京钢铁厂,当了炼钢工人。父亲对我在棋方面的期望,终于化为泡影。我在下棋方面的没出息,虽然不完全是自身的原因,回想起父亲的辛劳与殷切希望,我总觉得我辜负父亲太多。我在棋上面的最好成绩是获得 1979 年江苏省国际象棋冠军,尽管如此,我已经注定不能在下棋这条路上走远。1979 年我 26 岁,在棋类竞技场,这已是退役的年龄。

三

真正感觉到父亲老了的时候,我已经在另一座城市生活了许多年。不能侍奉在老人的左右,是现代人一大遗憾。所以,逢时过节回家看望父母,便成了在外地工作的子女们,唯一能做的,也是唯一能聊表孝心的行为。相对于父母当年对待子女的那番苦心,今天

我们能做的和所做的这些，实在太微不足道。

父亲衰病时，承我单位领导的照顾，我虽然频频回家探视，却无法阻止大去的阴影，正向父亲一步步拢近。每回去一趟，父亲似乎又衰老一成，伤心之余，更直观地体验一次生命的悲凉与无奈。

在医院的急救室里，我曾经亲身体验了父亲的一次死亡。凌晨三时左右，输氧挂液的父亲，对我和守在他身边的大姐、二姐说，不要抓住我的手，我嫌烫，嫌烫。说着，脸色开始红涨，一会儿就变成紫色。

值班医生连忙赶来抢救，父亲的呼吸停止，心脏不再跳动。强心剂，人工呼吸，经过大约十分钟的抢救，父亲的脸色渐渐回缓过来，心脏又恢复了跳动。父亲竟奇迹般地挣扎着又活过来。渐渐恢复的父亲问，香港回归还能不能见到？

父亲最后的心愿是香港回归后去一趟香港。他不是政治家，去一趟香港在他并没有任何政治目的，他只能像一个观光客或者旅游团成员一样，自费去那里走一走。他对这点看得比较重，他常常对自己也对别人说，看我身体的样子，香港应当去得成吧。

他念叨这个话题时，1997年还很遥远，随着时间日渐逼近，父亲已经不支……

最后一次，接到家里的电话，说，父亲又不行了。当即往回赶。车到了家门口时，大约是晚间10点钟刚敲过一会儿。扑进家门时，父亲才咽气。父亲刚换好衣服躺在那里。我把手伸进父亲长长衣袖，握住他的手。父亲的手暖和和的，比刚从外面进来的我的手还要暖和，很久很久，已经去了的父亲，依旧用他的余温，焐着我带着外面寒气的手。

一屋子的悲声。亲属们后来围上来，告诉我父亲临终时种种举

夜长梦不多

止。晚上七八点钟时候，父亲头脑还很清楚，精气神也不错，说了很多话，也不止一次问起我们正在往家中赶的子女们。九点多钟的时候，父亲忽然就失语了。他们告诉我，在父亲咽气前，对围着他的亲人打了一个手势，父亲将两根食指叠成一个"十"字，睁着昏花的眼睛，环视四周。

众人一时猜不出他的意思，围着问他，父亲已经咽了气。有人瞥见壁上的钟，10点刚过去一会儿。

后来，他们对我说，父亲去的时候心里很明白，他说他10点钟离去。其实，我已经明白父亲他最后想说的话了。他是在问我呢，父亲是在问，十子呢？十子在哪里呢？我跪在父亲的身边，握着父亲温热的手，父亲正一点点析离的灵魂，你能知道我正牵着你的手吗？正像幼时你常常牵着我的手一样。

在后来的日子里，我常常在想父亲临去弥留那一瞬里的牵念。想起来，就有一股大悲哀搅动在胸中，身为人子，我一生承负父亲的爱实在太沉。

我的记忆里，曾经有过一场罕见的大雪。我和父亲去车站去接从扬州过来的外地棋友。那似乎是我这一生从未遇到过的大雪。

父亲撑了一柄黑布伞，顶着风雪，走在前面，我跟在父亲的身后，亦步亦趋。父亲的略带前倾的身影，本身就是一柄硕大无朋的伞，庇护着我。雪地上，父亲长长的脚印旁，嵌着我的歪歪扭扭的足迹，那鹅毛大雪，在我们的身边飞扬。

许多年以后，我见到了当年去接的棋友们，他们对我说，有一年春节，我们去你们那儿比赛，下着大雪，是你和你父亲冒着大雪到车站来接我们的。其实，又有谁能比我更记得这场大雪！父亲的顶着风雪撑着黑布伞的姿势，始终在我的记忆里，庇护着我走过生命的一程又一程。

先考张公也愚,享年八十七岁。

公元一九一零年庚戌相七月初十子时庆生。

公元一九九六年丙子相十月二十日亥时寿终。

第二辑　岁晚杂谈

岁晚杂谈

案头的台历又变得很薄,让人不怎么敢去掀动,虽然薄至无有可以换一本厚的,毕竟是另外的一本。生命就这么被一页页掀去。不掀也未见得就不去,只不过有一叠纸片,比没有要直观得多。假定人生百年,生命的日历也就三万六千五百页。倘若人一生下来即有知性,面对垛得很高的日历纸,一定会有一种很"富有"的感觉,有一种不知怎么来消费这笔庞大"财富"的茫然。

事实上,大约二十岁以前,我并不自觉有这一大笔"财富",及其弥足珍贵的程度。如今,当我不断提醒孩子要珍惜时光然而收效甚微,这才明了"不自觉"原来不是哪个人的专利,带有相当的普遍性。就这样,从不自觉到自觉,我想我至少凭空付出了六千多页日历,不具任何收条的付出。人生七十古来稀,且不说许多人其实达不到七十这一标尺,人从七十往上,机体老化,精力衰退,自觉已不成问题,"水击三千里"的力道却不足了。仍以人生百年作

夜长梦不多

基数,末三十年近一万页日历纸片,仿佛被风掀过去,像风滑过树丛一样,多少有点不由自主。斩头去尾,运用极简单的加减法,即可计算出我们能够自觉并有能力支配的日历,不过两万页,按年度装订成册不过五十本。这还是排除天灾人祸、满打满算的一笔如意账。

五十本日历都码在生命的案头,右边与左边各有差不多高的一垛,我便在那里,一页页、一本本地,将它从右手移到左手,从未来移向过去。当未来一天天"矮"下去,过去一天天"高"出来,心中不免有点恐慌。那神情倘使能绘出,大约有点像孔乙己用瘦骨嶙峋的手捂着只剩有几粒茴香豆的碟子,说,"多乎哉,不多也"。明知道剩下的"茴香豆"不多了,却又无法不去消耗它,哪怕一粒豆子分八瓣地去耗用,终归还是消耗。强烈的贫乏感每每攫住你。时间财富与物质财富的最大不同,在于后者可以有增有减,而前者却只能逐日减少绝无增加的可能。日暮岁晚,无可名状的苦楚,总来纠缠。

曾跟一个要好的朋友说过,秋去冬来之际,我的情绪极差,或许这种说法太朦胧,说了他人未必能理解。相反,在年之初,面对厚厚一本尚未掀动的台历,心境要好得多,起码有一种重新开始的假象。这或可以说是一种自欺。这种自欺的积极作用在于,当你相信一切重新开始了,会不由自主地拧紧发条,快节奏地运转起来。自然,这也仅仅是年初的事,随着岁月的深入,发条的力不断地释放,节奏又渐趋缓慢,岁之晚,松弛的发条已无力启动这部机器,剩下的唯有对浪费时间的自责和沮丧。

曾经不止一次规劝小孩要珍惜时光:"少年辛苦终身事,莫向光阴惰寸功。"孩子照例听不进去,照例寻乐子自在逍遥。其实,

岂止是小孩，扪心自问，我们连自己也教育不好，白懂了许多道理，一样地蹉跎岁月。年头年尾，虎头蛇尾，生命的节律由疾至徐，一年画一个轮圆。

外国的一个著名心理学家曾经说过这么一句话："一定意义上，好逸恶劳是人的基本品性。"然而，正如老托尔斯泰说的那样：人们不可能一面懒惰，一面心安理得。托翁毫不讳言他本质上是懒惰并且热衷享受的，但是，良知不允许他在惰性世界里沉沦，因为他明了一个基本道理：生命有限，对有限生命的超越不在于延年益寿，更不是及时行乐，而是充实的生活和有益的创造。

夜长梦不多

夜是从什么时候长起来的？实在不容易说清楚。农谚云：冬至日渐长，夏至日渐短。昼与夜彼此消长，昼长夜短，昼短夜长，自然界的变化大体有章可循。对人而言，夜之长短有时是一种变量，"欢娱嫌夜短，愁苦恨宵长"，自然时间与心理时间长度不等值。

"少年不解愁滋味"，故少年没有长夜这概念。婴儿有夜啼的习惯，夜啼并非长夜不眠的烦恼所致，而是出于对母乳的需要。肚子饱了自然喃喃入梦。倘吸足母乳还要大声啼哭不止，那便是所谓"夜啼郎"了。相信迷信的家长，每每于墙角灯柱上粘一张黄纸招子，上面写着"天皇皇，地皇皇，我家有个夜啼郎，过往君子读一遍，一觉睡到大天光"。一觉睡到大天光，绝对是一种难得的境界，尤其对成年人而言。

小青年的夜，一般也如兔子的尾巴——长不了。除非他或者她处于某一特定的时节，那花将开未开，心思便朦胧，这时际，哪怕

眼前掠过一个不甚明晰的身影,也将生出几分渴念。一般来说,那身影愈具象化,渴念愈强烈。"求之不得,寤寐思服",夜于是如牛皮筋一样被扯长。他(她)们的夜虽被扯长,却不寡淡,好梦一串串如同一束束七色花开在"夜空",俨然一派灿烂星光。而一旦思而得之,接下来,不免花前月下,卿卿我我,当此际,料想只有怨恨昼长夜短的分。与花开时节的年轻朋友,你千万甭提什么长夜不长夜,不然的话,他们会睁大一双双秀目,瞅你,将你看成天外来客。

从生理角度,老年人的夜无疑最长。不过,老年是最容易守恒的年龄段,这是几十年阅历及修为之所致。为什么孔子说:"六十而耳顺;七十而从心所欲"?岁月的磨砺使他们抵达坦然之境。老年人毋需对未来承担什么,放松的肩头极易使他们恬淡闲适起来。老年人最大的优势在于有许多许多的过去。普希金的诗句:"而那过去的,将会变成亲切的怀念!"一个人倘若有着许多"亲切的怀念",长夜又何足惧?长夜不长。

人到中年,情况便不妙。中年是青少年与老年之间的介质,是一个不长不短的过程。譬如爬山,青少年在山脚跃跃欲试,对山上的风光满怀憧憬;老年端坐山顶,以过来人的宽容鸟瞰人生,冲淡平和,一脸禅机。唯独中年攀在半山腰,早年的想象力让坎坷的山石、横生的荆棘切割得支离破碎,而未来仍在未来的地方,你依旧得登山不已。

中年犹如季节中的盛夏,那秋日在不远的前方私语。中年的夜日渐长起来,长而且乏味。没有青少年的理想作为原始动力,没有老年人的回忆来宽慰自己,有的只是一种责任。俗话说:壮年不为何时为。中年必定上有老下有小,像一条扁担系着两只筐,挑也得

夜长梦不多

挑,不挑也得挑;脚下是崎岖的山道和一些不肯妥协的河流,走也得走,不走也得走。想懒不能懒,想静无法静。长夜过去是天明,天明以后是忙碌。台湾诗人余光中在一篇散文中说:"人到中年百事哀",真是肺腑之言。

夜长梦不多,睁大眼睛守着天明,无论如何都是一件难堪事。"百哀"于是更加触目惊心,让人愁肠寸断。而一旦黎明到来,你又得一骨碌爬起,担起生活的全部重负,攀山不止。

关于读书

关于读书,大可不必说很多话。作为一种需要,读书于人毕竟不比饥渴那样须臾不可或缺。因为,对每个具体生命来说,生存始终是第一位的,然后才谈得到生命存在的质量。难怪会有人将读书视为一种奢侈,尤其在物质匮乏的大前提下。

偏有人愈是食不果腹,衣难遮体,愈是发愤读书。旧社会里,书生与"穷"字,读书与"苦"字,常常联结在一起,这并没有什么奇怪处,也不说明读书比衣食住行更重要。倒是穷书生们每每向书中去觅"黄金屋""颜如玉",反把读书当了改变生存状态的一种手段,譬如生意人经商盈利一样。再看"凿壁""囊萤""头悬梁""锥刺股"等等,也就近似乎一种投资。

读书人与生意人碰上了,或许会相互瞧不起,究其深处的动因,应当是大同小异的。这是读书的大功利。

读书还有许多小功利,都是些很具体实在的目标,诸如考试,升学，评定职称等等。在校的学生们姑且不说。我们生活中，往往会有一些让你捧出一个凭据（比如文凭）你偏偏捧不出的尴尬。且不仅仅尴尬而已，还将影响到一些实际得不能再实际的问题（比如调资分房等）。你只得去读书。读什么？怎么读？皆被那些个目标替你规定好。不谈兴趣和乐趣。有道是：书到"用"时方去读，怎么"顶用"怎么读。其功利性耸肩露骨，想藏也藏不住。

功利性读书，是主体对客体的一种被动性选择。简单的说法，是一种被动读书。被动读书，并不仅仅局限于具体的功利目标。有些书分明是我们主观上想去读的，甚至千方百计去寻觅来读，这似乎与"被动"二字无关。然而略一反省，你便会发现："想"与"寻觅"的真实动因，往往是受了一种时尚的唆使，抑或由于某个名人的推荐介绍，或者，干脆是因了一篇出色的书评文章。所以，此类读书同样具有被规定的意味，也是一种被动读书，只不过其被动性隐藏着，不易为人发现罢了。尽管如此，我们没有丝毫理由将此"被动"与彼"被动"等同划一，不然的话，除了直接服务于功利目标的书籍，我们就几乎无书可读了。

对书的被动性选择，使人们的读书乐趣降至一个低界值，尤其当你纯消极地去读它。可不可以用一种积极的态度去读呢？比如：从纵坐标轴与横坐标轴，读时间与空间，读人活在这个世界上都有一个只属于他的坐标位置，和一道绝不重合的人生轨迹；从两圆相离，两圆相切，两圆相交，两圆内含，两圆同心，读人人之间的关系式以至关系的进程；等等。枯燥的数理逻辑中便读出一些人生况味来，自有了一番意外之得的乐趣。遗憾的是，这种读法毕竟节外生枝，背离原宗旨甚远，得耶失耶？亦难一概而论。故而，每听人大侃读书之乐，羡慕之余，不免以为侃的人与听的人似乎都有点勉强自己的味道。

　　所谓读书乐，无非是主体在与客体的偶然契合中所领略到的一种特殊境界。是绝对个性的一种情绪。天地如此之大，主体的差异如此明显不同，读书之乐哪能用语词头头是道地表述出来，即便你能够表述，听的人也不能够体味。当然，哄哄人是可以的。有人说，读书可以忘忧，反过来说不是一种乐么？对也不对。杜康之乐非读书之乐是显而易见的。也有人援引地摊上的书刊为例，说这不都是些娱乐的书么？其实，此类娱乐书中并非人人都找得出娱乐性来，更何况读书乐并不在于感官的刺激性。

　　真正的读书乐，譬如一种缘分，是可遇不可求的。五柳先生云：读书不求甚解，每有会意，便欣然忘食。何谓会意？即如人的一见钟情，其中因由原是说不清楚的。说不清楚的事自然还是不说为妥。

　　回到前面的话题上。人之为人，大概不会到饮食男女为止，读书也是人的一种需要，一种另一层面上的需要。是需要总得去满足。所以，奢侈也好，功利也好，被动也好，书总是有人去读的。也总有人从书中得到一些什么，包括乐趣。

夜长梦不多

我将离去

人在生病的时候总会冒出一些怪念头来。我将离去，就是我生病住院时候突然冒出来的怪念头。这念头冒出来后，并没有展开，似乎也没有前因后果。我将离去，同样不是一篇文章的题目。因为它并不是一个经过了慎重思考的话题，它只是一股瞬间的情绪，淡淡的，怅怅的，容易让人想起深秋时节落叶飘摇之凄美。

不过，诞生这样的念头，肯定不是一件很愉快的事。东坡夫子有名句："我欲乘风归去。"从字面上去看，好像意思差不多，情绪却不一样。在苏轼词中，月宫是那样一个好去处，只是"高处不胜寒"，清影孤单，让人"欲乘风归去"，却又不免有几分担心。我将离去，却是另外一种东西，在医院里能够感觉到的离去，是让你转过身去，向你热爱着的一切道一声，永别了。然后丢下所有，步入一个谁也不知道究竟，据说是黑暗无边的世界。

紫金文库

> 是谁，令我们如此凄美地转过身去
> 无论我们来自何方？做着什么
> 我们总是保持着一个起身离去的姿势
> 随时准备与我们栖身的世界告别
> 就这样，我们活着，总在别离中

　　这些句子是我产生了离去之念后信手记下来的，不能成篇，是一片碎絮。细想一回，倒也的确如此："我们活着，总在别离中。"是世界上所有生命的真实写照。只是，人们常常感觉不到这一点，人们常常会被一些琐碎的生活假象迷惑。

　　当人们在世俗社会里为一些什么争执不休的时候，当人们在为生活中不公平现象而愤愤不平的时候，当人们希望永远保持他已经得到的一切的时候，他可能无暇顾及自己终将"凄美地转过身去"，或许他已忘记，人活在这个世界总是随时"保持着一个起身离去的姿势"。应当说，包括我自己在内的大多数人都会这样。

　　从这层意义上说，我将离去，虽是诞生于医院里的怪念头，竟也有几分道理在其中。尤其当我们处于浮躁的人事中，处于匆忙的事务中，处于诸多利害的纠缠中，能于安静与孤独之境产生"我将离去"这样的念头，应当是生理之外最好的治疗吧。在医院，近距离观照生命诞生与结束之地，这时，人的向善的心思与无争的心态就完全凸现。

　　死亡，就守在人们不知道的前方，窥伺着。死亡不是个体生活里的一件事，因为任何人都不可避免经历死亡，死亡是生活的终止，或者说生活到死亡为止。然而，从生活群体的角度，死亡恰恰是最常见的事，死亡和新生，好比一个水池的进水管和出水管，是

夜长梦不多

它们让整个生活群体始终保持着平衡与新鲜活力。由此可见，死亡也并不可怕，它是生命的自然归宿。

我将离去，是处于特定情境下的一种觉悟，相对于短暂的人生，这样的觉悟还是很有意味的。

紫金文库

无端的寂寞

这些年来，常去一些名胜古迹走走，看看，都是集体行动。

你一想单独行动，别人就得等你，集体的行程就被少数人耽误下来，即便别人不说什么，自己总得约束一下自己吧。所以，每当陶醉于某些景点之隽美灵秀，就无端来了点小怨尤，就想，什么时候自己一个人或者伴一二知己，再来慢慢品味吧。当然，也只是想想而已，很少实现过，因为你一想自由主义，想单独行动，就没有人替你签单，就得自己掏兜，这也算一件不大不小的事吧。

"读万卷书行万里路"原是一句老话，都听腻了，真正领悟它的含意并不容易。行万里路不是做社会调查，是游山玩水，游玩与读书有什么关系？有，它读的是无字书，身临其境，山山水水，对你的撼动并不比读书小。最易见的是人在山水面前映现出生命的渺小。

与读书颇不同，读书是把自己带进故事场景中，使自己忘掉时

夜长梦不多

空，一个现代人与古代人，可以在同一种思想或情感中没有任何障碍地进行交流。而站在山水风光面前，人则时时被提醒：时光流逝何其迅捷。在醉翁亭前背诵《醉翁亭记》与在书斋里读它，感觉完全不同。站在任何一个风光面前，人都免不了喟叹。

所以，在一些旅游景点前，我常常会无端地寂寞，陷入沉思，却又什么也没有去思考，这大约就是汉语里常用的若有所思吧。不知是一种什么情绪，总缠着你，你走不出那样一种情绪。

每次从景点走出来，就像一个被改变形态的物事，你得用好长时间才能使其恢复原状。旅游景点有导游和解说员在那里解说：千年前，百年前，谁谁谁在这里，做过什么，说过什么。

千年与百年，在她们嘴里天天说，成百上千遍地说，一点也不沉重，可是，对旅行者对我来说，却有一股东西压着，人生才几十年？百年就让所有生命惊讶得不得了，何况千年？再想想百年的变化与变迁，就更令人惊奇不已，变化之大让人几乎不敢相信。唯有山山水水，在那里，不动声色地看着人类，看着许多荒诞不经的人和事，慢慢地复归尘埃……想来它们见得实在太多了，所以才处变不惊地站在那里，一言不发地站在那里。

对具体生命而言，对身边的诸多变异，每每竟视而不见，亦很少诧异，这就像整天看着小孩成长，变化多系潜移默化，故不能发现其身高体形的变化。唯有站到历史悠久的山水风光面前，才让人直感到世事沧桑，物是人非。从这层意义上，旅行绝不只是一段行程与一次休憩，也是读"书"明理的过程。

紫金文库

秋天的情绪

已经冬之初了,仿佛还是秋,人的情绪每每落后时间一步。纷纷扬扬,常被用来形容春日的絮或隆冬的雪,是一些可视可触摸的景。在秋的境界,纷纷扬扬有时竟是一些看不见摸不着的情绪。尤其当你独处一室,于寂静的空气中它们广阔地旋落,在心底堆积得很厚,让人掂得出其中分量。

秋天都有哪些情绪?本因人而异。古人有"悲哉秋之为气也",也有"停车坐爱枫林晚"和"却道天凉好个秋",李商隐偏要"留得枯荷听雨声"的凄楚。情绪的不同实难一概而论。

少年时读屈老夫子"袅袅兮秋风,洞庭波兮木叶下",虽有淡淡秋意,却还是一派清秋沙白的景观。读到"风萧萧兮易水寒",便凛然有寒意生于背。于今追忆少年时的阅读,印象真切且耿耿于怀的竟是下面那句"壮士一去兮不复还"。一筑罢了,荆轲推几而起,负了刺杀秦王的使命,不顾而去,在风萧水寒的深秋。其实,

夜长梦不多

负了人生使命于肩头，跋涉在一维的生命旅途，一去永不回复，其悲壮绝不亚于荆轲。尤其中年向后，来日无多，遇秋而生寒，其寒意生于心。

林语堂先生在一篇《秋天的况味》文章中，曾把秋当作手中擎的大烟斗一味地把玩，"一口一口地吞云吐雾，香气扑鼻，宛如偎红倚翠温香在抱的情调"。于是乎，先生似乎不爱"春天之明媚娇艳，夏日之茂密浓深"，而独爱"秋林古气磅礴气象"。余生也晚，读前人书有如缺席思想交流，有往而无复，自是一大憾事。不过，说句不恭的话，我以为林先生在这里说的不是真话。诚然，做文章与做人两码事，做文章讲究奇崛，常逆向思维，人云亦云哪来的好文章？做人将又是别样一种感觉。日之将暮途之将穷，谁能发自五内地舞之蹈之欣欣然乐此不疲？秋之于人尤其是中年人，是一种警饬，珍重你的描写吧，属于你的时间已经不多了。颓唐是要不得的。在生命存在的短暂过程中，面对任何一个对应的年龄段，怨天尤人是最不可取的消极的人生态度。这样去想，林先生的喜秋之情虽伪，却不失为一种乐观主义的精神。

曾经写过一首诗，开头两句为："冬住在隔壁的屋子里／它踱过来了／你无法拒绝"。写出这两句时，我记得自己好得意，为自己突然冒出来的一点小机智。写诗时我用了冬这个沉重的意象，其实自己并不怎么沉重。写这诗时，正在五月，是盛夏尚未到来的季节。在五月，冬很遥远。把遥远的冬想象成住在隔壁的邻居，是件轻松的事。倏忽间，秋已经逝去，冬正大大咧咧地招摇过市。所有的防线不攻自破。在冬日里写秋天的情绪，本身就标志某种无奈，标志某种逃避的愿望。从冬很遥远去邀冬相聚，到秋已逝去仍在耿耿大谈秋天的情绪，反差极大。许多生命的苍凉便从这反差中跌落。

都说秋是成熟的季节，收获的季节，其实，也只是秋天尚在地平线那边时的一种心情罢了。一旦春的新欣夏的浓郁全铺在身后那条蜿蜒的小路上，成熟也罢，收获也罢，都包含了深深的遗憾。

生命之树有如落叶木正一片片蜕落。这时候，最适宜唱"霜叶红似二月花"或"满目青山夕照明"了，然而，纵然中气仍足，却明明白白地杂入了许多悲怆。

夜长梦不多

少年的狂妄

人在年轻的时候，难免有那么几分狂妄。譬如我，在 20 岁前后，就曾经认为只要自己去做，就没有我做不成的事情。所谓狂妄来自于无知，20 岁自是懂得一些事了，毕竟懂不太多，且不大能做到"不知为不知"，每每弄出一些笑话来。少年豪气加上狂妄无知，做事情光凭着一冲之兴，从不顾及力所能及与力所不能及。读书读到"自信人生二百年，会当水击三千里"这样的句子时，亢奋之余，也只是遗憾"二百""三千"这样的数目似乎太少。

如今想起少年事，自然觉出自己的可笑。生命有限而世事无穷，智力的有限性与世界的无限性明明白白摆在那里，是每一个具体生命和每一条生存曲线的灰调的背景。且不说"人定胜天"这样的诗人的浪漫，光是从认知的角度，有限的人生到底能学习掌握多少知识？显然就不是一件让人自信得起来的话题。庄子就曾经说过这样让人泄气的话："吾生也有涯，而知也无涯。以有涯随无涯，

殆已。"这显然不是轻狂少年所能领略到的境界。

随着岁月的推移，生命的秋景渐次展现，大红大紫固是久违了，盛夏的那份浓郁茂密也变得斑驳疏朗。不见了春日的生机，亦少有盛夏的沉稳，有时竟没来由地生出几分无名的怅惘，且伴有一缕缕虚浮之感。看得多，想得多，说得也多，唯独做得少了。这时，再想孔老夫子的"信而好古，述而不作"，大约也是处于生命的秋天才有的境界罢。

少年时的盲动虽一次次让自己碰壁，却也不止一次让自己做成一件件看上去原本做不成的事情。这或可以说是"自信"的收益。正所谓得失互补，祸福相倚。遇事欠思考，少斟酌，凭一冲之兴，原是弱点，却也正是年轻人的强项。待到觉悟年少时的无知，整个人算是长进了，成熟了，碰壁的事也就不大见得着，这自然是一件好事情。成熟是凭了许多教训换来的，当然难能可贵。殊不知成熟竟也有许多负面的效应，最明显的，是让你少去了许多意外的成功。

这才明了，四平八稳的固是一件令人羡慕的事，却不是一件十全十美的事。正像少年的狂妄，无论从哪个角度去看都不能说十分妥当，然而，它里面却又明明白白地藏着许多锋锐，和久违的令人回味无穷的青春魅力。

夜长梦不多

无枝可栖

听不到鸟叫,我们已经习以为常。对城市居民来说,鸟似乎已是一种珍稀动物,而且,城市越大、越繁华热闹,鸟越是稀少。偶尔听到鸟叫,就想起在乡间的那些日子。乡间有许多鸟,一大清早,人还在床上,就听见麻雀喳喳乱叫,声音短而碎;喜鹊的叫声不长,却也不促短,有一股说不出的从容,喜鹊是报喜的,所以说"喜鹊叫,有人到";有一种与喜鹊长着差不多长尾巴的鸟,当地都叫它"山玲子",这名字该不该这么写?还真的不那么清楚,它叫起来声音则拖得特别的长;乌鸦的声音总"呱呱呱"地,枯燥,让人听得有点生烦;还有一种被叫作"布谷"的鸟,不停地叫着布谷布谷,农村里还有人把那声音谐成"光棍好过",说这鸟叫预示着不吉祥……

城市与农村不一样。城市里历来是楼房多树木少,而且,随着城市的发展,高楼越盖越多,马路越拓越宽,树木也就越伐越少。

紫金文库

比起那些摩天大厦，路边那不太茂密的树，再没有它们在自然界中的伟岸，充其量只是一簇簇路边草。没有鸟会栖在这些"草丛"上。城市的喧嚣，那些高分贝的噪声，万物之灵长的人也受不了，何况鸟。所以，鸟在飞过城市的上空时（我不知道鸟现在还能不能飞过城市的上空），会发出人类所听不懂的叹息：无枝可栖。

无枝可栖，想必就是城市里再见不到鸟的缘故罢。鸟的飞翔，似乎只是翅膀摩擦空气的行为。事实上，一个个可供栖止的支点，比如树，比如树上的枝条，在一定意义上，却是飞翔的前提条件。没有栖止，就没有飞翔。

我并不想过多地谈论鸟。我不是环境保护或者研究生物的工作者，不会端别人的饭碗，抢人家的课题。更何况，我一向认为人类自身的叹息够多的了，哪里还顾得上为鸟叹息。既然不谈鸟，再在这里说什么无枝可栖，似乎是一种错位或者命题错误。然而，当我想着要写这样一篇文章时，确确实实感觉到了一种无枝可栖的恍惚和茫然。人不是鸟，没有翅膀。但，人身上却有一种能够比鸟飞得更高飞得更远的东西，那就是人所独有的属于精神范畴的对美好的向往，以及所有关于理想与崇高的想象。这大约是人作为人超出所有生物的最值得自豪的地方了。当想象张开翅膀，在另一个时空中翱翔，我们就不难体会鸟的飞翔过程中的惬意，甚至她对于一个可供栖身枝头的顾盼的神态。同样，我们也一样能体验鸟所拥有的对无枝可栖的失望。

我们这代人曾经有过美好的理想，虽然以现时的目光，它们都比较偏激。我们却一如前辈们的执着，甚至近于迷信者的顽固。

如今，这些理想与崇高都在哪里？或许，我们迷恋的不单纯是理想本身，还包含向往、追求于她的飞翔过程。眼前，到处都是实

夜长梦不多

用功利的"林木",物质崇拜玷污了所有"枝条",在这城市的"森林",还有理想的栖止之地吗?在这城市的上空,还有"鸟"能飞过吗?

正像那些真正的鸟,它们逃离了城市,逃离了我们,我们的"鸟"也一样析离了我们的肉体,让我们来体味没有"鸟"飞的失落以及无枝可栖的惘然。

第三辑　河西杂记

石头城漫步(断章十四)

一

我常常陷在一堆语言里,像闯进一群陌生人中间的小孩,有点手足无措。那些语言怪得很,有时像一堆闪亮透明的晶体,光线打在上面,会折射许多绚丽的色彩;有时却又色黯晦涩,无棱无角,看上去非常平庸,甚至面目可憎;有时像一些富有弹性的球,轻轻一拨就会滚动起来,并且弹动很久,余音袅袅;有时则像死板一块的石头,嵌在草丛或者躺在墙角,似乎还沾上一堆说不清是什么的污垢。

秦淮河堤岸的一张靠椅上,我目光散漫地看着灰色的天空,几棵因为落叶而瘦身的树,用清癯的枝条切割着大片的空白,带给人秋天的意味。那些外在于我的语言们,冷眼看我,那种疏远与隔

夜长梦不多

膜,让人觉得无趣。

有一个遛狗的妇人,准时从河堤的另一端过来。那应当是一条很名贵的狗。这只是我自己的判断,我其实不识狗,只是似是而非地以貌取狗罢。第一次见到她时,觉得她的气质不错,介乎高贵与典雅之间,她的神情,她看狗的目光,她走过时的身姿,以及走过去以后的背影。此时再见到她,忽然觉得她稀松平常,不仅如此,我还从她眉眼之间从她牵狗的姿势看出几分俗气来。我慌忙低下头。

把视线收回来,重新放到一本翻开的书上。这是让·科克托的一本书,书名《存在之难》。让·科克托是法国的一个艺术家(1889－1963),说他是艺术家是因为不能再细分下去,比如小说家、诗人、画家、演员……他涉足了几乎所有现代艺术领域,从诗歌到小说,从电影到戏剧,从素描到手记,从芭蕾剧评到陶艺绘画……1960年,他自编自导自演电影《俄耳》,他还是法兰西学院院士和比利时皇家法语文学语言学院院士。

《存在之难》是让·科克托的休憩之作。电影《美女与野兽》的拍摄让他精疲力竭,他病了。这个以速度著称的科克托终于静止下来,于是,他听到了自己的沉默,这个习惯于生活在自己制造的噪音中的天才,科克托试着适应自己的宁静。声音的喑哑和叙述的干涩。第一次,作者听不到自己说话的声音,他感到了存在之难。

我想起那些调皮的不听从我支配的语言。那也是因为噪音的缘故罢,我也有类似习惯,每每生活在自己制造的噪音里不能自拔。

我终于明白过来。我抬起头,看那个走远了的遛狗妇人的背影,我想,明天这时候再看到她时,我也许会有不同的感觉。这时,我忽然觉得有些语言在我的头脑里鲜活起来。

107

紫金文库

二

我坐在河堤的靠椅上，面对石头城遗址，呼吸着这个秋天傍晚的空气。在我和残存的城墙之间，秦淮河静静地流过。站立的城墙，流动的河水，作为坐标，参照我的方位，不仅是空间方位，还有时间。忽然有一种特别的感动，由里至外，渗透着，漫溢出来。我怎么会在这里？我怎么今天才在这里？

我想起一个被叫作里下河的苏北水乡。从15岁响应号召到那里插队落户，我在那里待了整整十年（1968—1978）。在今天生活的场域，谁也不会知道当年我的模样，除了我自己的日渐模糊的记忆。漫长的夏天和秋天的一部分时间里，我会成天裸着上身，赤脚走在田埂上，掮着铁锹或者扁担，全身上下唯一的织品是一件大裤衩。那时的南京，对我来说只是一个地名。我这一生会跟南京发生关系吗？当年肯定没有想过，也不知道该怎么去想。石头城又是什么？石头城不就是南京的别称吗？原来石头城还是一个确凿所在，而且这样一个确凿所在竟然就在我今天的住地附近。我现在就坐在它的对面。

石头城是南京最古老的一段废城墙。著名的赤壁大战前夕，诸葛亮为了联吴抗魏，曾经站在石头城上，发出"钟阜龙盘，石城虎踞，真帝王之宅也"的感慨。诸葛亮不仅是中国历史上的贤相，还是一位博学多才，熟悉地形方舆之术的鬼才。历史喜欢开玩笑，也可能只是诸葛先生开那些帝王的玩笑，但凡相信"真帝王之宅"之说在这里称帝的王朝，没有一个不是短命的。是上天在笑，还是诸

夜长梦不多

葛先生在笑？我没有笑。我依旧靠在椅背上，静静地看着河对岸诸葛先生站立过的石头城。

石头城唐代已毁于战乱，眼前的这一段城墙是残存下来的废城。这是一道筑在石头山上的城墙。依山而筑的墙体里有一些凸起的红矾石，有一块嵌在墙体里的红矾石呈椭圆形，远远看上去有一个脸的形状，这一段城墙也被人们称作鬼脸城。现在我就坐在它的对面。我们坐着，人脸对着鬼脸。时间似乎不再流动。2000多年它都看见了什么？此时，它又是用什么样的目光来看我？

自从1997年迁居于此，已整整8年，我竟然没有来这里走一走，距离这么近，这地方又是如此经典与雅静。过度追求事功的社会现实，令生活其间的人不断异化，思古之幽情与浪漫之想象，这些与功利无关的内容日渐匮乏起来。如石头城如此久远的历史古迹陈放眼面，如秦淮河这么经典的河流从眼前流过，居住在它们身边的人竟然可以视而不见！

也是，历史悠久又如何？经典雅静又如何？不走出家门，不走出许多工作上的琐事，还真的想不起来，这历史对今天到底有什么意义。就像人们面对一块石头，从来不想它已经有多少年岁，经历了多少朝代，常常一脚就踢飞了它，尤其是绊脚石。

终于有了时间上的宽余，紧张的生活像绷得很紧的弹簧松弛下来。以前以户外活动为主，今天是室内作业，所强调的东西正好相反。以前在外面忙累了，总希望早点回家躺下，或靠在沙发上看看书。

现在呢，躺着靠着的时间多起来，却又需要增加适当的户外活动。每天傍晚散步，经由秦淮河边向南，也就十来分钟时间，便到了石头城遗址对岸。身边这条曾经流着污水的秦淮河，如今整修成旅游风光带，堤岸修得很考究，从堤岸到水边，铺设了三个层面的甬道，滨水的那条道，植着垂柳，柳丝缤纷，行走时，以手分柳绺、躬身以前行，是小孩喜欢钻的去处。堤坡的道路较堤岸的大道为窄，两侧有树林遮着，适合情侣散步。

我走在堤岸大道上，居高望远，宽敞明亮，恰似我此时的心境。

三

西渐的太阳，像时间的影子在我坐的靠椅前缓缓移动，对我而言，这样近距离感觉时间流动的机会很少。我们无时无刻不生活在时间里，却很少感觉到时间的存在，更不用说像现在，静静地感受着时间的影子在缓慢移动。生活在紧张的节奏中，免不了人事劳碌，心情潦草，只有回忆时才会对时间的流逝，感到真切之痛，随之而来的是一声轻轻叹息。

时间的可贵也许真正沉静下来才能体会到。在过去了的那些心浮气躁的日子里，时间的可贵对我只是一个千真万确的道理，常常被我用来说教。

其实我并没有真正弄懂这个道理。

在过去的岁月里，我常常为自己对时间抓得不紧而忏悔，并且用相同的理由不时给儿子上课，让他珍惜时间，尽管收效甚微。基于这样的认识，我不时地劝诫自己，要抓紧时间，抓紧，再抓紧。然而，生活本身却毫不留情地把我放到被告席上，它们用有力的证据与证词，反证我只是生活在自己制造的噪音里，所谓抓紧时间只是在若有其事地虚掷岁月。若有其事与若无其事不同，从结果来看，若有其事未必比若无其事就好。

夜长梦不多

一个坚持跑步的中年妇女小跑着，经过我的面前，往南跑去，一会儿，她还将跑回来，自从我开始散步以来，每天都会看见她在这里跑三四个来回。

跑步的妇女目不斜视，步履有节律、有弹性。看着她的脚步，我忽然想起"时间的脚步"这个词。

我在想，她跑步所消耗掉的时间是不是也很可贵？我笑起来，为自己的荒唐。人家那是在锻炼身体。可锻炼身体又为了什么？让身体健康去更好地做事，还是因此活得更长久可以拥有更多生命的时间？为了拥有更多的时间却又在这里消耗时间，这二者之间，是不是有一个付出少而得到多的价值转换？

那么，时间的可贵到底建筑在什么基础上？仅仅是因为时间属于每个生命非常有限，还是说，必须把有限的时间转换成尽可能大的价值？时间与空间都是无限的概念，从数理意义的角度，时间的价值往往体现在它穿越空间的能力上，一个单位时间可以穿越或吞没具体空间长度的值，为速度，通常意义上速度越快则效率越高，时间的价值也就显现出来。

由于现代化手段以及代步工具的应用，提高了时间吞没空间的能力，过去几个月才能抵达的里程，现在几个小时的飞行就能做到，我们能因此说时间比过去可贵了？在以光速运动的电子宇宙里，空间几乎在须臾之间穿越，电话和网络的在线交流，使得"远在天边"和"近在眼前"之间已经没有什么差别了，难道我们能因此说时间更有价值？

时间是具体生命的刻度，具体生命的价值就是时间消耗的价值吗？若不是，什么才能合理地表述时间的可贵？如果说具体生命的时间是有限的，那么它的可贵应当体现在个体生命珍惜它，尽情享

有它，而不是用它来匆匆完成一些具体事功（以速度与效率的比值来证明它的可贵），这样一想，很难说我已经明白时间可贵的真正道理。我们先人中的智者曾经说过：山水无常属，闲者是主人。

人与世界的接触与交流，受生命长度的限定，时间极有限。做自己想做的事情，爱自己所爱，在极其有限的生命里享受生命，才能真正体现时间的可贵，体现生命的价值。

同一样东西，经历它与感受它，价值取值标准忽然不一样。此时，当我静静地看着时间的影子在移动，当我细细品味时间价值与可贵，先前的一些生活内容忽然有点似是而非起来，那些曾经令人充实的忙碌，那些通过提高速度来"吞没空间"的野心，在反省中，忽然变得虚妄。

四

在想象中，这些不同于我今天存在的存在，相对于我今天的存在，好比庄子的蝴蝶，飞来绕去，到后来，竟真假难辨起来。然而，那些个不存在的存在一旦存在，我今天的存在就将不存在。

此时，我在秦淮河堤岸上散步，心思散漫地想一些不着边际的问题。散步，不着边际地想象，却是一个不容置疑的确凿的事实。这个世界上，不可能再有一个我同时在另一个地方活动着。反之，如果有人在其他什么地方发现了我，秦淮河堤岸，散步，斜阳下的影子，就与我毫不相干。这就是说，我的存在与另一个我可能有的存在，事实上是不能重叠的。

从这层意义上，一个人走过来的路是他唯一的可走的路。从来就没有第二条道路。所有后悔都没有意义。走过来的路，是你唯一

可走的路，沿着这条路一直走下去，是你唯一的选择，也将是最终的选择。这是向后看的结论。

向前看，人常常会对自己说，此路不通，还有第二条路、第三条路，总有走得通的路。这样一想，现实窘境中的人就变得有弹性，虽不总是逆来顺受，却可以不时地采取退让姿势，一次次从严峻现实中绕过去。然而，确切的事实却是：你并没有第二条路可走。因为你所做的选择其实都是没有选择的选择。这就像一些犯了罪的人，在受惩罚时忏悔说，早知今日，何必当初。

其实，没有当初什么什么的说法，因为，他当初的选择来自于他自己当初的价值取向的总和。假如重新来过，他依旧会选择犯罪，没有第二条路好走。在所有设想有第二、第三路可走的人那里，一般都是因为眼前的路似乎更难走，或者说另外的路也许比眼前的路更光明。

因为这样的设想，他可能选择退却，其实，他不明白，他选择退却并不是因为有另外的路可走的缘故，而是他只能选择退却，退却是他唯一能走的路，如此而已。

假如是一个耽于想象的人，选择退却的时候，他并不显得颓唐，有时反而表现出又开辟了新战场的亢奋。众所周知，阿Q是这一种精神法的集大成者。阿Q是一个生活的失败者，在精神上，他却能常常得到短暂的胜利者的眩晕！

五

过去的视角其实并不存在。虽然我们从过去走到现在，再走向未来。相对于过去，现在是不能预见的，就像未来相对于现在，只

能被想象或者向往，而不能被确定地预见。包括那些自称有预见能力或者干脆是掌握了真理的伟人，他们曾经声称社会将按照他们所掌握的发展规律向前发展，他们的预见一无例外被时间证明是荒谬的。

我又想起插队在苏北里下河农村的那些日子，36年前我从城市来到那里，在那里学做一个农民，事实上作为一个农民我已经学得很不错了，如果不是后来世道改变，知识青年全部杀回城市，我可能至今仍在那遍地是河流的乡村，或许早就娶了一个当年看中的村姑，生下两个儿子或者一个儿子一个女儿，如今他们也已经成人并分别娶上媳妇或嫁了人，让我毫不费力地当上了爷爷。这一幅画面已经随着轰轰烈烈的上山下乡运动的终结而成为不能实现的幻象，虽然当年我们并不希望自己永远留在那里，也并不乐意自己一辈子当个农民。

如果让时间倒退回去，站在36年前，我会想到今天的一切吗？我忽然觉得很荒唐，甚至有一种幽默之感，今天的种种现实：大到社会变迁，小到情感家庭，都是当年无法想象的。由此我们似乎可以做出这样一个结论：能够被确凿预见的现在，绝对不是现在。

这种说法有点像绕口令了。在一种被称之为未来的远方的生活里，今天是它的过去，站在今天，去想象、计划、预见明天，显然是不明智的，明天的意义就在于它远比今天有着更多内容，而且意味着不可知。也正因为那些不可知，相对于明天，今天的视角是也是不存在的。

今天只能做今天的事，把明天留给明天。

夜长梦不多

六

  风从身边吹过，没有人问风到哪里去？也没有人知道风吹过，还回不回头？转了风向的风，是否还是刚才吹过去的那阵风？雨从天而降，汇进河流，河水流向海洋，从海洋蒸发升腾为雨云，它们还是先前的那些水吗？风雨都在流动中，留下的似乎是疑问。

  流动是一种位移，也是一种时间的改变。在流动中，一向隐匿起来的时间属性，变得显著。这一点坐在特快火车上看车外飞速闪过的景物，在升空的飞机舷窗鸟瞰脚下的城市，感觉尤其真切。

  石头城河对岸的靠椅上，我和石头城面对面坐着，我的时间属性更显著一些，就是说肉体生命较石头城而言，流动性更强一些。我来到这个世界前，石头城就在这里，我离开这个世界后，还会有其他人坐在这里，面对着石头城。

  是不是可以得出这样的结论：谁能在一定时间长度里停留得更长久，谁的力量就更大一些。在一个固定时间刻度中，物体的变化越小，变化越慢，它在时间刻度里逗留的时间就越长。从这层意义上，流动增快，多变，不断发生位移，绝对不是好事情！

  相对于一场暴风雨，我比它们生命长，在石头城面前，我的生命就变得很短暂。而石头城在日月宇宙面前，它也是短命的。这里有一个很有趣的现象，而这个有趣现象的取值标准在于时间，就是时间穿越或吞没的难度越大，这一具体空间与物体的生命力就越强！

  回过头来看历史，三皇五帝到如今，多少人事今安在？思想文

化上有诸子百家，文学艺术上有屈原、李杜、三苏等，时间吞没一切，帝王将相都销声匿迹了，这些当时不被人们看中的艺术，这些无涉事工的文化，却能与时间抗衡，并且穿透时间的甲胄，显现出真正的强大！

其实，山不流动，水在流动，能说水不强大吗？具体生命一个个消失，一个个生命又持续不断的出生，枯涸的水才不强大，流动的持续性则是强大的特征之一。因为流动不是流逝，它包含着不断再生。

七

梦见自己被困在狼群里，一群高昂头颅的狼，还有尖嘴、尖耳、吊眼梢，略显得小样的狐狸。狼们在我的周边阔步巡视，虽然没有狼性十足地扑上来，依旧令人胆战心惊，倒是有狐狸窜到我面前来，看不出明显的恶意，竟有点像家里饲养的宠物猫，有几分娇态。在梦里想起好像做过类似的梦，梦见的是狮子与老虎，好像在一个深山里，那是一些森林王者，它们对我好像有点不屑，让我有一种受冷落的感觉，毕竟此时与狼共存更恐怖。

梦里有梦，梦里还能分析自己的梦，却不是醒。在梦里，我希望有一个关得严严实实的牢固的屋子把自己保护起来，或者驶来一辆装上铁甲的出租车把我载离现场。梦里没有人。

傍晚，河堤上漫步的时候，会遇上养宠物的人在河堤上遛狗。各式各样的狗，大的狼犬，小的哈巴狗，长毛的，无毛带斑点的，被主人牵着，一路遛过来，它们彼此向往亲近，拗着主人手中的绳子，也有被解下绳索放风的狗，它们立即相互追逐，咬成一团。狗

夜长梦不多

咬狗并不是人们理解的有恶意,其实是一种亲密的表达。这些狗白天被关在各自的楼院里,品味了一天的孤独,虽然主人们试图亲近它们,毕竟不是同一种族,毕竟不能代替狗与狗之间的交流。如果狗能够用语言表达,它们大约一整天里都在盼望这一时刻的到来。这时候它们才有自己的社会环境,到了自己的世界里。

整一个白天,我把自己藏在书房里读书,许多书,读不赢的书,书令人寂。读累了就走出门遛自己。宠物主人遛狗,谁在遛我?

我终于明白,夜梦中那些狼与狐都是白天见到的狗的变形。

可是,怎么会有狼入梦呢?

八

一只球扔过来,力量正好,很准确地投入我的怀中,一举手刚好抱个正着。

一只猫从草地上蹒过,我轻轻地尾随它,前倾着身子,下意识地探出两手,显然,我想摁住它。摁住它只是想爱抚它。哦,这只猫的毛真白,在绿草丛中像一堆移动的雪。

眼前一花,有一道虹一样的弧线从眼角划过,不自觉地抬起手,够它不着,我踮起脚,还是差那么一点,于是,只好轻轻跳起来,在离开地面的一瞬间,张开手,在空气中捞了一下,似乎,那条弧线被捞着了,并没有被抓住,那毕竟只是一道虹。

两块相吸的磁铁,其中一块被转了一个方向,这时候,两块铁被看不见的场撑开,有点尴尬地保持一种距离,彼此的脚底有些不稳,有点颤,似乎随时想重新吸附在一起。

迷宫的出口。有无数个出口,不知道该从哪里走出,呆呆地站在那里，一副傻帽样，那些个通道似乎都在召唤你走过去，真的不知道该向哪里走！也许该扔一个钢镚，或者干脆闭上眼睛走过去。

九

走在水边，常会有一种特别的心情，为什么会这样？以前没有细想过。现在想来，那是因为我曾经在里下河水乡待过十年的缘故吧。从15岁到25岁，这期间我生活在苏北里下河地区的水乡，这是一个不怎么知名的地方，如果不是因为汪曾祺，里下河也许更不知名，当然，也可以这么说，如果不是里下河，汪曾祺的文章也许就没有了那股水生薄荷的气息。

里下河不是一条河。里下河是一个无数条河流组成的偌大水网的统称，这就是说，这一地区的河流都属于里下河地区的河，它们中绝大多数并没有自己和名字。生活从来就是这样，一代一代人，从这个世界上离去，能留下名字的人总很少。

里下河是由这样一些无名河流融会贯通的水网地区，不仅如此，它们还是一些不知道流向的河流。有时，风向就是它们的流向。

里下河的河流更像停泊在水洼里的水，上河灌溉的水下来了，它们的水位线就提高，就会漫出去一些。天旱的时候，圩子外面的水也会流进来一些。里下河有一个基本的水位，在这个标高上是基本不流动的，始终泊着。

事实上，这里是中国大陆最低凹的地方，里下河有一些区域，海拔在增高零以下，就是说这里的水面高程是在海平面以下的。曾经有一种说法，百川归大海。还有一种说法：水往低处流。里下河

夜长梦不多

的水是不会流向大海的,因为地理上的原因,从里下河水流向大海有时就成了倒流,即水往高处流,这不符合自然规律。

上帝许诺给人们的水的存在,是一种眩晕的存在。水在一种水平面上自我平衡调节自己,有许多过渡的成分,无论是流出去还是流进来,水不断地流着,往下一个水位线流着,在流动中死亡。在人的深处其实也具有流水的命运,水的苦难是无止境的,因此,人的苦难也是无止境的。

许多年前写过一首诗《总也走不出的凹地》:

这里是一块凹地/雨雪霏霏几千年大体不变/杨花柳絮差不多在同一个季节/合谋着叛逃/也差不多在飞扬起来的时候/被一些惯性扯住

常年会有水泊到这里来/水多的时候很自然就溢出去/水少的时候指望老天及时落雨/你来了去了/对它毫无影响

芦管悠悠,铺在水面上漫过/月色泛滥成灾/无限多的河流/淹没了多少惊心动魄的情怀/小虫啾啾,鱼儿唧唧/以及芦柴花拔节的声响/听多了,无论是谁也会乏味

凹地外面是平川/平川外面是大山/水往低处流/人向很高很高地方走/你找不到一条可以走出去的斜坡/快走两步与慢走两步/都差不多……

在诗集《总也走不出的凹地》后记里,我还写下这么一段话:

苏北里下河地区是你的出生地。那是个出了名的低

凹地区，最低处的地面高程只在海平面以下。你的始终的"凹地"意识是否缘此而生？你不知道。你只知道，那一片"凹地"起始遥远；你只知道，生是无法选择的。走出凹地，是纠缠你至今不解的情结，而"走出"的欲念，又使你永远地与"凹"为伍。因为，向前向上每一步的跨出，会给人一种感觉——那已经踩实的一步仍在低凹处。除非你就此停下来，以一种冲淡平和的目光检视身后。这一点，在你同样是很难做到的。

虽然，在宇宙的永恒与无限面前，"走不出的凹地"才是唯一的绝对的命题。正如你在诗中说的那样："穿过大片大片的沼泽／或者穿不过去／两种结局都一样。""你还是要走／也不回头"在有限与无限的短暂的对峙中，你企望超越有限。岁月匆匆你头顶上方那轮耀眼的日头开始向西漂移。你于"总也走不出的凹地"这一事实渐渐无可奈何。尽管你有时仍会作年轻的笑，或豪饮，或放歌，你的诗分明不那么年轻了。

随着时间的流逝，有限的日益有限，你深知这一点。又何必苛责自己呢？你只是始终学不会乐天知命、随遇而安而已。

里下河，我的宿命，我总也走不出的凹地。

十

石头城边忽然想起始皇陵。始皇帝陵，筑在骊山前，那气象，

夜长梦不多

真是了得。谁都知道秦二世而斩,都以为始皇帝的千秋伟业毁于一旦,其实大错特错。始皇帝建立起的伟业,虽未嫡传至千秋万代,却至今没有断流,只不过换了不同的姓氏的皇帝来坐天下而已。

焚书坑儒,灭了先秦时期的诸子百家,使之成了断代,整个思想文化的高山峻岭被皇帝夷为平地。不,是被掘成凹地。这凹地持续了两千多年,改换了许多朝代,甚至是异族的统治,却丝毫没有走出始皇帝创设的路轨。

今天,当我们仰望春秋时期灿烂绚丽的思想文化的高峰,我们是多么惭愧呀!愧对两千多年前的先辈们,他们创造的文明高度至今仍是我们仰止的高峰!这是秦始皇的"功劳",因为不是秦始皇,也许已经有人超越或者翻越那些山峰,是秦始皇让它们成为不能超越的文明!这也正是秦始皇的千秋大罪!总会有那么一天,人们会认识到他的罪孽!

假如不是秦始皇,历史将如何延续?这是一个荒谬的命题!因为历史是不容假设,我们只能悲哀!不单为我们这一代人,为了自我们上溯到秦始皇的几十代人悲哀,因为秦始皇掘成的凹地,这个民族走了两千多年总也走不出来!

十一

河堤上常常会看到一些放风筝的老人。很奇怪,为什么不是牵拉着风筝线满地奔走的孩子?河堤上,这些放风筝的老人是另外一路,他们似乎并不像孩子那样激动,也很少在堤岸上行走,更甭说奔走,只默默地牵着一根线,任高空那只飘飞的风筝,静静地浮在那里。

紫金文库

高飞的风筝与他们之间,似乎没有多大关系,只有实实在在的一根线,是的,一根线,联系他和它。风筝好像是他们在高处的眼睛,他们是风筝扎在地面上的根。所有动作都是迟缓的,绕风筝线,牵拉风筝,利用风势,看不出有多少喜悦与冲动,从容里有几分索然无味。再看那些浮在半空中的风筝,它们十分淡泊,静静地,无欲无争,风吹过,它动一动,又恢复原状。风筝上面是一片蓝天,我望着蓝天,忽然想起回家的路。

家在哪里?最后的归宿又在哪里?

……

十二

30岁那年,我第一次见到了大海。那是在连云港,我们乘坐的列车一直往东,往东,快抵达终点时,一股浓烈的海腥气淹没整个车厢,呛人的、令人有点作呕的气息。终于,大海出现在面前。水乡常见的被土地切割成一块块、一条条的河水,涓细的、瘦小的、浅显的水,在这里,在我30岁那年,被整合成一望无际的海面。强烈的渺小感,就是从30岁那年开始笼罩了我。

主人安排我们出了一趟海,其实也并不是真正的出海,只是让我们搭乘送给养的船,去距离海岸大约十海里的锚地。十海里。锚地。停泊的远洋轮。乘坐给养船,我开始了有生以来最阔远的航行,航向那艘泊在锚地的远洋轮。在此之前,海浪对于我都是书本中的,想象里的。我经历了海浪,在我30岁那年。虽然还不是公海里的浪,是十海里海岸线以内的海浪。就这种何足道哉的海浪,让一起行动的许多人晕船呕吐了,几个女孩子更是把苦胆都快呕了

出来。

我竟没有吐。我很奇怪我怎么面对海浪无动于衷？我想，大海也许对我有点失望吧，它原以为我这个从里下河水乡来的、没有"海"量的人，本该在海浪里醉一回的。竟然没有。大海为它没有能征服我而遗憾。

从那一年开始，去海边的机会多了，海的腥气味也淡了许多。

十三

心静下来。这话说起来容易，做起来不那么容易。钓鱼的人端坐在老柳树下，一动不动地看着水面的浮标；放风筝的老翁，仰着脖子看着蓝天以及那头放飞在蓝天之上拖着长尾巴的风筝。他们的专注，他们的忘情，容易让人想起安静这个词。深究起来，其实也算不得真正的静。或者说，这只是别人眼里的静。

钓鱼人的心未必宁静，用饵去钓是一种功利行为，平静后面往往隐藏不平静。风筝飞得再高，总有一根线（准确的说法是绳索）牵在放风筝人的手中，这也是破坏静的东西。他得抓牢这根线，不然风筝就飞走了。而且，没有了线的牵引以及因之产生的张力，那风筝也会摔下来。当然，是在飘失后的某一个时间里，突然掉头向下，栽向某个泥淖，或者挂在一条高压线上让长尾巴在空中飘荡，最后被风撕碎。

克尔凯郭尔说，真实存在的只能是个人内心的存在，是人的个性、人的内心体验。可是，人们每每渴望外在的东西，人们最想逃避的却是自己的内在性。人们总是找一些身外的东西来分散注意力，比如前面所说的钓鱼、放风筝，还有下棋、打牌，喝酒、聊天，都是一些忘我的借代物。

　　人们总是要千方百计逃避克尔凯郭尔的"真实存在"，有意或无意地陷于某种虚妄。功名利禄，声色犬马，福寿儿孙，都是身外的东西，也正是这些内容引发无数烦恼，令人无法宁静。那么，我们能彻底丢开这些东西么？答案却往往是否定的。因为，它们都是随着人的生命的存在而存在的众多内容之一，是无法回避的真实存在。对静的向往以及似是而非的追求，恰恰证明了静的匮乏、静的难以获得。

　　远在哥本哈根，19世纪的克尔凯郭尔先生，你难道真的不明白，绕不过去的内容不也正是一种真实的存在吗？我并不想跟克尔凯郭尔抬杠子，我只是想说，如果一个社会中的人只有克尔凯郭尔的"真实存在"，那么，这个人在他所在社会环境中一定只是一种不真实的存在！

　　真正沉浸在身外世俗之中的人，其实并不迫切需要静。事实上，他们也没有很多时间来想"心静"这回事。

　　抱有纯粹主观性（亦即内在性）的人，大约是一些哲者，他们不缺乏静，前提是他们必须像克尔凯郭尔一样，靠父亲留给他的遗产过活，有大块的时间在家中冥想。

　　我想，他父亲在创造这些遗产时大约不会有很多时间去体会"心静"的感觉。苦就苦在，那些既不认同世俗生活中的浮躁，又无法脱离世俗的那些人。他们的渴望的"静"只有逃避中才能实现。或者，只能在观看别人钓鱼或者放风筝时，感受了某种表层的东西。或者如嵇康的忘忧的"杜康"和李白的"对影成三人"的月亮。

　　真实的痛苦，在于思索。笛卡儿说，我思故我在。我说，我思

夜长梦不多

故我痛。西方谚语说：人类一思考，上帝就发笑。

十四

我向来不把歌曲看作是音乐。显然，这是一种有严重逻辑错误的偏见。

还是在小学上音乐课时，我们就知道音乐是个大概念，歌曲是属于音乐之一的小概念。我所理解的音乐应当没有文字搅在里面。没有文字就没有歌词，无法唱，只能哼。哼，当然算不上是音乐的表现方式。音乐的表现方式是演奏，弦乐、管乐、键盘乐，等等。

演奏需要一些因不同乐器而具备的不同技艺，然而，音乐的主要构成是旋律。阿炳的《二泉映月》，固然离不开二胡这种弦乐器的技艺。然而，它打动人的并不单纯是那些技艺，是旋律，一种贯穿着生命意识与灵性的旋律，在马尾琴弓荡向琴弦时，撕裂空气，一下子抓住所有耳朵和生长着耳朵拥有正常听力的人。

贝多芬的《命运交响曲》，可以在不同时代，不同国度，由不同演奏家演奏，这里面或许受不同演奏家的技艺略有些不同，但苍凉、激越、轰响或涓细的旋律，把幽冥不可知的命运、命运的悲凉以及人对命运的抗争，尽情书写在空气中。

音乐是世界的。而文字总是与民族、国家等概念联系在一起。所以，歌曲中的文字部分得借助翻译，才能从一个国度跌跌绊绊地来到另一个国度，而且，由于语音的不同，翻译后的文字与歌曲本身的旋律，时不时会打架，会疙瘩。不用文字的音乐就不同，它先天就是属于世界与人类的，这还不够，它还应当属于神以及鸟兽等另类生命。

紫金文库

诗歌与一座城市
——唐代诗人的扬州情结

　　一个城市的知名度与诗歌如此密切关联，这在中国，乃至在全世界，大约非扬州莫属。自从李白的《黄鹤楼送孟浩然之广陵》传诵开来，烟花三月，有如扬州的节日。烟花三月好时光。在这日子里，人们常会想到扬州，似乎好时光就该与扬州联系在一起。

　　以中国之大，中华文明之悠久，应当说，比扬州更古老的城市多了去，为何独扬州受到诗人的青睐？另一方面，在以诗赋取士的年代，诗是主流文化样式，没有一个读书人不会写诗，没有一个官员不会写诗。也就是说，值得诗人去写的城市很多，有诗歌写作能力的人也很多，为何历史和诗人都选择了扬州而不是其他城市？当我回到这座城市，在街边徘徊，常会想到这个问题。

　　如果李白与杜牧生在三国时代，他们的笔下写的就不会是扬州了。整个三国时期，广陵（今扬州）为魏、吴两国的边境，彼此争战中，所设郡县已若有若无。史载：魏文帝曹丕黄初六年（225年）

夜长梦不多

又亲率舟师入淮，十月抵广陵故城，临江阅兵，并写下《至广陵马上作》一诗。曹丕的诗写的是战场、战事，广陵只是一座故城，"抵广陵故城"是史载，"至广陵马上"是诗云，但都证实了彼时的广陵已是被战乱碾成的废墟。

这里，根据历史沿革把广陵作为今扬州的前身，来援引资料。事实上，三国时期魏、吴两国均各置扬州。魏国的扬州治所在寿春，辖地为淮南、庐江二郡。吴国的扬州治所在建业（今南京），辖有丹阳、会稽等十四郡。这两个扬州都不是今天的扬州，也没有管辖过今天的扬州。梁代殷芸《小说》记载："有客相从，各言其志，或愿为扬州刺史，或愿多赀财，或愿骑鹤上升。其一人曰：'腰缠十万贯，骑鹤上扬州。'欲兼三者。"这里的上扬州所指其实是建业（今南京）。

上古时期，扬州的涵盖更大。《尚书·禹贡》记载天下分九州，依次为：冀州、兖州、青州、徐州、扬州、荆州、豫州、梁州、雍州。这里说到的扬州是一个广大地域的统称，把今天的江苏、安徽、江西、浙江、福建乃至广东的一部分都包容在内。

一个无大不大的"扬州"，还有魏、吴两国分置的两个异地的"扬州"，如何坐实到广陵故城，坐实到后来的江南名城、温柔富贵之乡、拥有江南第一名园、诗家争相吟诵、烟花三月的好去处，还有很长一段历史路程要走。

公元400年至公元700年，是决定扬州命运的最关键的三百年。

三国归晋，近百年的战乱暂告平息，广陵在废墟上开始复兴。南朝160多年，复兴后的广陵，先后遭遇三次大劫难。一是公元450年，北魏太武帝拓跋焘南渡淮河，直逼长江北岸的瓜步，"坏民屋宇及伐蒹苇"准备造筏渡江，攻打刘宋都城建康，军队四处烧杀

劫掠，古城广陵首当其冲。

这是文字记载中"扬州"遭受的第一次重创。二是公元459年，刘宋王朝兄弟同室操戈，孝武帝杀了异母弟弟坐镇广陵的刘诞还不解恨，迁怒于百姓，下令屠城，广陵居民无论老幼，一律斩杀。

经过这两大浩劫，广陵古城繁华荡尽，凄惨荒凉。诗人鲍照过广陵，时创痕犹新，血迹尚在，鲍照目睹惨状，悲从中来，感发而作《芜城赋》。从此，"芜城"便成了"扬州"的特指。鲍照写《芜城赋》后不久，广陵又在侯景之乱（548年）中再遭屠城，史载：广陵城内的男女老幼，尽被半埋于土中，惨遭集体射杀。广陵因此成为一座空城。

扬州（广陵）的历史转机，始于隋朝（581—618年）。

首先是城市名称的确定。自东晋以降，南北朝期间，广陵多次被易名改治，刘宋改南兖州，北齐改北广州，北周改吴州，隋文帝开皇九年（589年），改吴州为扬州，置总管府。直到此时，那个曾是天下九州之一的"扬州"，治所曾分设于建业和寿春两地、与广陵没有丝毫关系的两个不同的"扬州"，这才与自"古邗""广陵国"传承至今的扬州，正式挂上钩。这也等于给历史划了一条分界线：隋唐之前的扬州与隋唐以后的扬州不是同一个扬州，而历史上扬州的最鼎盛时期，将在隋唐时期一步步走近。

再看扬州的复兴与繁荣。如果没有隋炀帝和他"轻用民力"开凿的大运河，历史会怎样发展？这不好说。但是，没有这样的前提，就没有扬州作为盛唐富甲天下的国中第一大城市，是确凿无疑的。

关于隋炀帝的历史功过，古今多少人作过翻案文章。唐代诗人皮日休就在《汴河怀古》诗中说："尽道隋亡为此河，至今千里赖

夜长梦不多

通波。若无水殿龙舟事，共禹论功不较多。"公元584年到610年，26年间，隋代开凿的大运河，以京都洛阳为中心，东北抵涿郡，东南至余杭，全长2500公里。沟通了海河、黄河、淮河、长江、钱塘江五大水系，把京师、东都、涿郡（幽州）、浚仪（汴州）、梁郡（宁州）、山阳（楚州）、江都（扬州）、吴郡（苏州）、余杭（杭州）等通都大邑连缀在一起。

农耕时代，水运是经济的命脉。开凿通航后的运河"商船旅往返，船乘不绝"，对隋唐时期南北经济、文化交流，对维护全国统一和加强中央集权，都起了促进作用。

屡遭战乱却"野火烧不尽"，扬州终于"春风吹又生"。

盛唐时期扬州的繁华，今人是很难想象的，"天下三分明月夜，二分无赖是扬州"。今天的人常用国际化大都市来形容城市的规模，唐朝的扬州就是一个国际化大都市。杜甫的"商胡离别下扬州"，以及扬州出土的胡俑与骆驼俑，都佐证了来自波斯和大食（今伊朗与阿拉伯）的外国商人通过丝绸之路东下扬州经商贸易。

随着海上交通的不断发达，东南沿海对外贸易日益盛行，而扬州是水路运输的重要枢纽，要想把海外货物运往京城或其他城市，扬州是必经之路。扬州方言中"波斯献宝"的语境，也来自波斯商人在扬州营销西域物产这样一种生活现实。水陆两个通道的对外贸易，促进了扬州的富庶繁荣，唐人曾用"扬一益二"来形容扬州作为全国首富的地位。

这里说的是扬州的富庶与繁荣。从历史的视角，仅仅是富庶与繁荣还不足以说明本文主旨。扬州的最大幸运是在它的兴盛时期，遇上中国诗歌的鼎盛时期。而中国诗歌鼎盛时期的最优秀的诗人群，与扬州的邂逅，是一个难以想象的契机。

据史料记载，有诗为证到过扬州的唐代诗人，知名者有骆宾王、张若虚、孟浩然、祖咏、王昌龄、李颀、李白、高适、刘长卿、韦应物、丁仙芝、李端、孟郊、卢仝、张籍、王播、权德舆、陈羽、刘禹锡、白居易、李绅、徐凝、李德裕、张祜、杜牧、许浑、赵嘏、温庭筠、皮日休、姚合、方干、郑谷、韦庄等，几乎占了唐诗名家的半数以上。杜甫的"商胡离别下扬州"引起他"忆上西陵故驿楼"，似乎说他漫游吴越时经过扬州，因为没有文字记载，也没有留下诗篇，故把他列在这个名单之外。

这实在让人吃惊。如果说诗人赶趟去的是京城西安，人们就不会奇怪了。西安是当时的国都，是皇城。在以诗赋取士的唐朝，那些饱读诗书的文人谁不想仕途进取？有道是"学得文武艺，货与帝王家"，越是才高八斗，越想在皇帝老儿面前卖个好价钱。诗人们竟纷纷下扬州，写下众多关于扬州的流传千古的诗篇，恐怕不能单纯从宦游、从城市富庶繁华的角度来理解。毕竟，盛唐时期的富庶繁华是一个整体现象，相比其他一些繁华大城市，为何扬州得天独厚，为众多诗人所青睐？是一个有趣的问题。

这里有几个因素，似乎缺一不可。太平盛世不用说，扬州地处交通枢纽、富庶繁荣也不用说，中国的近体诗在唐朝迅猛发展并抵达鼎盛时期，这也似乎不用多说，虽然这些都是不可或缺的重要条件。最根本一点，是唐朝那些最优秀的诗人，怎么都不约而同地选择扬州，似乎作为一个诗人，不来扬州看看，不写点关于扬州的诗，就够不上诗人这名号一样。为什么会这样？想必还应当有另一些历史文化上的因由罢。

这里需要对诗人做一个说明的，因为唐朝的以诗赋取士的文化环境，读书人没有不会写诗的，读书才能做官，广义上所有官员都

夜长梦不多

可以说是诗人。事实上也确有一些重要诗人同时做着大官。但整体而言，诗人尤其是优秀的诗人，大都仕途失意。李白、杜甫是典型的例子。孟浩然更是如此："年四十，乃游京师，与张九龄、韩朝宗等达官显宦往还，亦与王维、李白、王昌龄相酬唱。因吟诗为唐玄宗不悦而放还，布衣而终。"

长江之滨，黄鹄矶上，李白写下著名的绝句《黄鹤楼送孟浩然之广陵》。这首诗以及"烟花三月下扬州"的句子，今天已无人不知，成了诗咏扬州中最经典的句子。而且诗题中"之广陵"与诗中"下扬州"是同位词，再不似"骑鹤上扬州"之"扬州"有歧义。

当年李太白写这首送别诗是一种什么样的心情，今人都不会知道，甚至诗歌文本也不能完全传递出来，或者他已含蓄地说出，读诗人却没有太在意，一句"烟花三月下扬州"把整首诗遮蔽了。

整首诗以平白的叙述，起，承，诗绪一转，"孤帆远影碧空尽，唯见长江天际流"。近体诗很讲究起承转合的"转"。孤帆，渐行渐远，远远地，剩下一个影子，最后只剩下蓝天碧空。

江水始终流淌，流向水天一色的遥远的天际。这里，诗艺且不说，单说这情绪，绵绵不尽的怅然与落寞，似乎远大于送友时的失落。这时的李白，也许联想起布衣孟浩然的仕途坎坷。李白也许还这么想，孟浩然的诗写得这么好，怎么就不能让他去做点"兼济天下"的大事呢？

在以诗赋取士的年代里，李白这么想大约也没想错。李白可能还联想到自己的怀才不遇。这大约也是李白喜欢扳倒酒瓮猛喝酒的原因之一吧。酒醒的时候，李白常常会失落，有挫败感。诗在李白那里，与酒为伍，常被用来浇胸中的块垒。从这层意义上，李白的《蜀道难》写的岂止是蜀道，"难于上青天"的路，通向的也许是帝

王家，是他神往的仕途……

　　这里说到了诗人每每仕途失意。仕途失意并非诗人无意仕途，恰恰相反，诗人都向往做官，在李白所处的时代，"学而优则仕"体现了社会价值取向，是所有读书人的目标，"文章千古事"不错，却是"货与帝王家"才被认为有价值。事实上，李白这首平白如话的诗，所以流传千古，就在于其中绵绵不尽的怅然与落寞，在失意文人心中产生共鸣。

　　从结果来看，诗人们不能在皇家应差，是他们个人的不幸，却是诗歌的幸事，是文化上的幸事，也是扬州古城的幸事。

　　诗人生活在时间之中，也大都死于时间之中，只有极少的诗人活在了时间之外。能够活在时间之外的诗人，凤毛麟角。李白、杜甫，还有前面列举的唐诗名家，就是一些活在时间之外的诗人。

　　时间之中的诗人与时间之外的诗人，不是人力可以做选择的。不仅是自己无法选择，别人也不能代替他去选择，多得不能再多的因素，构成他的宿命、他的未来。时间之中的诗人，首先是由各种欲望编织起来的人。

　　时间之中的李白，整天喝酒吟诗，喝酒纯为麻醉自己，吟诗难免发点牢骚。李白不甘心哪！他觉得自己满腹经纶不能去治国平天下，实在是"天生我材"却用的不在地方。时间之外的诗人，生命已经终结。他的那些用心或不用心去写、无用或无不用的诗，竟"无心插柳柳成荫"，成了大气候。当年如果让李白"学而优则仕"，做一个大官，给皇帝老儿当差，固然称了他的心，圆了他的梦，作为大诗人的李白也许会死在时间之中吧。

　　换一个角度看问题，诗人不在皇家应差，对国计民生也未必是坏事，毕竟诗人多不懂经世致用，"世事洞明，人情练达"这些安

夜长梦不多

邦定国所需的学问，在诗人那里常常缺失。

就这样，一边是以诗赋取士的价值取向，一边是众多仕途无望的诗人，他们不得不离开令他们伤心的京师，寻找一个地方安置他们疲惫的身心。这时，扬州这个温柔富贵之乡，大约是一个很容易想到的去处吧。李白曾先后数次来扬州，他后来说："曩昔东游维扬，不逾一年，散金三十余万，有落魄公子，悉皆济之，此则是白之轻财好施也。"这固然反映李白的豪爽侠义，也说明扬州是一个典型的消费城市，还有一点，扬州这地方，落魄的公子委实不少。

遭贬长达23年之久的刘禹锡，从和州被征还京，在扬州与白居易相遇，《酬乐天扬州初逢席上见赠》是他们之间的唱和，诗中留下千古传颂的名句："沉舟侧畔千帆过，病树前头万木春。"刘禹锡以"沉舟""病树"自况，再加上"巴山楚水凄凉地，二十三年弃置身"这样的首联，失意的心境展现无遗，只能"暂凭杯酒长精神"。

杜牧在扬州做过小吏，担任淮南节度府掌书记之职，据唐人小说，"供职之外，惟以宴游为事。"杜牧的"二十四桥明月夜，玉人何处教吹箫"和"十年一觉扬州梦，赢得青楼薄幸名"也是所有写扬州的诗中传播甚广的句子。杜牧两年后离开扬州在《赠别》一诗中写道："春风十里扬州路，卷上珠帘总不如。"流连之情溢于言表。

如果仅仅说这些仕途失意的诗人，乐于缠绵于温柔富贵之乡，似乎也不足以说明全部问题。毕竟像苏州、杭州、南京这样一些南方的大城市很多。

那么，唐朝的诗人赶趟一样来扬州，还有没有其他历史文化方面的因由呢？

我觉得，鲍照的《芜城赋》所产生的影响，不可小觑。千古伤心《芜城赋》。鲍照笔下，扬州的昔日之盛："车挂轊，人驾肩，廛闬扑地，歌吹沸天。孳货盐田，铲利铜山。才力雄富，士马精妍。"来自他的亲历亲见。鲍照曾作为临川王刘义庆的佐吏，在扬州生活过4年。15年后（459年）鲍照再来扬州，刘宋孝武帝屠城的血迹尚在，到处废墟，此时的扬州在不到十年时间里，两遭兵祸，成了一座空城："泽葵依井，荒葛罥涂。坛罗虺蜮，阶斗麕鼯。木魅山鬼，野鼠城狐。风嗥雨啸，昏见晨趋……"

鲍照所处的年代距离隋唐不是很远，一个城市在不长的时间内，从极繁华到极破败，再从极破败到极繁华，本身就有吸引人之处。扬州城频遭浩劫，却于兵荒马乱之后顽强地恢复过来。与一些太平城市相比，扬州城的盛衰剧变，包含诸多时运的无奈与人世的沧桑，此乃文人墨客"抒怀旧之蓄念，发思古之幽情"的永恒母题，众多诗家来此歌咏、凭吊、追怀，原是很好理解的。

还有三下扬州、最后死于扬州的隋炀帝，应当也是吸引众诗家的一个文化因由。历史上怎样评价这个皇帝另当别论，但这是一个不平庸的皇帝，古今大约没有异议。登基前的杨广（隋炀帝）作为父王隋文帝的兵马大元帅，驻守江都（扬州的避讳之称）十年之久，灭掉陈后主，完成了中国的统一大业，结束了上百年来中国分裂的局面，也结束了中国三四百年的战乱时代。登基之后，隋炀帝安定西疆、畅通丝路、开创科举、修通运河、营建东都，从历史的视角去看，这些业绩均堪称有作为的国君之所为。

隋朝距离今天时间久远了，而隋唐隋唐，从唐朝去看隋朝，可是近在咫尺的事儿。隋炀帝在扬州筑的离宫、迷楼，传说迷楼互相连属，回环四合，进入迷楼可能几天都绕不出来。还有那些传说中

的靡费奢侈的宫廷生活："院里的树叶冬天凋落后，就剪彩绢为花，点缀于枝条。池沼中的冰得赶快凿掉，用彩绸剪成莲叶荷花布置在上。"以及他死后葬于扬州雷塘的坟，都是值得后人慕名寻访、凭吊的情节与去处。

隋炀帝与扬州的不解之缘，他的三下扬州，以及在此国灭身亡，每每会让人去想：这扬州到底有什么魅力？能让一个有为的国君如此痴迷。

张若虚和他的《春江花月夜》，是一个历史的谜。今天来看，在中国诗歌史上，张若虚是一个不可忽略的人物。事实上，他差一点就被历史忽略。

张若虚（660—720年），扬州本土人。生平不详，唯知曾任兖州兵曹。与贺知章、张旭、包融齐名，号称"吴中四士"。他比初唐四杰王勃、杨炯、卢照邻、骆宾王年龄小10—20岁不等，却比李白年长40岁，比杜甫年长51岁，就是说，当李白还是弱冠少年，杜甫还在地上皮烂泥的时候，张若虚已经写下"孤篇压全唐"的《春江花月夜》。

如果把初唐四杰视作初唐诗人的标志，把李杜视作盛唐诗人的标志，从年龄角度张若虚刚好是中间的一代。他的吃亏在这里，他的厉害也在这里。他不像王杨卢骆，开一代风气，也不像李杜形成高峰。张若虚差点被历史耽误，问题大约就出在这里。他的厉害是有《春江花月夜》的文本在那里，对于诗人而言，诗作才是"硬通货"，虽然初唐名诗人的前排没有他，盛唐名诗人的前排也没有他，当历史从浩如烟海的文本中淘洗出《春江花月夜》，"孤篇压全唐"的评价，算是对张若虚和他的《春江花月夜》的盖棺定论。

这里提及张若虚，是我想过这样一个问题：盛唐诗人有无读到过《春江花月夜》？答案应当是肯定的。盛唐时代的诗人，尤其是名诗人如何评价《春江花月夜》，却是一个疑案。因为，如果当时的诗人或者名家对其有充分的评价，那么，张若虚和他的《春江花月夜》就不会在唐、宋两个时代默默无闻。

事实上，唐、宋两代只是在少数选本中选了张若虚的包括《春江花月夜》在内的两首诗。反过来，如果所有选本都拒选《春江花月夜》，张若虚的名字和他的名作，就将被彻底淹没。

我猜想，盛唐时，在诗作艺术价值的判定上，张若虚应当是一个有争议的诗人。

争议之一，他的诗作不似初唐四杰那样，对六朝颓靡之文风有针对性的变革，就是说诗学上的变革或革命，来自于开风气之先的那批人，而张若虚只是沿着这条变革之路，写出了日趋成熟的作品。

争议之二，盛唐诗歌之盛，建筑于近体诗的文体的成熟，李白、杜甫、白居易这些盛唐名家，他们的诗歌成就都可用近体诗的文体范式来衡量，来做价值评判，而一旦用近体诗的文体范式来衡量张若虚的《春江花月夜》，很自然就把它放到了另类的卷宗。

尽管如此，这并不影响当时的诗人，对张若虚和他的《春江花月夜》的欣赏。我相信，盛唐那些造访扬州的诗人们一定读过张若虚的诗，说不定他们在来扬州的途中，就在想这个扬州籍的诗人以及他笔下的春江花月。

一个地方出了一个有名的诗人，很容易就吸引一批诗人过来，像高邮出了个秦观，就有苏轼、黄庭坚等一批当时的文豪到高邮来聚会。扬州的张若虚和他的《春江花月夜》，会不会也是唐朝诗人来扬州寻访的一个文化方面的因由，姑妄言之。

夜长梦不多

当然，最重要的，还有一个从众心理在起作用。

一个城市，既然来过许多名家，它就一定会吸引更多名家，这心理大家都能明白。如果我是李白，一些我喜欢的同辈诗人，都先后到扬州去玩，都写了关于扬州的诗歌，我自然就会去，就会写，这里其实也没有什么"因为……所以"。

从以上几个方面仔细想一想，唐代的诗人们滚雪球一样，涌到扬州来，其实也不难理解。唐朝以降，宋元明清，直到今日，扬州不仅是文人墨客雅集的名城，也是世界范围的旅游胜地。这里，唐诗所搭建的诗文化背景及其对扬州的历史人文的烘托，无疑是一个重要渊源。

高邮人心中永远的汪曾祺

我与汪曾祺只见过一面，1993年我在《钟山》供职，杂志在京召开小说发奖大会，遍邀京城小说名家在新华社礼堂聚会。这种见面或曰认识太寻常了，如果不是晚餐时与汪曾祺坐一张席面，有过几句对话，并因为我说话一口高邮方言，引得他转头问起我家住高邮哪里？恐怕这辈子只能说我认识汪曾祺而汪曾祺未必认识我吧。

更早些时候，与汪曾祺倒是有过一次间接的联系。提供这次间接联系的人是当时在高邮供职的王干先生。

1987年前后，我在泰州文化馆工作，一帮热衷于文学的青年人聚在一起，凭借地方文联扶持文学创作的好风，想搞一本叫作"苏中文学"的文学期刊，通过王干转致汪曾祺先生并请他题写刊名，汪曾祺先生好像主张刊名宜用"里下河文学"，还应邀寄来一帧刊名题签。

当时的泰州市文联似乎不认可"里下河文学"这刊名，原因不

夜长梦不多

详。泰州作为里下河门户,里下河在它身后。大约人们都喜欢朝前看,朝上看。

里下河不是一条河。里下河是一个由无数河流组成的水网地区的统称。也就是说,这一地区的河流都属于里下河,它们中绝大多数没有自己的名字。

生活从来就是这样,一代代人从这个世界上离去,能留下名字的总很少。里下河还是一些不知道流向的河流,有时,风向就是它们的流向。里下河的河流更像停泊在水洼里的水,有一个基本水位线,在这个标高上基本不流动,雨水多了,水位线提高,会漫出去一些。天旱的时候,圩子外面的水也会流进来一些。

里下河的某些区域,水面高程在海平面以下。曾经有一种说法,百川归大海。还有一种说法:水往低处流。里下河的水是不会流向大海的,因为地理上的原因,从里下河流向大海有时就成了水往高处流,这不符合自然规律。

由此可见,这地方的一上一下,差别很大。上意味着外面,下意味着里面,上意味着高处,下意味着低凹,上意味着前,下意味着后,上意味着干,下意味着湿,上意味着富,下意味着贫,上意味着开放,下意味着保守。地处里下河门户的泰州,可能还是觉得"苏中"比"里下河"更符合自己的身份吧。里下河留给我的记忆,似乎也是与低凹、潮湿、贫困、保守这样一些内容联系在一起。

当我在汪曾祺小说中读到这样的文字:"芦花才吐新穗。紫灰色的芦穗,发着银光,软软的,滑溜溜的,像一串丝线。有的地方结了蒲棒,通红的,像一枝一枝小蜡烛。青浮萍,紫浮萍。长脚蚊子,水蜘蛛。野菱角开着四瓣的小白花。惊起一只青桩(一种水鸟),擦着芦穗,扑鲁鲁鲁飞远了。"(《受戒》)我愣住了好半天。

139

紫金文库

我愣住的原因不仅为了汪曾祺的美文，虽然这些文字确实美。而是我在那时想起了里下河，想起那些长满芦苇的草荡……

汪曾祺笔下的景致，我见过岂止一次两次，可在阅读汪曾祺的文字前，我怎么就没觉得它这么美好呢？或者说我从来没有想到过，我的故乡在文字里可以这么美！还有，生活与文字，它们到底是一种什么关系？是文字美？是里下河本身美？还是因为汪曾祺有一双发现美的眼睛？

汪曾祺写家乡的文章我都读过，有的还不止读一遍两遍。汪曾祺文字里有一股水生薄荷的气息，很沁人的那种。开始并不怎么明白为何会这样？后来从他"文中半是家乡水"诗句中明白，那是里下河的气息氤氲在他的文字中吧。

作为一个同乡，我读他文字时，其实也是在一遍遍读自己的记忆。读自己的记忆可以看作是一种内视。内视的"视"，想必也有角度，有感情色彩。

汪曾祺的文字以及文字中弥漫的气息，不知不觉渗入我对故土的记忆。

有一个文友曾经对我说，怎么你一写到里下河，文字就生动起来？

我说不知道。现在想来，或多或少与我的同乡汪曾祺有点关系吧。汪曾祺以他的美文濡染了我贫瘠的记忆。我的故土，我曾经许多次徘徊过、渴望从那里走出的几乎是一贫如洗的乡间，原来有这么美好！

不仅如此，汪曾祺的文字还似乎延长了我的生命的长度，使我似乎早生了30年。我出生前30年的人和事，甚至河岸河床，都已天翻地覆。

夜长梦不多

我记事的时候，诸如挡军楼、庙巷口这样一些街区、建筑，以及与之相关的风土人情都被拓宽的大运河挖进河床，留下的只有知之不详的地名以及"人老河宽"那句老话。

汪曾祺用他记忆的锹，从淹没的河床中将它们一锹锹挖出来。还有大淖、东街，以及北市口一些老字号店面，如今也只能在汪曾祺的文字中看到了。

从这层意义上，汪曾祺的文字让高邮人延伸了自己的记忆，延伸了自己对这片故土的认知与了解。记忆这东西，像游子的乡思，游子的梦境，将随生命的中止而消逝。当我们离开这个世界，那个已经不复存在、仅保留在我们记忆中的故土，如何能够走出地方文献那样枯燥的文本？能够形象地让后人们得知呢？由于汪曾祺和他的那支如椽大笔，我的故土得已永生，在他那些织满乡情的文字中，故乡旧貌得以永存。

对于高邮人而言，汪曾祺的意义远不止于此。他还标志着一种高度。而这种高度的意义不好具体去叙说，有时近乎一种"场"，就像人们说起历史文化积淀常常要说到"人文荟萃"。

人文荟萃对于一个地方的意义是不太好说的。然而，它一定有意义！

历史上高邮的秦少游，就曾是一种标高的刻度。作为婉约派代表词人之一的秦少游，想必对汪曾祺产生过影响，这影响未必是直接的，未必是当事人意识到的，甚至也不体现在受影响的人读过、背下了多少秦少游的诗词。

同样，汪曾祺对于今天的高邮人而言，也有着类似意义。汪曾祺生前，就人们常说高邮特产鸭蛋，笑辩说：高邮还有秦少游！汪曾祺说起秦少游，其内心恐怕还不只是"与有荣焉"，就像今天我们说起汪曾祺一样,"与有荣焉"也只是其中的一个层面。

高邮是个著名的凹地。"凹地"其实是一种无意识的意识。汪曾祺,向我们提示有一条通向外面的路。这种提示也是非常有意义的。这种意义只有高邮人才能体会到。就是说,并非有一条明晰的道路在哪里,让后来人沿着那条路径直往前走,便走出"凹地"。没有那么简单。世界上从来没有这么简单的事。没有。

汪曾祺的提示近乎暗示,但确凿存在着。如果说,这片起始遥远的"凹地"必得有一条可以走出的途径,汪曾祺则提供了这种可能性。总也走不出的凹地。总也得走。许多无奈,许多迷惘,然而,眼前忽然一亮。

汪曾祺先生对高邮的意义,对高邮人的意义,对高邮文化人的意义,远不止我写出的这些。

在高邮人心中,汪曾祺是永远的。

夜长梦不多

我的老师

1966年我小学毕业,从此失学且无缘再与学校发生关系。因为年代久远,恕我已不能真切记得小学时期的老师们。

我印象里有一个印寿松老师,教语文,大约系旧学堂过来之人,当时年龄已很大,络腮胡,脾气暴躁,有时会给调皮学生来一些小体罚。

有一位女老师叫陈淑宜,大眼睛,梳两根又粗又长的辫子,做过我小学三四年级班主任,是我心下暗自喜欢的老师。只是她不喜欢我,大约是因为我小时候太调皮的缘故吧。

还有一位方老师,已经叫不出名字了,代过我们班半个学期的课,是一个阶级斗争意识很强的老师,四方脸,有棱有角,不苟言笑。

记得夏天去支农,我和几个手脚麻利的学生负责把整个麦捆分成一小把一小把,由另一些同学握着分小了的麦把,去滚桶上脱

粒。同学们络绎不绝挤到我们面前取那些分好的小麦把,带着小孩子常有的争先恐后,来来去去好不热闹。

我不知为什么就嚷了一声"生意兴隆",方老师就拿我这句话来做阶级分析,说我的头脑里有剥削阶级意识,说得我一愣一愣的,同学们都用怪怪的眼神盯我看。那一年我才11岁。

小学里的老师,我印象深一些的就这么多。有一个学校以外的人,也不知道该不该叫他老师,却让我一直记着到今天。他的大名叫李蔚亭,比我父亲年长一大截,父亲叫他李老,我也这么叫。叫他什么没有实际意义,他是个板聋,铁炮也轰不动。也有人直呼李聋子,是喊给不聋的人听的,不含贬义。

很小的时候我随父亲去过他的书房。李老的书房临街。街边房,总不甚静。不过,对李老而言,任何环境都是静的。绝对的静。他的这种感觉,会使任何一个来看他的人受到感染。一踏进李老的书房门,身后那条喧嚣的小街,顿时退潮一样,一下子退出去老远。

这时,就可以看到一张古色古香的书案。李老便坐在书案后的椅子上。椅是旧戏台上常见的太师椅,被磨得极黑极亮。书案上摊着一两本书。线装书,竖排的字很大,笔画粗且匀。

李老戴一副眼镜,那种滴溜溜圆的老花镜。正襟危坐,右手的长指甲揿在书页上,由上向下,从右到左,缓缓地移,极专注。

有一只猫,不知打哪里钻出,黑色闪电似的一蹿,半点声息也没有,已蜷在李老的鼻子下面了。那畜生扬起脑袋,瞅着主人的圆镜片,擎起一只雪白的前爪,喵喵地叫。似乎明白它主人的眼睛比耳朵好使。

李老看书的视线被它截断了,只得从书中退出来,抬起右手,

夜长梦不多

用食指点着猫的白鼻子,漏出些许顽童的憨态。那猫似乎很激动,"喵呜喵呜"地叫得极亲昵。

李老这才转向门边,微倾着头,让目光攀过眼镜框架,从那上面迎迓来人。显然,这猫是在通报来客了。

那猫浑身乌亮,像一匹纯色的黑缎子,四只爪子和那粒鼻子煞白。

当年在我眼中,这猫比它主人更引人注目。它有个好名字哩,叫"乌云罩雪",李老抚着猫脊说。

猫随着李老抚爱的手,惬意地屈伸身躯。

李老说话嗓音好,浑厚且多共鸣度,瞅他嘴闭上,声音一时还落不下,余韵袅袅。

李老与人交谈的方式很特殊,他说,你得写。

李老书案上有一块尺半见方的小黑板,搁有粉笔、湿抹布。一般情况下在你书写过程中,他已把内容读了去,便侃侃而谈,旁征博引,不假思索。

李老的这种交谈方式,限制了一些人与他对话的可能性,比如不识字的人。所以,李老这里是真正的"往来无白丁"。

年龄稍大一些,我常常一个人来他这里,用粉笔跟他对话。准确的说法是请教他一些问题,然后听他一个人说话。

在他这里,我知道了不少学校里学不到的东西,比如旧体诗的作法,平仄、押韵、对仗是怎么回事,还有"一三五不论,二四六分明"等旧诗常识。他还让我明白了旧体诗(不管律诗还是绝句)都有个起承转合,而其中"转"在第三句或第三联,是一首诗成败的关键。

他举了许多例子,比如"无情最是台城柳""忽见陌头杨柳

色""何当共剪西窗烛""可怜无定河边骨"等等，都是诗的第三个句子。

这些他信手拈来作例的诗篇我都记了下来，许多诗篇直到今天仍能背诵。还有，"五岳四渎"到底是哪五座山哪四道水？何为九州何为五洋？五胡十六国时哪五胡？十六国怎么划分？五代时期的"朱李石刘郭，梁唐晋汉周"的承替与更迭？等等。

李老大约属于那种"述而不作"的人，喜欢有人听他说教，不过，他的知识也确实渊博，可以说上至天文地理，下至鸟兽虫鱼，在幼小的我的心目中，他仿佛一个无所不知、无所不晓的活"字典"。

李老年轻时候并不耳聋，据说在旧学堂读书时，才高气盛，风流倜傥，曾写过"颠覆"三国孔明的文章，斥诸葛亮妒才致庞统早逝云云，闹出过学堂风波。

关于这一点，我听我父亲说起过，偶尔也会从李老的语气中，听出一点自恃才高的味道。印象较深的，他曾不止一次表露出对郭沫若的不屑，好像是从一副对联说起，那是郭沫若题在杜甫草堂的一副对联："世上疮痍，诗中圣哲；民间疾苦，笔底波澜。"依了李老的意思，他认为这两联的语气不同，对得不工稳。

当年听他说说，好像他说的蛮有道理。许多年过去，当我在杜甫草堂细细品读郭沫若的上下联，又觉得似乎也不像李老说的那样出格。不过，当年我年纪小，不知就里，听得兴趣盎然，而他有我这么一个好听众，也就不管这听众是小孩，照样说得摇头晃脑，意趣风生……

许多年过去了，如今的我差不多也到了李老当年对我说教的年龄。我至今依旧不敢把李老称作我的老师。严格来说，他是我父亲

夜长梦不多

或者说父辈许多人的老师,我只是比较幸运,能在少年时遇上这样一个饱学的老先生。

紫金文库

那碗碎了

　　这是一只非常普通的碗,平时不怎么用它,碗柜里,它摞在许多碗碟的下面,几乎被我忘了。下午我清理碗柜,发现了这只碗,很奇怪,经历了几次大搬家它竟然还在。我把它从许多碗碟下取出,放在自来水笼头下面,准备用清水冲一冲上面的浮尘。那碗,突然碎了,几块瓷片,像盛开的花瓣,摊开在水盆。我愣在那里,好好一只碗怎么就碎了?碎在我重又见到它的时刻。

　　回想起来,买回这只碗的时间是1982年。20世纪80年代初期,我在泰州造纸厂工作,常年在里下河地区农村收购、储运麦草。

　　有一个我工作过的武坚草站,设在高邮、兴化、江都三县交界处,河对岸是高邮汤庄公社,在高邮汤庄的东侧,是兴化老阁公社。

　　草站的忙季在夏天。农村里麦子收上来,周边四乡八镇的农民,把麦草卖到草站来。这时候,草站周边河里,满是排成长龙的

夜长梦不多

草船，汗臭与草香，包围着一个个酷暑热日，直到一个个新草垛耸起。

秋冬时节，是草站的闲时。我当年的岗位职责是草站会计，站长一般是临时配备的厂里中层干部，跟收草季节临时抽调来的工作人员一样，麦草收购任务完成后，他们就回到厂里各自的部门，该干啥干啥去。

草站会计因为管账的缘故，得留守草站，负责储运夏日收购的麦草，直到草料全部运回，而一旦草料运空，差不多又到了下一年的收草季节。

草站留守，是一个寂寞冷清又责任重大的岗位。十几个堆得很高的大草垛，每一个都有一二十万斤麦草，累计有几百万斤之多。

防止火灾是草料场的首要任务，其次还有防盗、防雨等等。那几年，我留守草站的工作内容，就是管理几个来自当地的临时工。每天早上、晚上，领着他们在十几个草堆中巡视一圈，或者主持磅草、装船、运输。除此之外，就让自己待在用芦席油毡盖成的宿舍兼办公室里，看各种各样能找到的书籍。

秋天，草堆之间的土地上，生长无数紫色的野菊花，像一只只闪动的眼睛，看得心里凉凉的。

冬雪降临，河道上封了渡口，与外界沟通中断，草站成了孤岛。草垛顶上披着厚厚的白帽子，经久不融化。阳光下，鸟雀不知从哪钻出，一个劲聒噪，整个草场尤显得的寂静。

我坐在芦席编成的门边，棉门帘被挑开，阳光照进来，我迎着阳光，眯起眼睛，看着门前融雪后的烂泥地和稍远处列成一排排的草垛，寂静中，时间分分秒秒地消逝，不疾也不徐。

没有雨雪时，我会从渡口趁渡船去河北，从江都进入高邮，到

149

高邮汤庄的供销社里转转。

那年头，没有个体经济，农村供销社是国家经营的唯一的综合购物场所。印象里供销社里什么都卖，我曾在那里买过一套初中版数理化自学丛书。回来草站，读记化学课本里的分子式，或做一些毫无实际意义的数学应用题。

这只碗是我转到生活日用品柜台发现的。用今天的眼光，这碗其实烧制得很糙，我当时的生活中也并不需要这么一只碗，无论是草站还是家里。

当年20来岁的我，是被碗外的装饰图案吸引：白瓷的碗壁，有两尾青绿色的鱼，作追逐态，鱼的身体与尾鳍，很生动地弯曲、卷动。这时的白瓷碗壁像一片水。应当说，这两个鱼的图案不是什么高手绘成，制作工艺上也很难说有可取之处。不过，我当时一眼看中，并且买下这只对我毫无实用价值的碗，与它的烧制，与它的图案设计，应当没有什么关系。喜欢，有时是说不出理由的。

后来，读弗罗伊德的精神分析学，学会用潜意识来套生活中的某些思想行为，再想自己没来由地买下这么一只碗，大约也出于某种潜意识吧。

一霎20多年过去，我今天的生活状态与当年留守草料场已迥然两异。世界在变，个人也在变，变化幅度大得惊人。站在岁月的那一端，当年我枯守草站，穷尽所有想象，怎么也想象不出我的人生之路会这样走过来，而身边的世界竟然可以变得如此面目全非！这难道就是我的真实的昨天与今天吗？我一时有些恍惚。

我终于找着了一件联系今天与昨天的实物——那只绘有鱼欢水静的碗！只是，几分钟前，那碗竟悄然碎了。

夜长梦不多

社员都是向阳花

《社员都是向阳花》是一首老歌,在"人民公社好"的年代,很少有人不会唱。现在的年轻人不知道人民公社为何物了,想必也不会知道这首歌。农村的青年也不例外。

农村的青年如今都在城市里打工,过着城里人难以想象的困苦的生活。可他们就是不愿意回到那片风清水秀的土地,因为,在城里打工苦归苦,却比种地来钱多。

在人民公社年代,也有些精明的手艺人,自恃有个瓦工、木匠的技术,偷偷离开土地,外出做活、打工,被称之为外流人口。这现象虽然极个别,生产队也要发动群众逐一清理回来,严重的还要召开批斗大会,割他们的资本主义尾巴。

如今,人民公社不存在了,田地分给农民,实行包产到户,资本主义尾巴也没有人再去割。

农村依旧穷。虽然村村都有砖砌的新楼房,大都空关着,因为

挣钱回来盖房的年轻人都生活在城里,充当廉价劳动力,去做城里人不愿做的苦活儿、脏活儿、累活儿。这些新砌的房子,一年里未必能住上十天八天。

今天的农村是没有年轻人的农村,那些分到户下的田地,留给走不出去的老人、妇女,还有少数在家乡读书的孩子,由他们齐心协力去耕种。

年轻人的扎堆出走,使得今天的农村暮气沉沉,走村串舍,所到之处,除了老人还是老人。精壮劳动力的过度转移,农村里的耕作,也不再是过去那种精耕细作的做派。今天的农村,"省事田""懒人田"随处可见。

过去种田是绿肥铺底,农家肥当家。如今农村野草遍地,谁也不去割,哪来的绿肥?靠化肥吊地力,田地越种越瘦。有些地方干脆把农田挖成水塘,搞养殖,养鳖养虾。

过去种植水稻,都有育秧、插秧、蓐草、打耙这样一些耕作过程,如今农村水稻也搞直播,把育秧、插秧都省略掉,直接把稻种撒到机耕后的麦垄上,再满上水,任水稻自生自长。农作物的种植栽培都成这样了,粮食的产量、品质怎不大幅度下降?

当年人民公社的老社员,如今大都到了九斤老太的年龄,偶尔也会说一些九斤老太的话,抱怨抱怨天地人。不过,他们的孩子听不到这些抱怨,他们的孩子生下来是几斤,谁也不知道,只知道今天的他们都生活在城里,到年下回来过春节,才可能一家团聚。

有一个冬季,我来到我原先插队的里下河农村走走。农闲时节,老人们没有事情打发时光,掇了一个个小条凳,一溜边,坐在屋檐下晒太阳。农村都这样了,不晒太阳,你让这些老社员们整点啥!社员都是向阳花。我忽然想起这首老歌,那旋律依旧熟悉如

夜长梦不多

初,顺口就能哼出。

这首歌的歌词是这样:

> 公社是棵常青藤
> 社员都是藤上的瓜
> 瓜儿连着藤
> 藤儿牵着瓜
> 藤儿越肥瓜越甜
> 藤儿越壮瓜越大

然后是副歌:

> 公社是个红太阳
> 社员都是向阳花……

猫啊猫（十章）

一、故里的狸花猫

我没有想到过我会养猫。养宠物是需要有闲心闲情的，人到中年，上下内外，琐事繁多，镇日里忙忙碌碌，闲情逸致那是八竿子够不着的事。

除了闲心与闲情，还有个环境问题。

现在城市人都住楼房。我住的就是这样的楼房，且不甚宽大。一家三口住不大的房子，原本就紧紧凑凑，再添猫丁，似乎太奢侈。

数年前，曾经写过一篇《我想有个家》的短文，说的是住房困窘，想有一个书房而不得。现在才有了书房，竟又想起养猫，未免有点得陇望蜀。

夜长梦不多

我故里家中倒是养过一只狸花猫。毛皮像锦缎,走起路来雍容华贵的样子。故里的老屋是一个庭院式平房,有一个叫"天井"的院子。那猫便经常在院内或室内巡视,虽然猫的个头壮硕,怎么也算不上高大吧。那猫巡视的样子却总让人联想起雄视阔步这词,有一种伟岸丈夫的气势。

我们在外地工作的子女回去探视双亲,总会见到它那目空一切的模样。

虽然我们回家对它来说,无疑是改善伙食的机会。狸花猫对我们却不友好,它似乎并不因为膳食改变而感谢我们,反而对我们回家抱有排斥的敌意。因为,在那些日子里,妈妈的注意力显然转移到她的远方归来的儿女身上。

狸花猫的主人是我妈。另外一个主人理应是我爸。然而,猫对我爸的态度,或者我爸对猫的态度,有点特别,是那种不亲不疏,不近不远的态度。

我爸不喜欢养猫狗一类宠物有他的道理,他是一个信奉"勤有功,嬉无益"的人,他心中把养猫和玩物丧志归于一类。平时他对猫的态度是不卑不亢,遇到猫去惹他的笔墨纸砚,他就会大叫,子娟,子娟,你看住你的猫。

我妈妈就连忙赶过去把猫么喝走。爸很奇怪,不喜欢猫,却从不惩罚猫,甚至连呵斥也不给它。颇有点敬而远之的意味。倒是我妈,常常会为猫犯点小错误对其大加训斥,甚至体罚。

那猫是个土著,非常好伺候。嘴泼,什么都吃,但有剩饭剩菜,可以吃个一饱。堂屋里墙角有一个猫饭碗,是搁剩饭菜的。猫喜欢吃腥,妈妈还会每天专为它备点鱼腥,就是在买菜时跟卖猫鱼的人买几条猫鱼,回家做给它吃。这是为它开的小灶,其他人没份。

　　大约是遗传基因好,加上喂养得好,那猫体质好,在廊前一蹿即能蹿上檐口,因为它常常对屋檐处叽叽喳喳的麻雀想入非非。看一些武打片,演员们飞檐走壁,我有时会想起老家里那只狸花猫,它可是不需要什么绳索背带,就能轻松飞檐走壁。

　　在故里,平房屋顶的瓦面上经常有猫窜来窜去,不只是为了骚扰麻雀,还因为爱情。那些平时看上去温文尔雅、道貌岸然的猫们,一遭遇爱情就变得风风火火,人在室内听得屋顶上明瓦被踩得一阵脆响,那一定是猫们在追求爱情。狸花猫是只公猫,所有爱情故事都发生在外面,回家以后一点痕迹也看不出来。

　　故里的狸花猫已经有年代了。我父母辞世已近十年,那猫后来到底去了哪里?是先我父母辞世而去,还是我父母辞世后才不知所终,我们这些在外地的子女们,终于不甚了了。

二、没有学名的猫

　　我的养猫,缘起于同事梁女士。梁女士喜欢养猫,办公室闲聊时,常常说起她家的猫,她说猫时眉眼生动,说到动情处,眼睛里闪闪烁烁。于是,渐渐对猫有了好感。

　　梁女士家养的是一只母猫。猫三狗四,就是说她家的猫平均三四个月,就会生产一窝小猫,为猫社会输送新鲜血液。她把那些小猫喂养得很壮,然后一个个送出。这一回,她对我说,有一只小波斯猫,母的。问我要不要养一个?

　　梁女士的母猫原是波斯种,只因猫爸是土著,且不实行一夫一妻制,生下的小猫们大都是混血,这回竟又得了一个小波斯,她果

夜长梦不多

然爱得不行。而我也因此动了心，回家请示女主人，似乎不同意。不同意的理由，主要还是房子太小，楼房，卫生状况难对付。问题一大堆。

先前，曾经为一条没有人收养的狗做过她的思想工作，没有做通。这回，为了领养这只小波斯猫，我又动起脑筋来，天天做她思想工作，终于解决了思想问题。

那小猫就来到我们家。小白猫，波斯眼，一只蓝眼球，一只黄眼球。

那猫刚满月时间不久，浑身雪白，毛茸茸一团，梁女士用一个纸鞋盒装了它，里面铺了一块小垫褥，还用塑料袋装了一点猫粮。她带到我的办公室来，在办公桌上打开盒，那小猫怯怯地看着围观的人，往一个角落里缩，似乎也并没有"喵喵"地叫。这大约是它第一次离开妈妈，独立来到陌生的世界吧。

回家就热闹起来，买猫粮、猫砂、置猫窝，一家三口围着它转。还为一些猫事发生争执，谁也不服谁的时候，就打电话给梁女士。猫从她家来的，她懂猫事，说话有权威性，梁女士一发话，就什么争执也没有。她家是猫的外婆家，儿子就把她当成猫外婆，一有不懂的事情，就说打电话问外婆。不仅有猫外婆，儿子还撺着猫让它叫我猫爸，叫他妈猫妈，乱叫一起，也不知道这样的叫法全乱了套。

还有猫的命名，也各是各的主意，你说这个，她说那个，端的是民主不集中。有一个称呼到是大家都在用，只是没有人想到那也是个名字，从它一进门，召唤它吃东西，辅导它讲卫生，帮助它洗澡，逗它，等等，一家三口人都"咪咪，咪咪"地叫。事实上，"咪咪"就成了它的名字，不是学名，是小名，是那种只能在家里

用的名字。

如果参加社会活动,上电视节目什么的,这名字就太普通,不适用了。眼下电视里有许多宠物节目,想必那些猫呀狗呀都有学名的。我家的猫是隐士,不参加社会活动,所以有没有学名不用紧。我们"咪咪,咪咪"地叫到了今天。

最初的时候,那猫给人的印象是小小的、弱弱的、怯怯的。让人见了陡生许多怜意来。伸出一个指头给它,它会添着吮着咂个不停,一副没有忘记母乳的情景。它的舌头湿湿的,温温的,还稍稍有些剌剌的,如果添在脚板上,会让人痒痒的舒服。

咪咪的到来,改变了家里生态环境。过去,我跟儿子一样,一进家门,第一件事是打开电脑,然后大部分时间都是守着荧光屏度过。现在不一样,谁先回家,一进门,先咪咪、咪咪地找到小猫,去逗逗它。

咪咪胆子惊人得小,把它放到膝盖上。它不敢从膝盖往地面上跳,不仅不敢跳,还伸脑袋、探脖子够着朝地下看,"喵喵喵"地叫,声音里全是怯意。

人在床上,它想上床,就守在床下叫,你把它放到床上,它就下不了床,就蹲在床上叫,这时得给它搭个脚手,在床与地面之间放一张小凳做成一个台阶。说话间,猫已经两三个月大小,个子长大许多,只有胆子长不大,依旧那么丁点小。想起故里那只飞檐走壁的狸花猫,再看这只蹲在膝盖上都战战兢兢的波斯猫,会觉得它们不属一类。

给咪咪洗澡是一件大事。

猫外婆曾说过半月一月的得给猫洗一回澡。这事大家都不敢忘,只是天气太冷,因为咪咪来家的时候,是大冬天。这一洗澡可

夜长梦不多

得全家动员，开空调、开暖气机、手上拿着电吹风，电线、接线盒、电插头摆一地，另一边搁的是水盆、水勺、暖壶。

猫妈摁着它用一种皂液给洗澡，猫爸则负责不时添点热水，以免水温下降冻着它，儿子从中这里帮一手，那里帮一手。整个洗澡过程，咪咪不断发出恐怖的惨叫，像谁要杀它似的，儿子也时不时就弄出一声咋呼，音调老高，让人感觉这家人家在忙一件天大的事。

猫出了温汤水，似乎有点冷。猫妈用事先准备好的干浴巾裹起它，猫爸把暖气机捧着凑上去给它取暖。儿子那边，则打开电吹风的暖气烘它的湿毛。待到猫的身体全部烘干，咪咪团坐在干浴巾上，开始感受到浴后的适意了，伸出一只小爪子，跟周边的人，一伸一伸逗乐乐。

用爪子跟人对话，是小咪咪的特长。只是，它这爪子伸出来的时候，有时是把指甲缩在脚掌肉里，有时却会把锋利的指甲探出，或者说，有时是不小心探出锋利的指甲。于是，人一不在意就会中招，被它爪子抓出一道血痕。

三、猫公子

春天来了，小咪咪已经长到三四个月大了。它已经不再是刚来家时那种小小样样的猫妹，而是一个整天踱着庄重步子的猫公子。从猫妹到猫公子，说起来让人哂笑。

猫外婆当初说给一个小母猫，我们谁也不敢对咪咪的性别表示异议，一直当猫妹来养。更何况，当初它刚进门时那种怯怯、弱弱的形态，也容易让人怜香惜玉地把它当成千金小姐。渐渐大了的时

候,发现它的神态举止有点男性化倾向,就怀疑它的性别是不是有些问题。问猫外婆,她说当时猫小,并没有细辨。她还说,这有什么,找个人辨别一下即可。于是,请出楼上一位曾经养过猫的肖先生来论证。

事情过程很简单,那位肖先生,果然火眼金睛,一眼就看出,咪咪不是千金是公子。肖先生的语气很肯定、确凿,像大法官断案下判词,且是铁案。他说,是个公猫;波斯猫,右边这只眼球是黄的,左边这只眼球是蓝的。

关键是前面一句,致命的一句。这一句话,让我们一家对猫女的全部爱意都僵住了。让一家人把对猫妹的爱转变为对猫公子爱,一时半会还真的适应不了。包括咪咪这名字,当初以讹传讹地当名字叫它,也是冲着女猫,现在一下子成了男猫,再咪咪、咪咪地叫,就觉得这名字似乎不太合适男猫。可是,已经没有办法了,咪咪这名字,对于猫和养猫的人来说,已经改不过来。

咪咪可以从膝盖上很麻利地跃到地下,上床下床也不再需要台阶。这可以看作是咪咪的进步,只是进步还不够大。

有一回,儿子把它抓到写字台上,召唤它勇敢跳下来,它蹲在台子上,往台沿跨两步,再退半步,探探头,像看深渊一样看地面,看蹲着的儿子,始终畏缩不前。

儿子用手势一次次召唤它,鼓励,再鼓励,最后,它终于连窜带滚地跳下,随着一声凄厉尖叫,再看它走路,已经一跛一跛成了一只瘸猫。儿子为此挨我们一通训。咪咪瘸了好长时间,那时间里,看着猫的腿,就想冲儿子发一通火。总担心它从此成了终身残疾。

有一天,朋友汪先生和夫人徐女士来我家玩,见咪咪一瘸一拐

夜长梦不多

地走过，很是诧异，他们以为我收养了一只残疾猫。有意没对他们说起猫腿受伤的原因，不然的话，猫从桌上跳下来就摔伤了腿，还不成为笑料？

儿子他妈对咪咪的伤病尤其心疼，有一阵，每天一大早起来，她都会坐在阳台上，把猫咪抱在怀里，嘴里哼哼唧唧像哄小孩一样抱它一会儿。后来，这几乎成了她的每天早晨的必修课。

咪咪虽是胆小，文明程度却高，毕竟是波斯品种，与土著猫还真的不同。比如卫生吧，咪咪除了回家当天，因为憋不住在纸盒里有点不讲文明卫生以外，所有事情都在猫砂盆里去解决，不仅解决，还用爪子扒来猫砂把解决后秽物遮起来。然后，使劲地添自己的手脚，一个劲地添。

再比如，从不偷嘴，不跟人争着吃，或者干脆不吃人吃的所有东西。过去常有一种"偷嘴猫，打不改"的说法。在我家咪咪身上这句老话用不上。这一点也是一个奇怪的事情。

谁都知道猫离不开腥味，几乎成了定论，这定论在咪咪身上就是不适用。咪咪不吃鱼，什么样的鱼，什么做法的鱼，一律不吃。我们想过许多办法，做了许多让人嗅上去都得流涎水的可口的鱼味，它就是不屑一顾。不仅如此，它还对我们吃的任何食物均不屑一顾。它只吃我们从超市买回来的真空包装袋里的猫粮，还有一种是家里特制的放了姜葱作料煮得喷喷香的鸭肝，除此以外，什么都不能激起它的食欲。这大约也是它们从来不碰我们食物的原因之一吧。

咪咪，我那胆小的，娇贵的，且不乏文明的猫公子呀。

紫金文库

四、春天来了

春天来了，咪咪开始有点不安分，举止有些与平时不同，有时还会表现出异常的烦躁来。这时候，它伸出爪子逗你时，就不大能接它爪子，因为它的锋利的指甲会从肉缝里突然伸出，在你爱抚的手臂上抓下一条血痕。当然，对于儿子和他妈，咪咪的这种挑衅有时不能得逞。

他们可以在事先料到它的动机，事后还敲敲它那企图肇事的爪子，对它提出严厉警告。对我就不行，我喜欢跟猫一样，彼此伸出手来，互相逗逗乐，尤其是我在书桌边。而猫蹲在我电脑边的时候，我们就会这样，一下一下地逗弄。当然，更多的时候，我们只是比画比画，并不相互接招，几个来回下来，就觉得很有趣。

问题是咪咪会在进行时突然变招，就是说它会突然改变爪子抓动的节奏，在你习惯于爪子一伸一缩的动作间歇，它会连续抓动，这时我就会中招。而且，这种突然变招会让它掌握不好指甲藏在肉缝的惯性，一下子，就亮出锋利的指甲，在我的手背抓出一道血痕。每逢这种时候，它会有一种知道犯了错误准备接收惩罚的期待，它缩起脑袋，呜呜地在喉管里叫一声。每逢这时，我就发现，它其实与人在某些方面是相通的。

春天来了，我拿猫有什么办法呢？我找来一个酒精棉球擦了擦创口，最终还是放弃了对它的惩罚或警告。我的宽容，使得它记不住它对我的伤害，这一点，我已经发现，那就是在家庭所有成员中，只有我最容易被它爪子划着。我的大度，看来得不到猫的理

夜长梦不多

解，所以也就得不到应有的回报。

这个春天，因为猫，我写了一首诗，附在这里：

夜深人寂
纯白色的猫悄然无声地
一闪而过，在春天
它不再猫步，不再一脸庄重
书斋里它急匆匆地
一下窜了过去
又一下子窜了回来

许多次，它（憨态可掬地）
探出藏起锋锐的爪牙，试探性地
撩拨我的脚、腿和抚摸它的手
它忽然露出了敛藏的锐利
在这白色的夜
在我毫无准备的心上抓出一把血痕

春天。为了走不出的这幢高楼
我那只胆小的、纯白色的波斯猫
在平静的书房里上蹿下跳
制造着动乱
这里是碧树园44号502室
我是猫的主人

（《春天，猫和主人》）

不管怎么说，春天到了，猫的性情有了一些变化。最明显的是胆子变大了，经常没来由地呼的一下窜过去，又一下子窜过来，在书房里。是不是荷尔蒙在起作用？猫是不是也有一个荷尔蒙的说法？总之，咪咪在它的第一个春天里开始遇到一点小问题。

其实，自从咪咪被确认为男猫以后，这也是我们始终想着、又始终回避着一个问题，这个问题也就是咪咪在春天里遇到的问题。这问题是个颇有争议的问题。争议的焦点是要不要给它做一个小手术？这个手术的隐语叫"去势"。以往遇到有争议的问题，一般都得请猫外婆来仲裁，只是这一回猫外婆也没有拿出什么主导意见来。涉及这个话题，家里家外，众说纷纭，只有一个观点比较集中：那就是这手术要么不做，要做就趁小做。

最后还是决定不做。做与不做，不是猫自己的选择，就是说如果确有一个"猫道主义"存在着，那也是人帮助它去实行的。自然的、而非人为扭曲的生存状态，体现了对猫的生命的尊重。这个春天，这样的决定是人为猫做的。

猫自己不知道，猫能知道的，是春天让它变得慌乱，变得手足无措。咪咪毕竟是青少年，它还不能很明确地把握自己内心里的骚动来自于什么原因。

咪咪经常守在窗玻璃后面，隔着纱窗朝窗外看，一看老半天。那神情端的是"外面世界真精彩"，一副羡慕却又无奈的样子。

春天的时候，咪咪已经可以从容地爬上爬下。这时候，它经常会蹿到窗台上，对着窗外出神。虽然，此时的猫并没有什么过火的举止，这小小年纪，默默守着窗台的郁闷，未免让人心酸。

夜长梦不多

五、猫妹，猫妹

一个新的话题开始在家里展开讨论，那就是要不要给咪咪找一个猫妹？儿子最积极，他早就想给咪咪找一个伴了。儿子不仅在想，还付之行动，曾经找回一只小狗来与咪咪做伴。只是咪咪坚决不配合，他才不得已把那狗还给同学去。

从咪咪在狗面前表现出来的恐惧来看，如果人们依旧对"猫捉老鼠"这个古老的传说抱有期望，注定了会失望。

那头比咪咪小很多的狗，短暂地居留家里大约30个小时。这期间，咪咪始终处于高度不安状态下，它不仅不能与那条又小又丑的狗正面相对，连嗅到一点点狗的气味，就开始对着空气不停地呲气。

那条狗是刚刚生下来不久，差不多也就一只大老鼠大小吧，对于咪咪而言，它就像一个恐怖分子，可把咪咪吓坏了。于是，儿子只得乖乖地把小狗又送还同学，让它哪里来回哪里去。

解铃还得系铃人。咪咪的猫伴依旧是猫外婆一手包办，依旧是一只小白猫。有了养猫的经验，有了家里那只已经长成的白猫作陪衬，再看眼前的白色猫妹，那印象就是怎一个"小"字了得。

猫妹，小鼻小眼，两只小耳朵尖尖长长的。不是小头小脑的小，是小巧玲珑的小。尤其那眼睛，眼梢还稍稍往上钩，活像美女的丹凤眼。依旧用一只纸盒捧回家，怕它路上受惊吓，我一路上"宝宝、宝宝"地念叨着。

宝宝是区别于咪咪的一种叫法，后来就成了猫妹的名字。一家人都众星拱月似的围着纸盒看它，只有"先进山门为大"的咪咪，与纸盒保持着一段距离，并不时地中发出呲呲声。

咪咪对所有陌生事物始终抱有恐惧，故而一见到猫妹的身影立即钻到床底下，就只听到它的呲呲声，再不见它出来。

猫妹与咪咪的肤色虽然相同，却没有波斯血统，是个土著。土著与洋著，外形上除了眼珠的颜色不同，看不出什么差别来。不过，在宝宝跨进家门的很短时间里，我们还是看到二者之间的巨大差别。当时，我拾掇出一个笔记本电脑的包装纸箱，在里面衬一些垫被什么的，把它的临时的家安在我的办公桌肚。因为三面都有板隔着，如果我再拦在最外面，就等于四四方方的一个家。

我刚把装了猫妹的纸箱放到我的桌下，直起身，就听到纸箱盖板一阵响动，赶紧俯下身，打开箱盖，发现猫妹不见了，就是这么一转眼的工夫。

显然，它并没有从我的脚下窜出，我再看看三边的桌板，依旧完好无缺。叫来家里其他人一起找，因为桌的周围空空无任何可以遮掩处，不见了它的踪影，一个个都叫怪了，怪了。后来，趴在地上，终于发现桌的抽屉底板上有一个很小的洞。可是，这地面上的纸箱距离桌抽屉底有一段距离呀，还有，那洞才有老鼠洞那么大小，宝宝能从纸箱上蹿上去？准确地钻进这个小洞吗？联想到咪咪回家后很长时间都不敢从膝盖往下跳，比它小很多的宝宝能够从地面蹿上去并准确地钻进那个小洞吗？真是无法想象。

然而，恰恰是无法想象的事情，刚进家门的小猫妹就做到了。当我一个个拉开抽屉最后发现它蜷缩在里面，我们一家都惊喜猫的野性和机警又回来了，我们相信这是一只能捕鼠的猫。

咪咪终于和宝宝和睦相处了。那过程说长也不长，可能它们都

夜长梦不多

知道彼此只是陌生的同类，不是猫与狗之间的关系。

当宝宝确凿地在家里安顿下来，咪咪先是从床底下探出脑袋，然后彼此呲呲着，试探着走近。有时，忽然不知道因为什么"呼"的一下又拉开距离，就这么远远近近地试探着。它们终于开始在一个盆里进餐，在一个"厕所"里方便。有时也能彼此在对方身上舔几下，表示友好。

六、大猫与小猫

从年龄角度，如果咪咪是成人，宝宝应当才是少年儿童。当咪咪与宝宝开始和睦相处，家里人经常用大猫或小猫来区别它们。就是说，它们除了本来的名字，有了别名。后来，它们还有另一个名字：男猫和女猫。那是后话，现在还说不到它。毕竟宝宝还是一个儿童，性征不明显。

大猫在比它小很多的小猫面前，却不占任何优势。这里说的不是身体优势，如果单纯从身体角度，就算小猫再是土著，再野性，也不会是大猫的对手。这里说的其实是另外一种东西，很难表述的一种东西。

大猫的不占优势体现出它对小猫的礼让、纵容、呵护，等等。还是用实例来说事吧。比如进餐，不管饥饱与否，不管大猫是否已经在食盆前，只要小猫一出现在食盆前，我们的大猫就绅士地退到一边，让比它小的雌性的小猫先进餐。等到小猫吃得连打饱嗝，退出餐厅食盆，它才去从容不迫地进餐。

再就是卫生。应当说，大猫和小猫是两个卫生标兵。不过，比较起它们俩，那还是大猫更讲文明，我和儿子经常会用傻瓜相机抓

拍它们的生活照，其中就有小猫方便以后便窜出猫砂盆不善后的"罪证"照，也有大猫跳进猫砂盆给小猫打扫卫生"学雷锋"照。这时候，大猫用爪子拨弄着猫砂，把小猫排出的秽物一一盖起来。

大猫做着这一切时，很认真，一边打扫，一边嗅着气味，直到猫砂盆符合卫生标准。开始的时候，以为是小猫小的缘故，以为她不懂事，后来才发现是她在大猫面前撒娇。也可能是大猫的绅士风度培养了宝宝的娇气。猫这种动物是不是也有明确的性别意识？我们经常可以看见雌性的宝宝在雄性的咪咪眼前撒娇。

不过，大猫的绅士风度只在小猫面前表现，在我们面前，它却是另外一副死皮赖脸的模样，比如它睡在床上，你推推它，想赶它走，它只是哼哼，扭扭身子，动也不动，似乎觉得你不应当搅了它的梦。

大猫还会耍赖。我儿子有时故意朝它吼，你一吼，它就地往下一瘫，嘴里喵呀喵呀的。似乎说，你大人，不该欺负我。在人前，小猫却又是一个模样，她一点不娇气，当大猫耍赖的时候，她早已逃得没有影子。

阳台上，一对猫，躺在猫窝里，晒着太阳，你用爪子搭着我，我用爪子搭着你，卿卿我我，互相舔对方的脸上身上的毛，那份温馨令人感动。

也有大猫想咬小猫顶瓜皮的时候，只是小猫一挣，大猫就不再勉强她。后来，我们才知道，大猫咬小猫顶瓜皮是一种示爱动作。可能此时的小猫还没有性别意识吧，大猫的一番风情，找不到倾诉对象，所以，大猫有时会苦闷。

不知什么时候，大猫把一件旧毛衣从衣橱里拖出来，咬着它一角，用脚踩着毛衣，呜呜呜呜地吼。开始的时候，大家都不懂它在

夜长梦不多

做什么，小猫也不知道，它也躲在边上看大猫在表演。

这毛衣被没收，它也为此遭训，却依旧不改。趁着人们不小心的时候，它又把那件毛衣找出来，叼在嘴里，或者咬着它到处走，有人没人的时候，呜呜呜地吼。三番两次的折腾，后来，我们也就不再管它，把那件毛衣做了它的道具。到后来，我们都明白了，它这是在把毛衣当成小猫在咬，小猫还不谙风情，它才这样地自我抑制，只是小猫不知道。

七、男猫与女猫

等到大猫和小猫在室内追来追去，它们已经被叫作男猫和女猫。这时候的猫，很热闹，只听到呼的一声，两支白色的箭，"嗖"地射了出去，一前一后。当然，是女猫在前，男猫在后。

它们都有点亢奋，不过，细细观察，会发现男猫的目标很明确。而女猫却有点不知所以，她的亢奋带着青春朦胧期的暧昧。男猫追，她兴奋，追急了她也会讨厌，会不顾情面地回过头来吼一声，让大猫知难而退。这时候的大猫就很尴尬，很有点曲高和寡、找不到知音的样子。

我曾经抓拍了一张大猫的相片，相片中，大猫扭头向上，拧着脖子，笔直地挺着一颗百思不得其解的脑袋，似乎在思考什么哲学问题。这张相片后来就被我命名为：哲学家。

为了排解心中的困扰，男猫常常蹿到窗台上，守在玻璃后面，朝着小区院子痴痴地看。

院子里，有一些衣着花五花六的孩子，在儿童器械上玩耍、吵闹。

男猫有点儿郁闷，踩毛衣、咬毛衣的频率增加了许多。在家里，经常会看见它刁着毛衣，一边咬着，一边踩着，呜呜呜地发出压抑的吼声。这时候，女猫会从旁奇怪地看它"表演"，或者干脆自己找一个地方，蜷着身子舒舒服服睡一觉。

男猫还多出一个爱好来：啃食塑料花。

现代人嫌养花费时费力，喜欢摆弄几束塑料花来点缀居室。我的书房、卧室里就摆放几瓶塑料花。自从男猫长成以后，这些花和花瓶可就遭了殃。

弄不懂男猫头脑里想什么，平白无故怎么就对塑料花感起兴趣来？只见它跳上跳下，专门拣塑料花枝去啃。

电视柜上一只瓷花瓶被它碰到地下摔碎了。那是一只老花瓶，虽不是什么古董，却也跟了我有近三十年时间，竟被啃花的男猫摔得粉碎，让人想冲它发脾气，再看它那一副心不在焉的凄凉样，也就不忍去惩罚。

再后来，逢到男猫、女猫在家里捉对追逐疯癫，撞倒摔坏一些瓶和罐的，大家都见怪不怪了。好在家里原没有什么价值连城的古瓷旧器，不然的话，它们俩一亲热，还不都玩完。

也不知失败了多少次之后，这一天，男猫终于得逞了。如果不是女猫突然发出一种特别的声音，从形象上看，还以为男猫又在排练踩毛衣。只不过，这一回它咬的踩的可是真猫，也不知道这一向利索的女猫，怎么就被男猫踩着了。

只见它咬着女猫颈部的毛，踩着女猫的背，一上一下。男猫、女猫都挣扎着。这时就听见女猫发出一种奇怪的鸣叫，那声音，痛苦不像痛苦，快乐不像快乐，有点压抑又有点情不自禁。

男猫大约被这声音吓住了，慌忙从女猫的背上跳下来，往远处

夜长梦不多

一窜,再回头仔细看了看。而女猫这时就使劲抖弄着身体,把浑身的毛炸起,像要抖掉什么异物似的。《红楼梦》第六回写到"贾宝玉初试云雨情",男猫和女猫这么来一下,算不算"初试云雨情"?它们不说,别人还真的闹不明白。

凡事有一就有再,自从女猫怪叫过那么一次,接下来的一两天,男猫女猫闹得更欢,满屋里追来追去,追到女猫发出怪叫为止。也会有一个很短时间里,男猫突然无心恋战了,而女猫兴致甚浓。这时,乾坤倒过来,男猫直往一个角落里躲,女猫直往它身上蹭,似乎要蹭出它原先那种积极性。

这里其实有一个周期的,这周期以女猫的生理需求为前提。就是说,这种男男女女的热闹,并非天天时时都能发生。一旦过了这个周期,我们的男猫,除了咬着踩着旧毛衣,哇呜哇呜地吼几声,又开始没事情做了,或者说女猫已经不再给它任何幻想了。而我们的女猫,这时显然有了更重要的生命担当,需要她去完成。

这个春天,我写下第二首与猫有关的诗:

> 春天经过窗户的时候,
> 猫的脚步有些慌乱。
>
> 沉寂书房成了猫追逐的场所。
> 那一架图书尘封很久了,
> 仿佛熟睡老人,
> 只在梦中记起了春天。
>
> 猫的春天尘土飞扬。

树的春天写在绿的枝叶上。

整个春天,我无所事事,
又处变不惊。
若不是猫的缘故,
我也许会忘掉这个春天。

(《春天,猫和主人之二》)

八、向猫妈妈致敬

向猫妈妈致敬。是小猫做了母亲后,我最想说的一句话。始终不能明白的是这样一个小小猫,在没有任何知识和经验可依靠的前提下,竟然能无师自通、不借助任何帮助就顺利完成怀孕、生产这个系统工程。

起初怎么也没有想到怀孕与生产,会这么快跟我家的宝宝发生关系。它实在是太小了,印象里它似乎还是少女,怎么一下子要做母亲了,真让人难以接受。

如此说来,宝宝的花期也太短了,当我们依旧把宝宝看作小猫妹来疼爱,它的肚子已经渐渐大起来。

开始的时候,儿子不懂,一个劲怪我们喂多猫粮撑得它的小肚皮受不了。渐渐的,它的肚皮看上去有了撑得越来越受不了的样子。再后来,那么小的一个身体,竟然坠了一个非常不成比例的大肚子,可谓花容失色,形象大损。

宝宝的性格与脾气也有了很大变化。从眼神可以看出,它原先

夜长梦不多

那种机智而略有锋芒的目光，突然之间变得浑厚起来。跟它对视，你会发现它的目光后面多了一种温和的东西。那丹凤眼向上吊起的眼梢，似乎没有了早先的陡峭，眼睑也有了柔和的曲线。步态渐趋稳重，行动变得从容。旧时与大猫相互追逐的率性不见了。它仿佛知道自己必须用心保护什么，所有的举止都变得小心翼翼。

与此同时，是它对大猫的态度越来越让大猫手足无措。在宝宝怀孕期间，大猫几乎无法接近它的身边，不管大猫带没带有什么不良企图，只要大猫一近它身边，它立即发出一种令大猫不能不退避三舍的声音。

那声音很怪，想必是母兽在保护子兽时才可能发出的声音，不是怒发冲冠的那种，却有一股逮谁跟谁拼命的精神气，难怪大猫一听到这种声音，立即闪到一边，在远远的地方纳闷。

对我们来说，宝宝的形象问题在其次。最大的担忧是这么一点点的小东西，它能够顺利完成这个繁衍生命的使命吗？我们的担心还来自我们是第一次遇到这样的问题，宝宝它担心不担心，我们不知道，尽管它更是第一次。

我们要做的是给它增加一些营养，同时，更多地替它驱逐、斥责大猫对它的骚扰，我们能做的也只有这些了。

人类的经验以及相关知识，总会让我们想到产房、助产这些内容，而这些内容又加大了我们的担忧。在宝宝临产前的日子，孩他妈不止一次地念叨，好像快生了吧，应当快生了吧，却不知道该怎么帮助它。而宝宝则一如既往地腆着个大肚子，在猫舍里踱来踱去，一点动静也没有。

时间是一个早晨。有懒睡习惯的我忽听到孩他妈叫了一声，生了！我一个鱼跃从床上跳下来，奔到阳台上猫舍。

我什么也没有看见。我只看见宝宝已经成了母亲，躺在猫窝里，安详不无幸福地喂奶，几个小老鼠一样的小东西钻在它怀里，没头没脑地拱奶，后来确认是三个小猫，两个纯白一个橙黄。

它们的胎毛已经被猫妈妈舔干理顺，它们的眼睛还不能睁开，小脚也似乎还不能支撑它们站正，可它们却凭着本能找到属于它们的食物源，一切是那么浑然天成，又几乎不见一点点痕迹。这些，难道是我那个少不省事的宝宝它独立完成的吗？不由人不钦佩生命本能的强大。

显然，比起猫妈妈，猫爸爸要逊色许多，它似乎还不太明白这猫舍里凭空多出来的三个小生命，到底是怎么回事。猫爸爸在一旁看着这个场面，表情多少有点茫然，也看不出有多少感动。

九、小猫出操

一旦家里有了真正意义上的猫爸与猫妈，接下来的事情就多了。也正是这时，我对"猫三狗四"这句俗语，有了切实的理解。

几乎每三四个月，我们家的猫爸猫妈就继续把繁衍生命的庄严使命演习一遍。记忆中，它们前后共生育了六次。第一胎三只，两白一黄；第二胎四只，两白两黄；第三胎是两只，全是白的，其中一只波斯眼；第四胎四只白猫；第五胎仍是四只，三白一黄；第六胎三只，两黄一白。由此可见，每胎的生产数量上限是四只，下限是两只，平均每胎三个多，累计为猫世界创造出 20 只健康的兄弟姐妹，无一伤残与夭折。

这时候，轮到我来学猫外婆梁女士的做派。一旦猫怀孕临产，我就在单位同事、朋友之间放风，征求是否有人愿意领养，并委婉

夜长梦不多

了解领养人的性格对宠物的基本态度。确定了具体目标后，经常保持联系，小猫一诞生，便及时通报小猫的毛色、性别这些基本情况，然后是精心饲喂，直到小猫满月，便收拾行装给它们送行。

送养小猫时一般收拾一个纸盒，里面有一块小垫褥，再装上一小塑料袋特为它煨好的加上佐料的鸭肝，送到领养人手中还得简单介绍小猫的特点，以及喂养注意事项。这些都是我从梁女士那里学来的好传统。

这也就是说，猫爸和猫妈忙碌一场，换来的只有孩子在它们身边一个月的时间。这对于辛苦的父母，尤其是猫妈而言，未免有点太残酷。可这也是没有办法的事。

如果都把它们收养在家里，按照它们的生命规律，我再买两套房子也安置不下它们，更何况现在城里的房子都是天价，人都住不起，猫又能怎么能安置？

小猫落地后有10天的时间，就开始生机活泼。20天到30天（满月）之间，一个个虎虎有生气，这是它们的最可爱的时期。它们开始模仿父母的扑跃，互相纠缠，一打开阳台与书房之间的玻璃门，它们就出操一样，在我的书房里撒野，在书桌下面乱钻。有的咬我的裤腿，有的咬我的拖鞋，更有一些对文化不恭的小调皮还逮住我放在地板上的书呀纸呀，一顿乱啃。

我有时就会抓个数码相机，趴在地板上，假装与它们为伍，抢拍了许多写真相片。有时，当我捉一个小猫放到写字台的电脑旁，其他的小猫则齐齐地簇在我的小腿边，咬扯我的裤脚，大有要沿着裤腿爬到台子上面来的意思。

而这时的猫爸和猫妈，则放手不管这些小东西，这一对猫夫妻已经习惯猫舍（阳台）的门一开，小猫就暂时由我们来管理。

我的书房是小猫出操的场所,我相当于钟点工或者幼儿园老师,替它们义务照料小小猫。对我来说,这是一种快乐的义务。而同样的遗憾是这种快乐属于我们的时间也很短暂,到了猫满月后,它们就将陆续被送给领养的人。

我的电脑里有许多小猫出操时的相片,干活累了,我会打开这些图片,这些趴在地上的视角,记载了当初与猫为伍时的快乐。

十、瞧这一家子

按照猫家族的繁衍规律,我这个不大的房子里,最兴旺时节,共有九条生命。两个家庭住在一个屋子里,一个是三口之家的我们,一个是六口之家的猫。典型的人少畜生多。

长时期与猫生活在一起,我身上自然而然沾有了猫的气息,这体现在我走到任何地方,一看到猫,唤一声咪咪,那猫就会走近来,蹭我的腿,任我去抚摸它的毛。

有一年去越南,看到一只大花猫,我情不自禁地唤了一声咪咪。谁知那畜生竟然不通过翻译就听懂我的呼唤,从不远处奔过来,偎偎到脚边,让我深感生命与生命之间的交流,原无国界的限制。

我那儿子也是,有一天早晨醒来,没头没脑地对我说一句,我想猫了!说得他妈眼睛都湿了。说这话的儿子,已经是开始谈婚论嫁的大小伙子。

儿子说这话的时候,我们家的猫已经从南京搬迁到上海,成了一个画家朋友家的猫了。

与猫的分手,根源还在房子上。当儿子日益长大,谈了女朋

夜长梦不多

友,我们家的蜗居日益显得小,我已经被迫在书房里支了一张床,与猫的最终分离也只是时间问题了。

我的亲戚们来南京我家里,都对在这个环境下仍坚持养猫提出异议。可是,养了这么久的猫怎么能说分手就分手。这里,有许多感情上的折磨,一家三口开了好多次会,就是下不了决心。

这时,有一个画动物的画家,想收留我家的猫。于是,我家的猫就乘坐沪宁特快,开始了新的旅行,正应了"世上没有不散的筵席"这句老话。

这个持续数年的养猫经历,最深刻的教训,是一个人非到不得已,千万千万,别收养宠物。因为,从根本上来说,人也是动物,分手的痛,物伤其类的感觉,在猫与人的身上没有什么不同。儿子先后闹过几次,要去上海"探亲",再就是孩儿他妈,有几次梦到了猫,醒来时,梦境已不真切,隐约中,有点担心猫的处境,也不止一次有去上海看看猫的想法。只有我坚持不该去,首先是出于对收养人的尊重,我们不应当去干扰别人,而对于被我们最终遗弃的猫,我们的这种怜悯也太廉价了。

冬天,阳台上铺满阳光,我靠在一张躺椅上,这里曾经是猫的天地,猫的家园。而此时,我成了侵占者。晒着猫晒过的太阳,我想象,当初猫躺在这里时,在想什么心思呢?我写过一首诗:

> 在猫躺着的地方躺下,
> 晒猫晒过的太阳。
> 这个冬日,我顶替我的猫,
> 眯起阳光下的眼睛。
> 那个寒冷的晨,不为人知,

呼吸进去的空气，冷得噎人，
这地方有两个"人"，
前一个用实，后一个虚词，
与猫没有丝毫关系。
写出漫天大雪，注定是一段回忆。
去年今日，小猫躺在这里，
想什么心思呢？
我不懂猫语，她不通人话。
我们都没有第二语言。

(《猫语人话》)

第四辑　书蠹杂论

紫金文库

三读《人老莫作诗》
——与李国文先生商榷

《文学自由谈》是一本老牌杂志,我是一个新读者。"老牌"用在这里不完全是一个时间概念,即以杂志创刊时间的长短来决定,更多取决于杂志的品质,有招牌叫得响的意思。

李国文先生文章中引用了"老似名山到后知"的句子,杂志也是那样。读以后,方知是不是货真价实。

早些年,也曾翻看过《文学自由谈》,潦草的印象里,写文章的人好像有点气急语呛,更像一个茶吧或酒座,由一群喜好"语不惊人死不休"的人聚集而成。当然,不是说《文学自由谈》内容的全部,只是某些文章的读后印象,这印象以偏概全了,妨碍我正经八百地订阅它。

认真阅读《文学自由谈》缘于读李美皆文章。不完全是因为这小李与我同城,而是因为一个好友的推荐。他大约与李美皆见过面,也喜欢她的文章,三番两次荐我读她。于是,从他书架上取下

夜长梦不多

《文学自由谈》一读,然后借一叠回家,再读。一读,再读,却被老李给抓住了(这里有点冒昧,把国文先生称为老李),由小李到老李,《文学自由谈》从此成了我案上与枕上的读物。

李国文先生算是《文学自由谈》专栏作家。每期《文学自由谈》头题位置,有个特约栏目,由他"特"写。

写专栏的作家都知道专栏特别难写,难的不是写出好文章,而是连篇累牍都是好文章。从这个意义上,李先生堪称写专栏圣手,我读过的他的特约文章,几乎篇篇都是好文章。

也许是年龄的缘故,初读李国文的《人老莫作诗》,很受震动,尤其读到李先生的两个"所以"。先生说:"所以,基本上失去'性'趣的文人,说句不中听的话,只不过是苟且地活着罢了,既谈不上勃勃生机,也谈不上什么创造精神。不但莫作诗,连小说最好也莫作才是。"先生又说:"所以,'性'趣可以作为文人自我观察的一个指标,若是不战而降,雄风不振,就要考虑是不是还继续写诗下去?是不是还继续写小说下去?"这两个"所以"读下来,确乎有点闻雷惊箸的感觉。

我生于20世纪50年代,虽不敢称老,却一天天往老的地方去。我虽然算不上文人,却也喜欢写一些名不见经传的文字亦即先生笔下的诗或小说一类。人免不了俗,心底里总爱把自己往文人边上靠。看到先生的两个"所以",想起老文人的处境,有一种瘦子为胖子发愁的感慨。自然也会想着一旦我也到了那一天,我这个沾"边"文人,随着"力比多"的不断流失,'性'趣不再盎然,用先生的话"不战而降,雄风不再",奶挤不出,水也挤不出,这该如何是好?

再读时,却多了读文章、受启迪的感受,因之萌生出几分谢意。无论李先生引用的袁枚夫子,还是李先生自己,以年龄去衡量都是老人者也。我辈尚无缘得识的"名山",二位把自己的经验之谈精妙传出。对后来者,尤其对我这将老未老,且夕即老的沾"边"文人来说,实在是受益匪浅。

首先,让人彻悟到,老来对文人而言,有双重的残酷。后生们呀,你可得抓紧再抓紧,"花开堪折直须折,莫待无花空折枝"。

人有惰性,常常把想做的事情往后拖延,指望明天去做。李先生的文章,把人斥醒:岁月将老,老之无奈,何来明天?

其次,人必须有自省意识(当然并非只有老人需要),老人尤其需要常自省。好汉不提当年勇,别老把陈年旧历当作新纪元。虽说人要挑战极限,千万别以为世界纪录是一个人创造出来的,自己是纪录的永远保持者。

李先生说:"他忘了,他的文学春天已经是过去式。上帝不会为他创造奇迹,更不会给他百分百,早把脸掉过去,拿脊背朝着他了。"

再次,做自己能做的事,莫勉力而为。从年龄角度,任何年龄段自有它的长处与不足,少年的狂妄与锋锐之气,是宝剑的双刃。老年人呢,没有少年人的锋锐,"其睿智、成熟、其圆通、豁达"应当为青年人所缺。即如国文老先生写出这样令人彻悟的文章,年过80的袁枚得出"人老莫作诗"的结论,都证明老人能做出年轻人未必能做的事情吧。

写到这里,忽然来了疑问,或者说,发现了一个悖论。写出"人老莫作诗"诗句的袁枚已经年过80岁了,用先生的"老文人"概念来衡量,袁枚夫子要算是一个足够老、足够文的人了吧。袁夫子这首诗写得到底如何?旧学不深的我,不敢妄评。然而,该诗为

夜长梦不多

李先生看中,并因之生发感慨,写成文章。令晚生袁枚夫子两百来年的人今天读来,仍不无启迪,足见诗写得不差。

那么,一个80岁的老人写出"人老莫作诗"的诗,是说老人不能写诗呢,还是用行为证明老人也能写诗并写出好诗来呢?

曾有一个意义与此全不相干的悖论:有人在雪白的墙上用墨笔醒目写着"请勿乱涂"四个大字,旁边,另有人用小字添写"你也在乱涂",又有人写"他涂你莫涂",再有人"你正在涂"……结果一目了然,这堵雪白粉墙成了涂满黑墨的墙,而这些玷污粉墙的内容竟都是从防止玷污出发。这有点像笑话,其实不是,至少不只是一个笑话。

从这一角度出发,三读李先生的文章,竟也发现某些断语下得有点生硬,甚至难以自圆其说,包括他对袁枚的理解:"体会袁枚的思路,无妨作如此理解。先生们,女士们,到了谈不动恋爱的年纪,最好就不要写诗了。干什么都可以,就是不要写诗,恋爱谈不动,诗也写不好的。"可是,恰恰正是袁枚80岁以后写的诗,令先生你叹服,并因之写成这篇让我读了颇受启迪的文章。如果袁枚真的如他自己所悟"人老莫作诗",先生怎能读到他的诗?我们怎么能读到先生的大作,又从哪里受到启迪?

还有,李先生断言,文人老了,诗与小说断然不可再写。先生搬出俄国的普希金、莱蒙托夫,英国的拜伦、雪莱等世界级大诗人的创作经历,举例说明"他们都是在生命史上的黄金时期,写出一生中最好的诗"。

先生说到这里大约意识到这些诗人的寿命大都不长,用"生命史上的黄金时期"和"写出一生中最好的诗"来说事,有点经不起推敲,在后面又补叙了一段文字。

其实,补叙与不补叙意义不大,也无任何益处,援用这些没有经历过老年就过早离开世界的诗人,来证明人老了就一定写不出好作品,是没有说服力的。假如普希金38岁时没有因决斗身亡,焉知他"生命史上的黄金时期"不再,焉知"一生中最好的诗"就一定已在38岁以前写完?

李先生还举了鲁迅的例子,来证明人老了,就不宜再写诗与小说。从年龄角度,用鲁迅举例显然要比普希金他们来得恰当。

先生根据鲁迅年表资料,说起一代大家鲁迅自46岁作《奔月》后,即"主要写杂文"去了。说实在的,用鲁迅这样的大家来取譬,还不大容易找到恰当的比照对象。好在先生引用资料时原是不拘中外古今的,我这里就以一个苏联的诗人帕斯捷尔纳克来做比较。虽然从匹配的角度,我选择的这个对象未必合适。

在世界文学史范畴,帕氏首先以诗名,1946年他57岁时,开始着手写小说《日瓦戈医生》。一写9年,到1955年他66岁那年书成。由于苏联的文艺路线、政策,该书几经周折终不能在境内出版,延宕至1957年11月《日瓦戈医生》意大利文版才在米兰问世。接着又出了俄文版,并被译成20多种文字,在短时间内遍及全世界。

次年,1958年10月瑞典文学院把诺贝尔文学奖授予帕斯捷尔纳克,以表彰他"在现代抒情诗和伟大的俄罗斯叙事文学领域所取得的重大成就"。再两年后,1960年5月30日晚11时20分,帕斯捷尔纳克与世长辞。57岁到66岁,不知道属不属于李先生所说"老文人"的范畴。不过,由于前面举了鲁迅的例子,这里也只能找一个与其年龄相仿、文学史地位相匹配的人来做比较。

《日瓦戈医生》这部长篇小说中包含小说主人公的25首诗(当

夜长梦不多

然是作者代拟的），倒是一个极好的反证的例子，既有诗，也有小说，作者也并不符合李先生列举的"欲叫欲吼、欲上吊、欲寻死、欲打架、欲革命的强烈感情，才能写出具有震撼力量的作品"必要条件。而帕氏的诗想必不是先生所说"无性趣之人写出来的诗，有一股泪水味"。《日瓦戈医生》也不是"谈不动恋爱之人写的小说，有一种猪食的感觉"吧。至于《日瓦戈医生》作者的生理条件，鉴于1960年帕氏就已辞世，即便有考证必要，也无从考证了。

当然，人们也许还可以对"老文人"有不同的界定与归类，比如从去世年龄倒计时，正像一首诗中说的那样：

　　一个活不过四十岁的人
　　他的晚年该从什么时候开始

或者根据人的身体健康条件并由此引申到影响身体健康的生活环境条件等等，毕竟，人的"性"能、"性"趣，并不只有一项年龄指标可以改变。按照李先生的莫写诗、小说的生理条件，身体不健康的人与老年人应当有诸多共同之处吧。然而，这样一些归类法一旦都能援用，关于"老文人"定义就很难有具备公信力的尺度。无法界定老文人，那么该用什么年龄尺度让"老文人"们退出诗与小说创作现场呢？是"六进七出"还是"七上八下"？由谁说了算？

这样一做比较，总觉得李先生的"人老莫作诗"引申到"莫作小说"，以及由此生发出来写诗与小说的生理指标，等等，似乎立论有欠稳妥，至少也是以偏概全了。

先生说，"一位诗人，一位小说家，活到老，写到老，还执迷

不悟地要去侍弄写不好的诗、写不好的小说，真是教人不敢恭维的。"这话说得是不错的。前提是"写不好的诗，写不好的小说"，如此这般，不仅老人不要去弄，其他年龄段的人也大可不必去弄。

写不好诗或小说，是因为你没有这个才能或已江郎才尽。说到"江郎才尽"，其实与年龄无关。千万不要把二者画上等号，让人误以为，年龄一大，人一老，势必江郎才尽。从来没这回事，典故中的江郎，才尽之日尚是弱冠少年。李先生的文章与袁枚夫子的诗足以证明：人老了势必江郎才尽之说不能成立。

国内的例子，还可以列举敝同乡汪曾祺。

新时期以来，汪曾祺以汪味小说享誉文坛。汪在西南联大读书师从沈从文，即开始习写小说，却没写出来。新时期出道，《受戒》一炮走红。圈内固然不乏有人知道汪曾祺何许人也，普通读者直以为小说界又出新人。殊不知此"新人"乃一耳顺老人。汪同乡作小说，青年未开花，晚年倒走红，虽有时代原因，却也足以证明老年并非一定不能作小说。

如果说汪的年龄还不够老，从文体来说，写的毕竟是小说，与"人老莫作诗"本旨扣得不紧，这里还可以举一个老诗人的例子。

移民加拿大的诗人洛夫，2001年以74岁的高龄写出3000行长诗《漂木》，震惊华语诗坛，且因此获得中华文艺协会颁发的终身成就奖和新诗界国际诗歌奖·北斗星奖。

洛夫的《漂木》我读了两遍，准确的说法是读了两个不同版本，一是台湾出的竖排版，一是大陆出的横排版。我供职的《扬子江》诗刊也曾选刊其中部分章节以及诗评家叶橹的《漂木论》。为了尽量让作品来发言，这里从长诗《漂木》第三章《致时间》中节选几个片段如下：

夜长梦不多

1

……滴答
午夜的水龙头的漏滴
从不可知的高度
掉进一口比死亡更深的黑井
有人捞起一滴:说这是永恒

8

其实死亡并非推理过程
也不是一种纯粹
绕到镜子背后才发现我已不在
手表停在世界大战的前一刻
把时间暂时留在,尚未流出的泪里

37

一朵直奔天涯的金色葵花
骑着从太阳那里借来的一匹马
它回头问我:你的家在哪里?
我默默地指向
从风景明信片中飘出的那朵云

48

百代过客,有没有住店的?
一个脚印消灭了另一个脚印
而躲在我们体内的蛀虫
开始向灵魂一节节地钻进
伺机蠢动

51

我一气之下把时钟拆成一堆零件
血肉模糊,一股时间的腥味
嘘!你可曾听到
皮肤底下仍响着
零星的滴答

52

于是我再狠狠地踩上几脚
不动了,好像真的死了
一只苍鹰在上空盘旋
而时间俯向我
且躲进我的骨头里继续滴答,滴答……

从 3000 行诗中摘选出 30 行,窥一斑也算不上吧。然而,作为

夜长梦不多

引文却又似乎太长，就此打住。

洛夫已逾耄耋之年，其"力比多"状况不便查询。不过，从诗作中可以看出，诗人的想象力丝毫没有衰老。李先生列举的那些老诗人的症候，在洛夫的诗作里似乎也看不到。也许洛夫只是一个例外吧。

然而，即便是只有一个例外。李先生的"不能不想到袁才子的这句诗'人老莫作诗'其实是颠扑不破的真理"的联想，依旧是值得推敲的。

事实上，人家袁才子也并没有把它看作是真理。袁才子在写"莺老莫调舌，人老莫作诗"一诗时，其实不乏自我调侃的味道。譬如一个上了年纪的人，尚能有所为，有时也会在别人面前，叹息一声，唉，老了，做不动啦！这句话是当不了真的，更不能因为有这么一句话就把这人给彻底废掉。

80岁的袁才子写了这首"人老莫作诗"的诗，正说明他并没有自废武功。不仅如此，该诗最后他还写到了自己以后应当如何写诗。这更说明前面说的"人老莫作诗"更多还只是一种自省或自我调侃。诗还是要写的，只是得换一种方法来写。

"我欲意矫之，言情不言景。景是众人同，情乃一人领。"只有这样，才能避免"重复多繁词"的香山与放翁的老年"病"，把诗写得更好。

大约为了证明"人老莫作诗"确是"颠扑不破的真理"，李先生分析了一通"老先生的性能力"与"老太太的荷尔蒙"，以此推断："雄风的零状态，激素的空洞化，随之而来的，必然是血液流动的速度放慢，亢奋不起来；必然是感情膨胀系数降低，激动不起来；必然是形象思维的能力变弱，浪漫不起来。"于是结论出来了：

紫金文库

"一个老作家,一个大作家,一个名作家,既不亢奋,又不激动,更不浪漫,才气何在?灵感哪有?能写出什么好诗,好小说呢?"

别人怎么看这段推论,我不知道,反正我还没有老到那种程度,不能感同身受地体会那一连串"必然"的必然性。而且我以为,李先生大约还是把"有些人"的概念换成"所有人"了吧。不然,就无法解释前面说到的帕氏、洛夫等人的老年期的创作。

作为一个诗歌编辑和学习写过一些诗的人,我对诗歌现场并不陌生。《随园诗话》里的一些诗话、诗评,以及李先生形象生动的阐释,我也大体都是认同的。比如文章中引用的《随园诗话补遗》卷四,第十三节中一段诗话:

> 引浦柳愚山长云:诗生于心,而成于手;然以心运手则可,以手代心则不可。今之描诗者,东扯西拉,左枝右梧,都从故纸堆来,不从性情流出,是以手代心也。

说得就非常有道理。

其实不只是写诗,广而言之,所有文学创作都应当"以心运手",而非"以手代心"。事实上,在编辑看到的大量来稿中,二者都不罕见,这只能说明有人会写且有写的才能,而有人不会写或者干脆没有写的才能。

古今中外,历朝历代,都有这两类作者,与年龄大小没多大关系。也就是说,"坐在恭桶上,憋得额头青筋突出,汗珠直冒"的"憋"作品的人,从来就不缺少,创作"以手代心"而不是"以心运手"的也大有人在。

李先生不仅是高明的大夫,也像手法熟练的画家,寥寥数笔就

夜长梦不多

形象生动地描摹出种种写作的病态。只是在这里,我横竖看不出以上引文与"为什么中国文人老了以后,会出现这种'往往精神衰,重复多繁词'的现象"有什么联系,并且有针对性地"道出其中真谛"。

硬"憋"式的写作,不仅"老"有,"少"也有,也不仅"诗"有,任何写作都一样,即如专栏文章,倘使硬行憋出,也未尝不是一种弊病。

事实上,从编辑阅读来稿的角度看,举凡"以手代心"硬"憋"的作者,还是年轻的初学写作者居多。可在李先生那里,"以手代心""憋",都成了"老文人"的症候,被引用来作为"人老莫作诗"的论据。这似乎与写作实际不相吻合,也有失公允。

打个比方吧,"以心运手"譬如写作之正道,而"以手代心"譬如写作之歧途。生活中,总有人踏着正道,也总有人误入歧途吧。凭什么李先生一定要让这歧途上来来往往的人都挂着拐杖呢?凭什么?这里,我们也不必强调老马识途,让青年人与老年人一半对一半地迷失在歧途,也要相对公允一点吧。

再譬如患病,伤风感冒、头疼脑热,原本是常见病、多发病,向不拘性别、年龄,无论老中青,抑或工青妇,谁染上是谁。我们可以说,老年人因为抵抗力下降,容易染上伤风感冒,却不能说,伤风感冒是一种老年病。这就未免失之偏颇了。

回到前面的话题,我倒以为,"人老莫作诗"主要体现袁枚夫子的清醒意识。人老了,首当其冲是要清醒。袁枚夫子80岁高龄写出"人老莫作诗"就是一种清醒,同样,李先生这篇大作给我的印象,也是一个清醒的老人所为。只是不能把它看成是一种规律,更不能当作颠扑不破的真理,否则,许多事情就想不通了。

清醒地看到年龄差异，看到年龄导致的不同身体状态，以及不同年龄段的知识修养诸方面的优长与不足，一个人的写作风格与内容自然会相应产生变化。冯至在里尔克逝世10周年时说过这样的话："在诺瓦利斯（Novalis）死去、荷尔德林（Holderlin）渐趋于疯狂的年龄，也就是在从青春走入中年的路程中，里尔克却有一种新的意志产生。他使音乐的变为雕刻的，流动的变为结晶的，从浩无涯涘的海洋转向凝重的山岳。"（冯至：《里尔克——为10周年祭日作》，见《冯至学术论著自选集》，北京师范学出版社1992年版，第482-483页。）这里说的是里尔克步入了凝重的中年写作时期。也正因为里尔克的自省与变化，后期，他写出了在世界诗歌史上产生重大影响的两部长诗《杜伊诺哀歌》和《献给奥尔甫斯的十四行》。

我始终认为，既然不同年龄自有它们的优长与不足，什么年龄写什么样的诗，那不是非常好理解的吗？为什么非得要把老年人从诗歌、小说创作现场逐出？再说，什么年龄能做什么事，当事人最清楚。从袁枚的自省到里尔克的求变，即充分证明这一点。反过来，也一定有人不清楚或不那么清楚，不过，对于不清楚的人来说，你说了也白说。

夜长梦不多

我和一株顶高的树并排立着
——与译本有关的一种角度

中国的现当代文学与外国文学有着很深的渊源。一点不夸张地说，没有外国文学的译介与引进，就没有中国现当代文学的今天。

"五四"以来，大量外国文学作品的译介与引进，参与了中国现代文学的新铸与建设。新时期以来，以我自己文学编辑生涯的直接经验，以及作家、诗人的文本所提供的间接经验，对外国文学作品的阅读和借鉴，直接影响了中国当代文学的创作，这也是一个不争的事实。

这里有两个重要历史时期：一是以"五四"为标志的新文化运动时期；一是20世纪70年代末以结束"文革"为标志的新时期。这两个重要历史时期有一个共同点：外国文学作品的大量译介与引进，对中国现当代文学产生了重大影响。

从接受的角度，早年参与中国现代文学新铸与建设的人，大都有着留学欧美或日本的经历。有着相当程度的外语能力，有的人还

不止一门外语。就是说，当年的文学先驱大都具备直接阅读原著的能力，并且在试图找到合适的汉语来译介外国文学作品时，他们还直接参与改造和创造了一种新的（建筑在白话文基础上的）现代汉语传统，使之在贴近原著的前提下也贴近汉语阅读与审美习惯。

而新时期以来参与中国当代文学复兴与重建的文学弄潮儿，就没有了这些基础条件。由于历史与时代的原因，他们通常都没有接受高等教育的背景，更没有母语之外的语言能力，不得不通过翻译读物来接受外国文学的营养。

显然，译本在这里起到了重要的中介作用，由于接受者自身条件的限制，这种中介作用某种意义上是不可或缺的。

这样一做比较，结论是残酷的。无法直接阅读原著，通过译文来感知、接受并借鉴外国文学，误区与陷阱很多。

撇开翻译文本的质量问题不说（事实上拙劣的译文并不罕见），翻译文本与原著之间，客观上存在语种不同、殊难对应的先天性障碍。译者常常不得已采用一些不太符合汉语语言习惯的、疙瘩的甚至似是而非的文本，来相对接近原著。至于翻译中常见的不同语种的转译，比如通过英语译本再来转译俄语原著。更可能以讹传讹，不知就里。

虽然我们可以通过比较阅读不同的译本来做一些补救，可自身不通外语的致命缺陷，还是让我们一不小心即步入盲区。这也就是说，新时期以来我们这些外国文学的接受者，大多是不得不借助于包含了缺陷和遗憾的翻译文本，来进入、理解并借鉴外国文学。

这是否可以说有这样一种角度：在没有外语条件的接受者面前，外国文学对中国当代文学的影响，存在着翻译文本（含拙劣的译文）或大于原著的影响？

夜长梦不多

译文是最先进入接受者的文字符号,当一个接受者毫无外语基础,译介的文字符号就成了他阅读、理解原著的唯一通道。

由于前面所说的理由,这个通道有时也可能通向歧途。悲哀的是误入歧途的人往往并不认为那是歧途。

20世纪末,从事文学编辑工作期间,我曾阅读到大量"借鉴翻译文体"写作的汉语文学作品,为什么说"借鉴翻译文体"而不说"借鉴外国文学"的写作,是许多来稿仅仅停留在学习借鉴翻译文体的层面。或许在那些不通外语的接受、模仿者那里,翻译文本即等于外国文学。由于来稿绝大多数并不能刊登,读者也许不会意识到这种受翻译文体影响的文学创作的严重性。可当年,在编辑部,我们常常用"不说人话"来形容这些作品。

最让人不能理解的是,作者并不是在翻译别人的作品,也不存在不同语言转换时的可能遭遇的语言障碍,为何他一定要用像译文一样的疙瘩别扭的汉语来书写他的作品呢?应当说,20世纪80年代末90年代初,这样一种受翻译文本影响、有着明显翻译文体化倾向的写作风气,曾经盛行一时,几成灾难。

对外国文学尤其是现当代外国文学的学习借鉴,应当体现在现代性与汉语性的有机结合。这对所有的文体写作都一样。而在诗歌这一文体中,要做到这一点,难度会更大。

中国新诗(现代汉诗)作为一种文体,其诞生与翻译文本关系密切。这关系甚至可以说是前置性的,即没有诗歌翻译文本,中国新诗的文体可能就不会是今天的模样。这就使得翻译诗歌文本之于中国新诗,近乎一种母本。

已故的卞之琳先生曾以诗人兼翻译家的双重身份,著文详述了中国新诗主要源于翻译诗的史实。还有,语言要素对于诗歌这种文

体的意义，也要远大于其他文体。

如果说现代小说作为一种文体，尚有明清白话小说可作为传承。而现代汉诗作为一种文体，其诞生之初，就意味着它没有任何形式意味上的传承可以倚恃。

翻译诗歌是中国新诗文体最重要的参照坐标，这在今天的学界，基本没有异议。虽然大跃进年代的新民歌运动和小靳庄唱诗会的全民诗歌，曾因意识形态的介入与推进，一度也被看成是新诗的另一个形式意味上的坐标，其结果好像是失败了的。

脱胎于翻译文本的中国新诗，要找到它与母本的本质区别，且能重铸一种汉语性征很明确的新文体，确实不是一件容易事。基于此，如果能从文体、句法、词汇等诸方面，为中国新诗的文体特征寻找一个大致的相对模糊的边界，大约也只能从对翻译诗歌的文本的梳理与辨别开始着手。虽然这个试图"界定"的过程何其艰难，也注定将何其漫长。如果要充分展开阐说，应当是一篇大文章的题目。

这里试图讨论的角度还只是翻译文本对中国新诗的影响。

诗是最难翻译的文学样式。从"信达雅""化境说"到"多元互补论"，从"直译""意译"到"风韵说""形似论""神似论"几乎所有汉语诗歌译论，其实都无法解决诗歌的翻译问题。所有语种都一样。所以，才会有人说，诗是翻译过程中丢失的东西。更何况，还有一些源自译者的能力因素而导致的拙劣译文。

译不出来的诗，译坏了的诗，再加上没有外语能力只能借助于译文的我们。如果说译诗的文本是中国新诗文体的重要参照坐标，那么，坐标的刻度怎样才是真实、可信、有权威性的？这是一个非常值得研究探讨的问题。

夜长梦不多

以我个人的阅读经验,汉语翻译文本的优劣(在确保忠实于原著的前提下),很大程度上体现在译文的现代汉语品质。如果译本的现代汉语品质受到质疑,这一翻译文本就很难说成功。另一方面,寻找恰当的现代汉语表达方式,这一翻译过程是个开放的过程。过程中,因为寻找适当的汉语表达,以及对应原著音步的需要,有时会注入许多新元素,增加了现代汉语的多元性,对现代汉语的语素、音步、节奏,甚至句法、词汇的构成等,起到极大的丰富作用。因此,有必要对诗歌译本的汉语质地进行甄别。

当我在诗歌译本中,在中国新诗的具体作品中,读到一种既是汉语的又似乎是大于汉语的诗意表达,我会长时间处于一种兴奋之中,惊讶又欣喜。以此作为参照坐标,在个人写作中,注重文本的汉语品质,同时强调现代汉语传统的创新与发展,是我非常向往的写作状态。从这层意义上,我很认同把中国新诗定义为现代汉诗的观点。

下面有几个帕斯捷尔纳克《哈姆雷特》的译本片断:

喧哗静寂。我走上前台。
身体靠着一根柱子。
通过遥远的回声,我把那
即将发生在我身上的一切聆听。

(张昕 译)

喧嚷嘈杂之声已然沉寂,
此时此刻踏上生之舞台。
倚门倾听远方袅袅余音,

从中捕捉这一代的安排。

（张秉衡 译）

语静声息。我走上舞台。依着那打开的门，
我试图探测回声中，
蕴含着什么样的未来。

（北岛 译）

我不敢断言这些译本的优劣，只是凭了自己的阅读经验，我可能会更喜欢北岛的译本。因为北岛译本所选择的汉语表达更符合现代汉语的阅读习惯。

张秉衡先生一篇文章中说到《哈姆雷特》使用了五步扬抑的格律，他可能是试图译出原著的步律，可"已然沉寂"和"生之舞台"这样的书面语，确实已不是有活力的现代汉语，且硬套音步的译法使得整个译诗成为一方豆腐块，读来令人沉闷。

张昕的"我把那／即将发生在我身上的一切聆听"，也是现代汉语难以接受的一种句法。

那么新诗写作应当借鉴什么样的译本？我想，最好不要去模仿借鉴张秉衡的译本，甚至也不应借鉴张昕"我把那／即将发生在我身上的一切聆听"的句法。毕竟，中国新诗已经走过90年的路程，也该有自己的自觉意识了。

事实上，中国新诗（现代汉诗）在成长过程中，在文体、句法、词汇等方面，已逐步从翻译文体的直接影响中走出，形成一系列属于自己的美学品格。尤其是跨世纪以来，在新诗写作现场，许多诗人在形式与内容和谐一体的层面，成功实现了现代性与汉语性

夜长梦不多

的上佳结合，写出了大量优秀诗作。

但似是而非的诗歌翻译文本，以及对翻译诗歌文本的似是而非的学习借鉴，好像也还不是个别现象。似是而非，是我跟一些诗友交流时使用频率比较高的词汇。事实上，是也好，非也好，有是非总好办，怕就怕"似是而非"。也正因为诗歌翻译与写作的是与非，往往不容易说清楚，似是而非才有可乘之机。

下面引的一首诗，是我在一本新创的诗刊（2008年3月）开卷的位置读到的：

> 在收拾垃圾的人中，那个少女
> 可能才初中毕业但她
> 没有卑躬屈膝，她军装裤上的口袋
> 多得数不清
> 她仔细检查马路
> 为它们
> 涂上油彩，如此说来我是站在一旁
> 默默等待她长大，等她给我占卜前些日子的风湿和
> 下辈子的桃花运

这首诗的分行断句有点像翻译文本，似乎是为了对应原文的音步才不得不这样做。诗中试图表达的情绪与意旨，姑且不说。作者选择这种形式意味来表达诗意，到底基于怎样的美学判断？这样的美学判断符不符合现代汉诗诞生90年来的审美走向？它是不是一种越界的写作？

盛行于1915年至1930年的俄国形式主义，有一个核心概念叫

"陌生化"。所谓陌生化就是将对象从其正常的感觉领域移出,通过施展创造性手段,重新构造对对象的感觉,从而扩大认知的难度和广度,不断给读者以新鲜感的创作方式。这个"陌生化"有点像中国传统诗学的用"奇",就是让人在文本中读出"陌生"(意料之外)的效果。

但"陌生化"不能通过简单的语言变形移位来实现,毕竟在断句分行上制造一些人为的阅读障碍,太浅表,也太容易,还算不上"施展创造性手段"。俄国形式主义还认为,艺术内容不能脱离艺术形式而独立存在,这是他们对文学"形式"进行的新界定。如果想真正收到"奇"或曰"陌生化"的阅读效果,创作者还应当到有活力的汉语中去寻找,还应当在现代汉语的诗意的表达中去寻找,尽管那样做也许更难。

我们在接受某些理论观点时,一定要有基于自身写作实践之上的个人思考,就像我们面对翻译诗歌文本的态度一样,尽管它可能是中国新诗诞生的母本之一,是中国新诗文体的重要参照坐标。可中国新诗毕竟不是翻译诗歌,二者不可混为一谈。中国传统诗学也认为:诗既要讲"奇",也要讲"通",意料之外还必须在情理之中。

如果让我们来寻找一个真实的边界——中国新诗(现代汉诗)文体、词汇、句法上的边界,那应当是这样一个文本:在不失其现代性的前置条件下,充分显现"平中见奇"的汉语魅力的文本。当然,真正明白这些道理,且能知行如一,极其艰难。

在结束本文时,我想起沈尹默先生的《月夜》,这首诗刊于《新青年》第4卷第1号(1918年1月15日),这也是该刊第一次刊登白话诗。

夜长梦不多

霜风呼呼地吹着,
月光朗朗地照着。
我和一株顶高的树并排立着,
却没有靠着。

沈先生的《月夜》,发表迄今已数十年过去,它的美学价值也早有定评。我想起这首诗,只是对诗的最后两句产生另一种联想:翻译诗歌文本作为中国新诗文体的参照坐标,只应当是另一棵高树,"我和一株顶高的树并排立着／却没有靠着"。

紫金文库

关于新诗的多余的话

让写作人谈写作，有点多余，尤其是谈新诗写作。新诗诞生已百年，尽管读新诗的人不多，但只要是仍在读诗、写诗的人，就不会无视这样的事实：新诗这个诞生于上世纪初的新文体，经过漫长、曲折且不乏艰难的跋涉，作为一个可以延续中国诗歌传统的诗歌新样式，正在为越来越多的人接受。

这并不是说，关于中国新诗及其文体合法性，就再没有分歧意见。

季羡林在书中写道："至于新诗，我则认为是一个失败。"2013年12月《北京青年报》对流沙河的采访报道，转述其对新诗的看法：新诗是一场失败的实验。流沙河的话，对新诗文体合法性的杀伤力更大，毕竟他是一个写新诗且因之成名的专业人士。

2014中法诗歌节的主题是：诗歌的历程与场域。法国方面参加"诗歌节"的诗人且不说，中方参与诗人清一色都是新诗写作者、

夜长梦不多

评论者以及译者（这足以证明，当中国诗歌与世界进行对话，新诗已成其主要文体样式）。只不过，在中国语境中，诗歌这个概念应当不只是新诗。

如果把研讨交流的主题改成"现代诗歌"的历程与场域，似乎更贴切中方诗人的构成及其话语体系。只是这样一改，中方参与者的身份没问题了，法国方面却有了问题。

因为所谓"新诗"是一个有着中国特定语境的概念，它与国际交流指涉的诗歌概念不对称。而且，在诗歌节的对话、交流、讨论过程中，我注意到法国诗人在指涉中国诗歌时，比较多的征引或涉及李白、杜甫、苏轼，甚至唐寅这样一些古代诗人，更有法国诗人引证庞德的现代主义是翻译中国古典诗歌时所受到的影响。这也就是说，在国际交流层面，法国方面诗人涉及的是诗歌话语体系，而中方介入讨论的人员构成却决定了我们涉及的更多只是新诗话语。

显而易见，李杜、苏辛等是在缺席的前提下参与了"中法诗歌节"，而在场的中国新诗却因为尚未能代言中国诗歌传统，在涉及中国诗歌而非新诗的话语时却整体缺席了。

这样的尴尬，想必不是第一次出现在国际诗歌交流语境下。柏桦说："我认识的汉学家都是这样，他们只崇拜和推崇中国古典文学，认为是瑰宝，是可以和西方文学并驾齐驱的伟大文学，他们说了很多赞美的话（甚至包括庞德，肯尼斯·雷克思罗斯等），而且发自内心非常推崇中国古典文学。

对中国的现当代文学，包括现代诗歌在内，他们就觉得不是那么回事。比如普实克最早就说过，中国包括日本及整个东亚的现代文学根本就不是这个民族的文学，完全是西方文学的翻版。当在场的法国诗人非常推崇中国古典诗歌时，在场中国诗人在交流中却

只把诗歌概念缩水为当代中国新诗。显而易见,许多国际性的"诗歌"交流,有时就这样不对称地进行。

这里涉及的依旧是中国新诗是不是真的成为"一个可以延续中国诗歌传统的诗歌样式"？从"中法诗歌节"的例子看来,中国新诗与中国诗歌传统还不是一回事。而不能延续一个民族诗歌传统的诗歌样式,其合法性是让人怀疑的。

这个问题值得所有从事新诗写作、研究的人,认真去面对、去思考。

作为一个写新诗许多年,也编新诗许多年的从业者。对新诗写作与审美,不能说没有自己的理解与见解,但它们首先应当反映在我的作品中。

我个人对当下（尤其是新世纪以来）新诗现状的整体描述大致是这样：中国新诗创作实践整体上已经跨越对翻译文体直接模仿的练习阶段,在强调现代汉诗的汉语性的同时,诗人笔下已呈现出母语的丰富性。这是在所有文体写作中,诗歌对语言的最大贡献。

也许可以这么描述：在学习借鉴翻译文本基础上所诞生的中国新诗文体,经过长达百年的培育成长,已经渐渐成长为一株树。而翻译诗歌文本作为中国新诗文体的参照坐标,只是另一棵树。"我和一株顶高的树并排立着／却没有靠着"。如果我们深入地去关注、细读,就会发现优秀的中国新诗文本,事实上已经并正在创造一种新母语。当然这种创造进程是漫长的,漫长到具体生命够不着它们,抑或这种创造将伴随着新诗最终成为中国诗歌传统的合法传承者才能实现。

具体到我个人对新诗审美的理解：

一是新诗作品的汉语品质。翻译文体与外来语可以丰富汉诗语

夜长梦不多

汇、改造我们的母语，却不能颠覆并使之彻底欧化。因而，我们必须有意识寻找那种既保留汉语基本特质又大于传统汉语的汉语（新母语）。

自早年执编先锋小说开始，我就一直在警惕某种"过正"的偏颇，并始终关注自己诗歌作品中的汉语品质，努力使之更接近我所向往的"既是汉语的又似乎是大于汉语的诗意表达"。

二是新诗的文体建设。新诗的文体虽不再具有传统意义上形式要素，但在音步、分行、断句等方面，还是能找到了与现代汉语合理搭配的区别于其他文体写作的某些带规律性的形式元素。

这些并非固定规矩却有着符合汉语特质的内在规律性，通过各个不同的有意味的语言搭配，以及步律与分行，可以让不同阅读身份的人，从中感受到形式的美感。单纯从形式上看，每首诗都可以有不同的长短、句式与分行，却又能有一种内在的不同于其他文体写作的诗的形式意味。这一点对于重建新诗的评价方式，有着极其重要的意义，这也是新诗彻底完成革新的标志之一。

此外，我所理解的现代汉诗的评价方式应当是：贴切地让内容与形式成为必须一体考量的东西，而不是机械地把形式与内容拆分进行分析的诗学评价。

关于我个人的诗歌写作，早期主要致力于改变自己的诗歌审美经验。在中国这个特定的文化环境，一个人什么年龄开始写诗，或从什么时段开始进入诗歌现场，往往决定这个人的诗歌审美经验。

而"文革"期间的诗歌审美经验，决定了即使让李白来写，也一定不出政治口号诗的范畴。因而，在我早期的诗歌写作实践中，一个极其重要的努力，就是不断修正自己的经验值。不如此，或许今天我尚不知新诗为何物。

幸运的是当我开始进入诗歌现场，已面临"文革"后的文化解禁，读书已很少障碍。尽管那时诗歌媒体的美学趣味普遍滞后，但自由读书完全可以让一些具备自省意识的年轻人，能充分洗涤并修正各自的诗歌审美经验。

接下来，我们重做一个读者、重做一个诗人，开始真正的诗途上的跋涉。这是一场伴随整个生命长度的漫长而没有终点的马拉松，所有写诗人凭着各自的天分，借助一个诞生时间不算太久的新诗体，以各式各样的姿势，走各自的诗路历程。

尽管时间已经过去百年，尽管已经有了几代人的努力，但我们依旧可以称自己是新诗体的草创者。那是因为，时至今日，我们依旧能看到许多似是而非、不能以相对确定的评价方式予以评价的诗文本，它们是"自由"的产物，但其中绝大部分将因"自由"之故而最终被淘汰。

也正因为我们都是草创者，我们完全可以有各自的想法与追求，尽管我们的许多想法或许多追求可能会被时间无情抹去，但时间终究会给出一种结论。结论将来自我们的所有努力，或言之，在我们所有努力中或将产生最终的结论。

那么，我个人是怎样通过自己的写作实践，来表达我对新诗体的理解？首先，我关注新诗体的现代性，如果依旧是传统诗歌的比兴，依旧是唐诗宋词的情怀，只把文言换成白话，那么一百年所走过的，就是一段冤枉路。并且，新诗体的现代性应体现于形式内容之不可分割，但凡借鉴翻译文体把诗行断句拧得不像汉语句式的诗，在我这里，都不认为它具有现代性，即使它用什么俄国形式主义、用什么"陌生化"的理论来辩解，也一样。

其次，是新诗体的汉语性。新诗体需要我们去寻找能够承载并

夜长梦不多

表达现代意味的汉语。这意味着不仅要从现成的汉语言中去寻找，也要从包括翻译文体在内的各种语言素材中去寻找，要真正寻得那种"既是汉语又大于汉语"的诗意表达。

"既是汉语"指它符合汉语的语言结构方式与规范，"又大于汉语"则从语义承载面以及从音节、步律中去寻找那些富于变化又不逾矩的诗意表达。也可以说新诗在语言使用上，要求既拓宽了汉语的边界又没有越过边界。

汉语性还包括象形文字所特具的张力，一个"桃"字能让人想入非非，其实是"桃"的语言背景在起作用。

汉字与汉语在你组织使用它之前，往往已有某些固定义存在。假如将其称之为它的基本分寸，现代汉诗写作还要求我们找出其中"过分"的东西。

孙过庭的《书谱》有一句"语过其分"，读到它时我突然觉得这句话应当引起诗人的关注，故而我把写成一幅中堂，送给一个要好的诗友。毫无疑问，汉语性不仅要求关注汉字语言的内涵与外延，更要涉及基本分寸之外的东西。

本雅明说，"诗人第一次像一个买主在露天市场里面对商品一样面对语言。他已经在一个特别高的程度上失去了对语言生产过程的熟悉和精通……所以他们只能在他们的词语中挑挑拣拣。"这有点像我的那句诗："从一堆平庸的汉语中／满地找牙一样／找出它们的棱角。"

再就是，新诗体应当有区别于其他文体的文体意识。比如诗中的叙事策略及其应用。诗无定法，应当说在诗作中采用某种叙事策略来完成"诗的"叙事，本无可非议。只是，诗如果介入叙事，切不可停留在叙事层面，更不能为叙事而叙事，毕竟那是叙事文体该

做的事。这也正是当下有一些带有叙事性质的诗在圈内颇受好评，圈外人却不以为然的根本原因。

圈内人从文体内部来看，觉得用诗来叙事且找到一个比较好的叙事角度，能采用一种别致的不滞重的语言，不容易叫好或许正是出于这样的理由。

圈外人则是从不同文体的比较的角度进入。他们的不以为然也很好理解，毕竟诗再怎么叙事也胜不过小说或其他叙事文体。因此，诗还是应当有其他文体不能替代的特质。这个特质大约还是诗的抒情性。

也许是对曾经的过度的煽情、矫情的一种反拨，也许是趋时效应让许多人一拥而上追逐另一些时髦的东西。零度叙述、冷抒情这样一些西方现代派文学观点曾经受到过度的追捧。殊不知，这些理论观点自有其写作环境与理论背景，且只是诸多自由表达中的一种观点，它们存在的最重要作用是促使我们拓宽视域、能从更多角度去思考问题。

最后，我在写作中尽量注意简约、平实、易进入，期望诗的张力更多在文字的后面显现，最好是读上去不觉得晦涩、艰深，却要让人觉得字面后面有更多的意指，像水下的冰山，把更大更多的未知留给读诗人掩卷之后的想象。像苏历铭说的那样："仔细阅读字里行间蕴藏的指向和音节，这样才会合拢诗集时，心中生出恋恋不舍的感觉。"

还有，在语言上，一方面重视古典诗歌的语言资源，另一方面，也要重视口语。因为要涉及具体作品的引用，这里不便展开，简要地说一下。

我所理解的写诗的语言素材应该是一个没有任何限制的库藏：

夜长梦不多

包括书面语、口语,以及翻译文本语汇等所有语言材料。具体应用中,我除了关注它的意指,还充分考虑新诗体的形式元素。

　　我发现,不同质素的语言其实可以通过音步、节律等形式要素,整合到一起,而且,我还发现不同质素的语言通过有意味的诗的形式组合起来,有时会产生意想不到的效果。比如:"守住一口井／结果会怎样／许多事情不好说。"最后一句是口语,但如果前面两句不是这样的音步,或者它们也是同质的口语,效果会不会依旧是这样?再比如下面这首诗:

　　　　这该多么遗憾
　　　　我已经把你认出

　　　　报时的钟声,最后一记重击
　　　　我听出其中嘶哑的杂音
　　　　这让我很难过

　　　　在一堆平庸的词汇中
　　　　找到自己想要的词
　　　　需要一种灵性

　　　　此时刚好相反
　　　　我在我的藏宝匣
　　　　发现一块混进来的石头

　　　　事情有多种可能

> 原谅我无法全部知道
> 进门时有一个提示牌：请向右看
>
> 右边有一棵常青树
> 那是一棵没有生命的仿生树
>
> (《请向右看》)

很明显，口语"这让我很难过"的用法，与前后不同语言质素的诗句的搭配，与诗的分行、步律密切相关。因此，每当有人把口语写作或别的什么语写作，分得一清二楚，且喜欢扬此抑彼或扬彼抑此，我个人的理解那还是把问题简单化，顶多算是一种省力气的选择吧。

最后，或许还应当就旧体诗说几句。

说了半天延续中国诗歌传统，绕过旧体诗是没有道理的。但旧体诗不能作为可以延续中国诗歌传统的诗歌文体样式，几乎是必然的。

首先是语言的变化。"五四"以来，白话取代文言成为日常生活中的基本语言工具，而建筑在文言文基础上的旧体诗，不可能在双音、多音词为主要构词特征的现代汉语语境下再现辉煌。

再就是旧体诗的形式美感。其实也只有在古汉语环境下才闪闪发光，前面说到法国诗人指涉的中国古诗，其对仗、平仄、押韵等形式，已在翻译过程中被消解。或言之，译成其他语种的旧体诗，其文体形式上已近乎新诗的文体形式。这一点，也很值得所有新诗业者去思考。

处于国际语境下的中国旧诗的形式美感，既然已不再是重要的

夜长梦不多

审美元素，那么，延续中国诗歌传统的要点就不单纯在形式层面，肩负承接中国诗歌传统的新诗，它应当关注些什么？它必须怎么才能在国际语境中继承发扬以及光大中国诗歌传统？

还有，旧体诗的感时抒怀，严格意义上也还是把诗视作一种表达方式，所以才会有"不学诗，无以言"的说法。以上这些，在说明旧体诗不能延续传承中国诗歌的同时，似乎也在证明在国际语境下客观上需要有一种新的能传承中国诗歌传统、也契合现代汉语特点的诗歌样式。显然，这也正是我们在备受冷落、不乏诸多非议的严峻现实中不懈努力的理由。

现代汉诗的四种阅读
——以荣荣的诗为例

认识荣荣的诗,远比认识荣荣这个人早。那时,我还在编小说,算是一个资深小说编辑,诗是兴趣爱好,工作之余,闲时不等,会找一些诗歌读物来读,今天许多诗人的诗大多是那时认识的。

20世纪末,开始从事诗歌编辑工作,读诗、选诗、编诗成了岗位职责,在《扬子江》诗刊主持工作那些年,曾编发过荣荣的诗。后来,我成了一个职业写作者,虽然涉足的文体偏杂,诗歌文体写作始终占据主要时间与精力,这时与荣荣多了一种诗友之间常见的带有切磋意味的交换阅读。

近年来,与身边搞评论的朋友过从,也会时常从写诗、编诗的身份中脱出,以一种相对超然的态度来阅读诗歌文本,把阅读置于更大的诗歌背景,关注一些诗歌现象,思考一些诗歌问题。显然,我的经历,让我在阅读荣荣的诗作时,至少混合了四种不同的阅读

夜长梦不多

身份。

通常而言，四种不同的阅读身份，许多时候并不重合。比如诗歌爱好者的阅读，诗人的阅读，诗歌编辑的阅读，以及诗评角度的阅读，从身份上都可能是独立或相对独立的。

在接受美学意义上，不同的阅读身份相对于同一文本，其审美需求其实也不尽相同。一个爱好者喜欢的诗，未必是诗人所服膺的诗，因为在诗人阅读者那里，面对同行的文本，他也许会这么想：这诗写出了我没能写出的东西吗？

换成我来写，这诗中有我做不到的地方吗？而编诗人面对文本，或许会想到这个作品是不是让人耳目一新？它是不是在众多的来稿中一下子抓住了编者的眼球？

至于诗评家，则常常把具体文本放置于更大的坐标轴中，比如，具体诗作在整个现代汉诗写作中的定位。又比如，它给现代汉诗的写作提供了什么？在文体意义上它有没有什么特别的贡献。甚或，在新诗发展的某个阶段，这些具体作品的历史作用，等等。

阅读身份不同，进入角度不同，审美需求不同，评判诗歌的标准也就不尽相同。那么，有没有一种文本可以被四种不同阅读都认可，就是说有一个类似数学公式里的"公分母"，可以被不同的审美需求"通分"？如果有，这该是一个什么样的诗歌文本？所谓"公分母"在审美意义上具有什么样的美学品质？又该怎样评判这种文本的价值？

记得艾略特在一次接受采访中，当被询问到什么才是重要的作品时，他这么回答："要是作品同时受到有鉴赏力的年轻人和老年人的垂青，可能就是重要的作品了。"他是从不同年龄的接受角度来说。

213

同样,从不同的阅读身份,是不是也可以这么说,如果一个作品,能同时被诗人、编辑、诗评家、爱好者喜欢,那一定是不容忽视的作品!后面这句话不是艾略特说的,它的权威性理所当然地受到质疑。尤其是,在诗歌现场,到底有没有一种能被四种阅读身份都认同的文本?

平时,我们见到比较多的现象:有时是编者认同,诗人同道并不认同;有时是圈内认同,圈外并不认同;也有评家推崇备至,诗家却不以为然;还有爱好者认同,诗家、评家却不屑一顾。当我读到荣荣诗集《零碎》时,又想到了这个问题。

我们先来看下面这首诗:

　　她那么容易地失控
　　水总是借势而行
　　太多的美却需要束缚

　　他并不只想争一日风流
　　黄河之水天上来
　　在这里也稳不住脚步

　　突然就碰到一起了
　　突然就分出了彼此
　　一些事物便无法掩藏

　　之后也许会一马平川
　　之后也许仍沃野千里

夜长梦不多

出星宿海入渤海谁为谁一路跌荡？
"你终究是我放不下的黄河！"

(《在黄河中下游分界碑》)

黄河中下游的分界。"突然分出了彼此"，怎么就分出了她和他？她和他，还是在说黄河中游与下游吗？又难道不是吗？"太多的美"和"争一日风流"，到底什么"事物无法掩藏"了？"谁为谁一路跌荡"？"之后也许……之后也许……"最后，"你终究是我放不下的黄河"一语道出，狠狠地撞了一下人心。

作为写诗人，我是叹服的，黄河中下游的分界碑，如果立在我的近前，我写不出这样的诗。如果作为编者，看到这样的诗想必也会眼睛发亮，恨不能把它抓来编发在自己版面上。

为了验证诗歌爱好者对这首诗的审美接受，我特意抹去作者的名字，把它贴给几个爱好诗歌的读者，问他们的印象，得到都是肯定的答复。我不是评论家，也不知道评论家怎么评判这首诗，但有一点是确定的，这诗的美学价值肯定不会被他们排斥。

这说明，确实有一种诗能为诸种不同的阅读所接受。文学艺术作品能够为不同阅读所接受，其基本品质在于"动"人，不管是感动、拨动、打动、撼动、鼓动或其他什么"动"……有如一个可以通约的公分母可被不同的分子相除、约分。

诗作要能满足感"动"人的基本条件，让诗歌爱好者从被感动中体悟诗美。当然，对专业人士而言，仅仅停留在被"动"的层面还不够，尤其是让诗家服膺的诗作，还必须具备写作的难度。这难度或许在构想上，或许在想象方面，或许是语言层面。总之，必须

紫金文库

有难度。如果像《在黄河中下游分界碑》那样，在一首短诗中几乎综合了所有难度，却又一点不动声色，尤其令人钦佩。

这里所说的不动声色，是写诗人很向往的境界。诗是切忌让人瞧出"做"的痕迹，因此，"难"从"易"中生出，才最难做到。

还有，在诗人和编辑那里，写作上的难度与表现上的新颖度，有时是不易区分的。对于评家，或许还会在难度、新颖度等维度之上，再添加高度、厚度、强度等向度或考量。也许，综合了这诸多元素的诗，才是一些真正厉害的诗。

在具体作品中，各种"度"的考量，表现在构想、想象能力、语言表达等诸多方面。如果说这样的诗句："当她只是一只浅下去的酒杯"（《再梦》），和这样一些诗句："将伤感与病痛左右分开／像林间的风分散落叶"（《听见你哭》），还主要展现诗人的想象力和语言表达的魅力，而"第一眼隔着帘帐我的方寸已乱／琴音绕梁雄心松懈／一江春水恰似一个君王的颓废／恰似我的沉湎——"（《小周后》），和"两个空谈爱情的人／突然心怀忧伤／／他们在同时望月／——有点瘦有点清苦／这流落民间的月啊／／爱如果是糖果／每个人都能分到一颗吧"（《谁沾上了爱情》），则在构想上出奇制胜了。

到了"爱情仍是那根够不着的树枝／她只晤东风一面花就零落了／睡眠分成小段小段用来夜半惊醒"（《李商隐》）和"最后那杯酒倾斜了满天星辰／她就在那杯酒里／她就要够着那份辽阔了"（《宿酒》），尤其是读到"突然就碰到一起了／突然就分出了彼此／一些事物便无法掩藏"（《在黄河中下游分界碑》）这样的诗句，你已不能严格区分它所包含的各种魅力，总之，是好诗，恰到好处，让人读后难忘。

夜长梦不多

写到这里，我忽然发现以上引摘的句子，几乎都来自荣荣的爱情诗。事实上，这本不厚的诗集中，一半以上是爱情诗。这是一个有趣的话题，我却不打算深入下去，也无从深入。面对文本，我不具备知人论诗的角度。

生活中，爱情故事与爱情诗之间到底是什么一种关系？仅从文字中捕风捉影也没有什么意义。有一点，若以比重来衡量，假设一本诗集是生命的全部，让爱情占了一半，这个比例还真不小。这一发现倒是让读者对诗人丰富多彩的情感世界有了新认识。

当然，也可以这样去解读，现实生活中，一个人难免会有种种情感上的尴尬，而诗歌有时恰恰是对现实生活中情感冲突的减压与释放。

相对于社会人生，爱情显然不是生命的全部，说它"小"也无不可，可《零碎》中的爱情诗却写得一点也不小。庐山、黄河大不大？在荣荣的情感世界里，它们只是点缀，难道不是吗，即使拿来整个庐山也未必能完全形容她心中那个"远离之后仍然巍峨的人"。

读荣荣的诗，让我想起诗的大与小。

《零碎》这本集子里，收的都是短诗，相对于那里动辄千行的鸿篇巨制，短诗无疑是短小的，可诗的大与小，并不由篇制的长短来决定，唐人五言绝句才 20 个字，传诵千年，也没有谁说它们小。还有题材，历史事件、社会人生与柴米油盐、饮食男女相比，无疑要大得多。

事实上，题材也不能决定诗的大与小。李商隐是擅写爱情诗的古人，其作品流传千年，谁敢说他是个小诗人。荣荣的诗，食人间烟火，不凌空蹈虚，用平常人的心态，写身边"零碎"，却一点也不见小。

> 在喀什爱情也可以同样辽阔／他有风吹草低的豪迈／她有千里万里的流淌。(《喀什》)

凌空蹈虚与脚踏实地，各有难易，后者似乎更难一些，好比前人说的，画鬼容易画人难。事实上，所有好诗都是具体实在的，即如李商隐这样所谓"朦胧"诗人，他用来取譬的"春蚕到死……蜡炬成灰"，无不是具体可视的生活现象。

现实生活中，我们常能看到一些雄心勃勃的写诗人，抱负大得吓人，开口闭口终极关怀、担当与承载，三句话不离"大诗"，其诗也看不出大在哪儿？

其实，终极关怀也好，宏大叙事也罢，若是评家的述评，怎么说都不要紧，关键是写诗人。不能总这样去想问题，想多了会走火入魔。荣荣喜欢说自己"小"。不完全是谦辞，她希望能"以小见大，微言大义，几句话里说尽乾坤……"她还说："我的理想就这么小。我的写作就冲着这一点展开，面对那些'大字号'的作家，我愿意守着我的'小'，做一名小小的写作者。"事实上，世界上最大是人心。从这层意义上，"只属于内心纵横的路"才是真正的最宽广的路。

读荣荣的诗，还让人想起一个曾经被模糊却又是绕不过去的诗歌问题：诗歌的文体特点及其抒情品质。当读者被眼前的抒情短诗所打动，也许不留意诗中包含了诸多叙事元素：

> 一辆灰扑扑的车斜插过来／我急踩刹车(《桃花劫》)

夜长梦不多

只有那个汲水者在向我询问（《交河故城》）
……

只是，荣荣"叙事"中始终渗透着抒情。我们来看下面这首诗：

这个灯火璀璨的夜晚我突然伤感
我得外出走走痛不欲生的感觉产生在
一公里处仿佛被人弃在闹市
两公里的道路纵横爱恨纠结
那张脸清晰起来时空对白发生在
三公里处他的歉疚让第四公里笔直宽敞
我终于说出了想说的但五公里处的路阻
让对话断裂六公里时他仍坚持离开
原来歉疚与回心转意是两码事
我会是路边的哪处古迹？
接下来我跑过了七公里处的清真寺
八公里的空旷拐入了城区快车道
九公里的大巴扎那些林林总总不再让我心动
在十公里处我失去了体力
但恢复了一点点的意志和想象
我能否再走上一公里然后若无其事地回转？

（《乌鲁木齐十一公里》）

整首诗被一种叙事的基调贯穿，然而，它传递出来的情绪恰恰不是叙事所能起到的效果。这与我们平时看到的许多强调叙事的诗，有着明显的不同。

诗无定法。应当说在诗作中采用某种叙事策略来完成"诗的"叙事，无可非议。引号里"诗的"其实指具有抒情特质的文体特点。只是，诗如果介入叙事，切不可停留在叙事层面，更不能为叙事而叙事，毕竟那是叙事文体该做的事。

文学史告诉我们，最后能留下来的，绝对是一些符合普世审美价值的诗而非仅仅被时下认同的诗。张若虚的《春江花月夜》就是一个极好的例子。如果当初它也能被时下认同，就不可能在唐宋被埋没了700年。700年过去，当后人在浩瀚的文本中淘出《春江花月夜》，"孤篇压全唐"是历史给出的定评。

荣荣的近作，文体形式上有了一种新尝试：引文的植入。

比较多的引文（用前后引号括住的内容）作为诗句植入诗中，在现代汉诗写作中，还是一种不太多见的文体形式。嵌在诗中的引文，其形式意味有点像旧体诗中的"用典"，有旧体诗阅读经验的人都知道"用典"的作用和意义。古人的五言绝句才20个字，恰当的用"典"，可以横枝旁逸，让阅读者从诗里到诗外，从诗外转一圈再回来，然后发现典故与本文是这么一种呼应的关系，有时用典精当，会使诗增色许多。

上午十点的水井巷像一只被阳光转动的万花筒

"你们女人就喜欢零碎！
小手势片言只语的温暖
点滴的记忆或片断"

夜长梦不多

现在是满巷子的藏饰

看上去真的很美!
这是日常里朴素廉价的部分
这个外省女子在这里拼凑着
对于西北的理解

她不喜欢讨价还价
但必须忍痛割爱在生活的另一面
"我喜欢零碎你就是我绝望的零碎!"

(《水井巷》)

"你们女人就喜欢零碎!／小手势片言只语的温暖／点滴的记忆或片断"似乎是别人的话。然而,它又与眼前的"满巷子的藏饰"形成一层关于"零碎"的复沓的关系;"我喜欢零碎你就是我绝望的零碎!"这似乎是一个人独白,也可以是对前面说话人的答复甚或抢白,它们又与"看上去真的很美!／这是日常里朴素廉价的部分"形成另一层关于"零碎"的复沓的关系。

最后,把整首诗连贯起来阅读,你就会发现这些引用看似随意却又是精心安排的,它们是一首诗的完整部分。显然,引文恰当的引用,与用典一样,确能拓宽了诗义的边界,扩大了诗歌的容量,起到丰富阅读的效果。

如果留意一下,人们还会发现,荣荣的诗中,有一些引文是真引用,另有一些却是虚拟引用,即它们有着引文的形式,即文字前后加上引号,事实上,它们与其他诗句没有不同,都是诗人自己的

话。比如:"为何你要迷恋虚拟的事物?""什么样的生活才是纯粹的?"这是对话,会让人联想到对话的环境。然而,它们恰恰可能是虚拟的对话。包括前面那句为人激赏的"你终究是我放不下的黄河",大约也属于这一范畴。

我们再来看下面的诗句:

他们小心地看住一颗蓝莓
这是枝头仅剩的:
"谁渴望谁就是失控者
就是那个自寻的烦恼!"

引号里的两句话是谁说的?他还是她?好像都不是,是另外的人比如哲人说过的话,似乎也不像,从前后文顺下来,似乎也不像是摘自哪本书。再看下面:

"是什么让我如此心动?"
深山里的鹧鸪啼出了蓝莓之涩:
"使不得也哥哥!"

"是什么让我如此心动",大约是真引文,只是,加上引号后,这句本来有点煽情的话就有了被缓冲的效果,仿佛被使了障眼法,避免了直白之嫌,而"使不得也哥哥!"则是真引文,民歌中就有用谐鹧鸪的啼叫来表达人物心思的表现手法。

引文的植入,还有一个好处,就是让诗质的疏密度发生了改变,比如下面几句诗:

夜长梦不多

"就是寒冷也是暂时的。"

就这样吧／每一天都扯下一页草稿

"持续的狂欢会使人厌烦"

"当她不再较真她就是自由的。"

如果去掉其中的引号，会觉得语言的密度不够了，有疏松的感觉，加上引号后，读起来语感有了变化，让人觉得有了一种适度的疏松植入诗中，改造了诗质的语言密度。这也等于说，恰当的引文植入，可以改变诗的密度与张力，从文体意义上起到了创新的效用。

在短诗中植入引文，其实也是在汲取传统诗歌的营养，借鉴旧诗中"用典"的技法。

下面这首诗只有短短八行，却有五行都是引文方式的句子：

他远山远水的沮丧令人心疼：

"我是六十年代的是不是老了？"

"近来我失眠我想我爱上你了……"

"你是我能抓住的最后激情……"

"唉，你何必那样！"

软弱女人的翅膀也在九天之外

但始于想象的也将终于想象

"爱就是孤独，熬一熬天就亮了……"

(《实况》)

前人在诗话中对用典不当的诗，有时会用"艰涩"来点评，用典之所以难，是因为文意两方面都不易配合妥当，同样，引文的植入也有相同的困难。因此，引文的植入也一样需要从"用典"的当与不当吸取得失。

作为一个曾经的诗歌编辑，怎么说也算得阅诗无数，阅读《零碎》对于我，是一种令人愉悦，同时也让人旁骛的阅读，很少有这样一种读诗的效果。它们（那些诗）会让人在欣赏之余，不安分地想到她的诗外去寻找一些东西。

在今天这个喧嚣的时代，我们见多了这也厉害那也厉害的诗人和诗作，盛名之下，似乎想怎么写就怎么写，怎么写都厉害得不得了。其实是一种虚妄，诗家的自我感觉是虚妄，评家的"锦上添花"式的追捧也是虚妄。历史上李白、杜甫够牛了吧，如果你试着一口气往下数你喜欢的李白、杜甫的诗，一定不会数过十首二十首的，可他们一生写了多少诗？足见得牛诗人写的诗也并不都牛！

《零碎》中自然也并不篇篇都是牛诗，然而，可贵的是荣荣有一个极好的写作心态，在追求平实诗风的同时，不停地探索诗艺，不倦地前行。一个人到底能走多远，是不好说的，而且，恁是谁也无法超越他前方的地平线。最了不起的是，荣荣始终保持一种向前移动的姿态，在向上的坡道攀行。

夜长梦不多

生命中不能承受之重
——读林莽悼念亡母的组诗

林莽的"我想画下母亲种过的菊花",让我在阅读过程中稍稍停顿了一下。我对着窗外照进来的冬日的阳光,静静地坐在椅子上。

"菊花"在汉语中自有其特定的含义,"母亲种过的菊花"与别人种过的菊花无疑是不一样的。"画下母亲种过的菊花",这是画笔能够做到的事情吗?"我想画下母亲种过的菊花",只能是这样一个愿望:永不能实现却又始终纠缠人子的愿望。最后,在诗人那里,菊花已经不再是母亲看到的菊花,也不是母亲种过的菊花,悲伤一点一滴地渗进笔墨:

　　只有伤感地垂下头颅的菊花
　　为母亲也为所有逝去的亲人。

紫金文库

这里有生命的大悲哀。一个具体生命有着其他生命无法替代的质。一个人是一个独立的完整的世界。"她隔着玻璃注视着它们／想着亲人和一件件无法忘怀的往事。"诗人看着菊花，想起母亲种过的菊花，想起母亲。而诗人笔下的母亲，她注视着菊花时，联想的"亲人"和"往事"，是大于诗人生命的涵盖的，甚至也大于诗人的想象。

母亲作为延续我们生命的载体，虽然十月怀胎，曾让两个生命有过短暂的重叠。自从生命诞生的那一刻，她和她的子女已经是各自的生命体。她们之间有一小部分世界是相互关联的，而更大部分世界也许是不相涉的。虽然有基因，生命却不能全息复制。

书写也是这样，任何一种语言，任何一种书写，都不能把与我们不相涉的世界真实书写出来，除非是虚构。那么，生命是虚构的吗？结论是否定的。而生命历程只能体验却不能书写，尤其是真实的书写。这是书写时我们面临的最大困境。

当一个具体生命永远离开我们，她也就永远带走了只能属于她的许多生命体验。《秋菊》写出了这样一种复杂的人生况味，让人品读之余，感慨良多。

在《妈妈的"秘笈"》中，诗人这样涉及他生命长度之外的母亲的世界：

妈妈有一本特别的书
丝绸的封面绣着喜鹊登梅
像一部线装的古老字帖
打开是许多折叠的方形彩纸袋
它们神秘地关闭着

夜长梦不多

或许也关闭着母亲闺中的秘密
和那颗曾经年轻的心

母亲"闺中的秘密"来自"那颗曾经年轻的心"。在诗人儿子的面前,这时的母亲只是一个藏有许多秘密的女孩。"妈妈也曾是那样的窈窕／春天的洋槐花般地开放／她曾是家里最小的女儿／清香荡漾在乡村那所有打谷场的院内。"像所有女孩一样,曾经年轻的母亲,拥有多少生命的激情与青春的秘密。

我记得少年的手指
轻轻打开过那些方形的纸袋
里面有枝形的银饰和圆圆的金耳环
还有薄薄的画粉和一团团的彩色的绣花线
香粉的味道仿佛升起在少年心中的雾
那一瞬我听到了乡村里神秘的幽鸣
如今我只隐约记得
它静静地躺在故乡紫红色的柜子里
诱惑在心中发出尖尖的叫声

它的里面还夹着那么多好看的花样
兰草的叶子小鸟菊花还有山石和古松
小小的草虫
在窗花的下面传来优美的低鸣

然而,一代人的诞生、成长,或者说是生命的延续繁衍过程,彻底埋葬了母亲的青春与女孩的幻想。

> 它是什么时候消失的
> 自从告别了故乡那座神秘的老屋
> 就再也没有见过它
> 已经有些淡漠了
> 可它曾散发的那股淡淡的清香
> 有时会把我唤醒
> 一只蝴蝶的闪动让我记住了
> 那些夹在纸中的梦

当这个世界多了一双眼睛去读窥这些青春的秘密，母亲的青春已然消逝，当初的少女、当初少女的秘密已经不再。幸好，还有一个诗人，能让我们在许多年后，又仿佛看见这美好的少女和少女的梦想。

我们自然不能迁怒于生命的繁衍，不能怪罪我们的诞生、生长，虽然是我们的到来，最终结束了母亲一代人的少女的青春与激情，毁坏了她的少女的梦。正如今天我们的子女一天天长大，而我们则在成就的喜悦中，一天天走向老迈。这是生命的悲哀。可它同时也是大自然的法则与规律，或者可以这么说，大自然的法则与规律其实包含着无限的悲哀。

母亲老了。妈妈的晚年，"脸上的老年斑更暗／身体消瘦皮肤失去了光鲜／一头白发剪得很短／我们忧心地感到／岁月的尽头离她已不远。"面对90岁的母亲，诗人也早不年轻了，当他看见母亲"记起幼年时许多人的名字／把它们分配给身边的每一个人／时空

夜长梦不多

倒流岁月重演。"以及"她把电视里的故事和现实混为一谈",心情极其复杂,作为子女,他多么希望母亲能活得更长久,可是,又有什么办法能让晚年的母亲仍能保持原来的生命质量呢?

事实上,所有晚年无法回避的一种现实,就是生命质量的急剧下降。然而,母亲呢,母亲:

> 她的心中还没有停止一生的操劳
> 她经历了那么多
> 面对这个不平静的世界
> 妈妈的同情爱担忧与怜悯
> 依旧呵护着每一个亲友和儿孙

这是多么令人心痛的生命现象。母亲老了,已经不能有活力、高质量地生活在这个世界上。可是,她仍没有忘记庇护子女的责任。她依旧不放心。正如早已成年的子女,他们同样对母亲的生存状态忧心忡忡。

这里,生命与生命之间,就这样彼此牵挂着,彼此呵护着。这时,实际的效果已经不重要了,重要的是这一份牵念之心。这就是爱。一条感情的线,可它是多么的沉啊!是的,是爱让生命有了不能承受之重。

在林莽的博客上,我看到他母亲晚年的遗照,慈祥、良善,像一张高清晰度的林莽的底片。我读懂了林莽的爱和其中的沉。

母亲还是去了。送别的最后一刻,"那些白的黄的紫色的挽幛在飘啊/那些菊花马蹄莲鹤望兰在飘啊",诗人跪倒在尘埃,跪送母亲。"男儿膝下有黄金啊",这是妈妈的教导,可"这人生里所有

229

的黄金"都是妈妈给予的。

与妈妈的最后相见,诗人再也控制不住自己:"妈妈您的儿子跪下了／这是第一次竟也是最后一次啊,妈妈。"是母亲把诗人摆渡到这个世界,是母亲把百味人生摊开在诗人的面前……我们的所有,我们的一切,都是母亲的赐予,感谢母亲!儿子给你跪下了。母亲虽然离去,割不断的血缘是一条长长的生命链,将通过母亲的孩子,孩子的孩子,一代又一代,延续着。

总体而言,林莽的文字及其蕴含的情感表达方式是内敛的,也是隽永的。他的伤逝之痛,看上去似乎不激烈张扬,却抽丝剥茧一样绵延不绝,细读之下,有一种静静的哀与痛,缠绕着。我这里说的是细读。

在当下这个强调眼球的传媒时代,细读变得艰难起来。闪光灯效应,导致诸多迎合闪光灯的光怪陆离的行为,也导致闪光灯背面的更大的遮蔽。

品读林莽的诗,我想起书斋、古人开卷前的焚香净手。文学尤其是诗的阅读欣赏,就应当有这样一股静气,俯而读,仰而思,细读玩味。细读也是一种去蔽。时代固然不同,即便整个社会价值取向日益趋于急功近利,人心再怎么潦草,情绪再怎么浮躁,阅读也不能以一目十行的方式来完成。因为你会读不出文字的妙味,你会忽略最有价值的艺术内涵。

"妈妈为什么要穿那么宽大的袍子?"这里,如果仅把袍子看作是单纯的衣物,那应当是一种误读,至少也是没有品读出其中的味道。我轻诵这句诗,觉出其中有一种不容忽略的张力。

我们先来看看袍子下面覆盖的是什么?"褐色的大氅遮住了她亲手缝制的／碎花的蓝缎子衣裙／那是妈妈最喜欢的颜色。"而蓝

色又是她当年嫁衣的颜色,她还把那嫁衣传给了诗人的女儿她的孙女。这蓝色应当是生命青春的成色吧。

再看覆盖的下面,"那是妈妈多么幸福的青春／她是那样的年轻美丽／眉宇间的英气至今没有消退。"这时,我们应当不难明白这里的"袍子"只是一种隐喻,"宽大的袍子"象征死亡的无边。"为什么"其实是反讽,它的真实含义应当是没有为什么,也没有选择的可能性,只能如此!

这覆盖《母亲的遗容》的"宽大的袍子",也是众人都无法逃避的宿命,它将渐次覆盖所有走完人生之途的具体生命。古埃及有一个关于死亡的隐语:有一种债,人人要还。这"宽大的袍子",正是索讨这笔必须偿还的债务的使者吧。

> 我真不喜欢那件褐色的宽大的袍子
> 是它裹走了我熟睡中的母亲

谁会喜欢那袍子呢?然而,喜欢不喜欢,它都是一种真实的存在,我们都将被它裹走。也正因为有这样一种真实的存在,生者在悼念死者时,悲哀很大,它涵盖对逝者,对自己,对所有生命的逝之痛。因为具体生命的无法替代,也因为消逝的无时无刻不存在着,还因为我们只能是感情的动物,我们都有爱!

在岁月的版图上
——秀实诗集《昭阳殿纪事》序

第一次见到秀实在秦淮河边一家酒店，是2002年的事情。那是不是秀实第一次来南京我不知道，只知道我是从出差途中特意赶回南京跟他见面的。从见面的难易程度看，今人比古人有科技优势，彼在香港，我在南京，似乎相隔甚远，飞机一昂头，也就两三小时的事情。

今人见得容易亦未必能常见，见面了也不会安排特别多的时间。古人见面则不同，车轿舟楫，一路行走过来，得多少时日？见面不容易哪！古人见面难，待在一起的时间也就比较长，总不能几十天路程行走下来，见了面，喝一通茶或一壶酒，转过身就又骑驴跨马，踏上归途。

我和秀实，几年前在南京秦淮河好像是喝茶。这回在深圳，他下班后从香港出发，过罗湖，大约晚上5点多来到我住的酒店，然后在国贸大厦顶楼旋转餐厅喝掉一瓶啤酒。几年光景，我和秀实也

夜长梦不多

就是见个面，喝杯茶，喝瓶酒，看来今人虽有现代交通之便利，未必有古人的那份闲适与从容。

在岁月的版图上，我和秀实，似乎并没有为对方准备更多的时间。我们的时间都花到哪里去了？写诗是一份，编诗是另一份。应当说，我和秀实，不仅年龄相仿，许多方面都有些近似。比如我们都写诗，又都在做编诗的工作。如果说有差异，是秀实编诗比起我更多出自个人喜好，更多带有业余性质，而在我，编诗则首先是一份工作，是饭碗。

民间，民办，是香港的文学基本生态。写诗、编诗，再加上必需的社会职业。秀实还能有时间经常为诗歌活动四处走动，足见他对诗歌的热爱。

"在岁月的版图上"是秀实的一句诗。当我看到这句诗时，就打定主意用它来做文章的标题。这句诗很朴实，换在年轻的时候我也许不会特别看重它。今天就不一样，过了50岁，一想起岁月的版图，有许多沧桑顿时涌了上来，这情绪年轻时不会有的。

　　一月紫色的花儿开到窗棂上
　　月色下一群老鼠啃啮着我的诗稿

　　二月缺水的稻田上
　　半截蚯蚓在呼喊着

　　三月我从彩色堡垒前走过
　　太阳掉落了它童话的羽毛

紫金文库

四月我走进彩色堡垒中
却躺在一个干涸的梦里枯瘦

五月朋友携眷带病离去
留下一个空洞的盒子

六月七月仍未有雨水
雨水的痕迹残留在冬日的伞上

八月我放弃原来的信仰
加入一个祈雨的教派

九月蜷伏在一块芭蕉叶下
模仿雨伞节蛇来延续我的生命

十月海上飘来一团黑云
你们和我都误认是下雨的先兆

十一月大海干涸
海床里埋藏着彩虹的尸体

这个荒年里连种子都不能坚持
一种宿世的安排令我在冬日枯萎

(《荒年》)

夜长梦不多

这首诗写的是一年的光景,其实未尝不可以看作是一生的光景。这是荒芜的一年,未尝不可以看作是荒芜的一生。

岁月的版图上都有些什么?诗人的自知与读诗人的感知,有时会不一样。然而,《荒年》中有一种东西,引起我强烈共鸣。不仅是诗中有一些令我心仪的句子,更主要是一种情绪,它们打动了我。

人生总会在某个阶段突然发觉某种虚妄,这感觉未必吻合现实,可它却会在生命的某个阶段到来,蓦然回首那样。是不是,生命那样有限!

庄子曰:吾生也有涯,而知也无涯,以有涯随无涯,殆矣。这是不是很有点泄气?从庄子开始,许多人泄气过,我们也不例外。或者说,上了岁把年纪的人,想法会与他年轻时不一样。五十而知天命。都这么说,其实知天命的"知"是一个坎,得给自己一段时间来跨越。

我和秀实都过50岁了。我在秀实的诗中体味到自己的人生。从这层意义上,我甚至想,这本诗集的名字,用《荒年》或许更好。当然,我这样去想只是因为更契合我自己的感受。诗作中传递出来且打动别人的东西,未必是诗人自己的初衷。或许是我的颓唐误读了秀实的诗吧。

人到了60岁又会怎么样?或者说在60岁的人的眼睛里都有些什么风景?这不好说,什么年龄有什么人生况味,凭空想它不出。不过,应该不会还似今天这样吧。

秀实的诗并不颓唐。

星火慢慢地燃着如黑暗中的夏虫慢慢耗掉余生

我用力地呼吸时，生命是如此光亮

(《灰烬》)

生命是如此光亮，是秀实的诗意的一个指向。这指向使得他的诗在叹息"夏虫慢慢耗掉余生"的同时，不忘"用力呼吸"生命的亮色。这是写诗人与读诗人的差别，抑或是我比他年龄稍长的缘故吧。

秀实擅写爱情诗。自古诗人多风流，爱情从来是诗歌创作题材中的一大母题。在我针对秀实的有限的阅读视野，秀实的许多爱情诗写得别有情致，不以凄婉俳侧动人，常有对生命本能、对欲念的冷峻拷问。下面是曾在网络广为传播并引起关注的《昭阳殿纪事》：

离开了所有的言说我遁逃到另一个城市
阳光逐渐隐没黑夜降临前我赶抵新昭阳殿
城陷前人们疯狂地歌舞忘情地嘶叫
在声色的包围中我如一条刚蜕皮的蛇
没有斑纹柔软得没有了记忆和感觉
曾经忧虑着的使命牵挂着的理念都
将在改朝换代的战事中散迭
此刻喝着的酒仍旧散发着盛世时的醇香
在陌生眼眸的流动中寻找熟稔如旧的情缘
从此没有所谓聚散也没有所谓伤心
如浮尘子般仅守候这一个夜晚的永恒
潮热的空间内我和潮热的肢体相拥着
躁动过后生命踩着一路昏灯寻找宁静的归歌

夜长梦不多

　　恒常不变的星子仍缀挂在漆黑的夜空
　　而轮回是一只早来的春燕歇睡在初冬的床头
　　把亢奋的情绪抑压在俯伏着的躯体内
　　一切都平静了覆亡如一头光滑的野猫压在我的身上
　　醒来时窗外是转换了的朝代，我已没有了故土
　　起动的心搏仅仅是一个年号，象征我的利欲

　　在这些"情诗"中，爱的激情似已退潮而心犹不甘。爱已退隐，关于爱的许多内容，包括对爱的追忆与反省，甚至困扰与思辨，走到了前面。在《情人节》组诗中我们还可以读到这样一些词句："废墟""哑口无言""漆黑的梦土"（《情人节·I》）"来生的你""今生的记忆""这个城市正逐渐地冷却""墨蓝的星空在哆嗦着情话"（《情人节·II》）"书写有关你的消失了的历史""灯火黯淡""我们相遇在柒拾陆页和柒拾柒页""两只乌鸦思索着如何相爱"（《情人节·III》）"时晴时阴的天空"（《情人节·IV》）。

　　秀实说："随着生命的领悟与积淀，近年我只是借情诗来透析生命的存在……只是因着一种激动而对生命产生质疑与感慨。"这应当也是"在岁月的版图上"某一人生阶段的彻悟，以及对生命虚妄的感伤吧。

　　在技法上，秀实的诗虽是汉诗，却有诸多"西画"痕迹。西画与国画不同。国画讲究留白，国画里的水与天，常常不着墨，是读画人在山与帆影的留白中读出来的。西画则不同，画布的每一平方厘米都涂上颜料，水用颜料绘出，天也一样。西画里颜料多，色彩满，有视觉冲击力。西画是用画面征服读者的画，国画则是读者玩味画面的画。

从接受美学角度,西画是被动接受成分大于主动,而中国画则是主动接受成分大于被动。秀实的诗正是这样一种颜料众多、纷繁,给人视觉冲击的诗,请看:

  总有一些星光在熟睡的枕上如晶莹剔透的泪珠缓缓流泻

  那时是有了无边牵挂而我忘却了城市里所有的渴求
  原野已静寂只有时间的倒影在我赤裸的身躯上攀爬过
  死亡静伏在世界的屋顶上任脚下的灯火似末世的爱情蔓延不止

(《在寒冷中睡着了》)

  秀实的诗中有一种华丽的东西,那是我够不到的。我总觉得写诗人各有天分,强求不得,如秀实这样华丽的、繁复的诗美,在我的诗中几乎看不到。

  也许与生存处境有关。香港被英国强行租借实行殖民统治百年之久,其文化环境已接近西方或直接就已经西方化了。回归以来,实行一国两制,文化环境与生态与前并无实质性变化。

  西方与东方,价值取值标准不同,思维方式与行为方式迥异。

  香港是一个特殊地带,香港人作为东方人生活在西方环境里,这就注定了他们既不同于西方人也不同于内地生活的东方人。

  秀实的诗,带有明显的这样的特征。随着网络科技与跨国经济的快速发展,全球化进程像不断提速的特快列车。内地人的价值观念、思维方式和行为方式,已经发生前所未有的变化。这些变化将会给文学、给诗歌带来什么样的变化呢?现在还不好说。不过,有

夜长梦不多

一点是确定的,不管发生什么变化,不管西方的东方的文化环境与生态,生命的体验却是共通的。岁月的版图上,绘出的内容可能不一样,对这些内容的况味与感慨却是相通的。

蒙秀实兄抬举,嘱为新诗集《昭阳殿纪事》序,故不揣粗陋,发些议论,草成此文。2006年10月于河西碧树园。

当精神价值被消解
——读范小青《你想开车去哪里》

《你想开车去哪里》是范小青又一篇短得不能再短的小说，通篇只有八千字。正像剑侠小说中的短兵器，所谓"一寸短一寸险"，是最不容易把握的武器。然而，这小说不小，甚至可以说很大。大就大在它用具体写出了抽象，用生活细节写了生命的本质，而且，在生命本质的层面，它还写出了现代性导致的人性的异化以及价值理念上的悖论。

小说主人公子和的脖子上佩了一枚玉蝉，"许多年来，玉不离身，连洗澡睡觉都不摘下来"。这是恋人送给子和的信物。当恋人在国外遭遇车祸丧身后，"子和就一直把这个玉蝉挂在身上了"。这时的玉蝉，不仅属于过去了的时光，还是另一个世界与现实世界的唯一连接。

"蝉与缠"同音。也是隐喻。通读小说后，你会发现小说中有生与死、得与失、虚与实、真与幻、过去与当下、精神与物质的种

夜长梦不多

种缠绕。

当"玩玉赏玉成了时尚,越来越多的人对玉有兴趣",朋友聚会经常在一起玩玉、赏玉、斗玉。"每每在这样的时候,子和总是默默地听着他们说,他从来都是一声不吭的。也有的时候,大家都讲完了,只剩下他了。他们就逼问他,有没有玉,玩不玩玉,子和摇头,别人立刻就对他失去了兴趣。"

这里的子和一点也没有矫情的意思,因为,在他心中,脖子上挂着的其实不是一块玉,它只是一种情愫,是种植在过去了的时光里的东西,是肉体的死亡在精神层面得以不死的象征物。

子和脖子上这枚玉蝉,偶然被同事发现,虽然同事们还不能断定玉蝉的昂贵程度,但这是一块好玉应当毫无疑问。子和依旧无所谓,他佩带玉蝉的初衷,跟玉蝉的质地没有任何关系。"子和太太并不懂玉,以为就是一般的玉蝉,没当回事。"虽然她知道这块玉蝉的来历以及那个送玉蝉的人已死于车祸,"子和一直挂着玉蝉,说明他心里还牵挂着前女友",心里难免"有点疙疙瘩瘩的"。

现在听子和的同事说起"没想到子和竟然有这么好的玉",她的心思活动起来。在几次提出找专家鉴定遭到子和的拒绝后,子和太太趁子和醉酒之际,偷偷取下这枚与他形影不离的玉蝉,找专家鉴定,并被专家标出价格。这时子和的信物,就被还原成一枚翡翠玉蝉,而且"朝代久远,质地高尚,雕工精致,是从古至今的玉器中少见的上上品"。

当专家的鉴定与标定的价格,把本无价格的信物变成了有价的商品,子和的被车祸杀死的恋人,实际上开始经历第二次被杀死的历程。

第一次是在身边的世界中,第二次是从子和的生命中。奇妙的

是，这第二种死亡看上去似乎只是精神层面的死亡，它恰恰来自于物质层面的诱惑与压迫。如果说造成第一次死亡的只是一个意外事件，那么造成第二次死亡则来自人性的弱点，而这种人性的弱点，显而易见透映现代功利的价值取向，也就是说，在一切都可以被明码标价的当下，人性的弱点呈被膨胀、放大的趋势，死于精神层面也就不再是一种意外，不再是单纯的个别事件。从这层意义上，子和恋人的"第二次死亡"，更显得重要。

在作者笔下，子和恋人的"第二次死亡"的经历，有一番周折。

由于信物的精神价值被翡翠的商品价值玷污，子和"觉得心情越来越郁闷，玉蝉又硬又凉，硌得他胸口隐隐作痛，好像那石头要把他的皮肤磨破了。子和忍不住用手去摸一摸，他甚至怀疑是不是被太太偷梁换柱了"。显然，"太太并没有偷换他的玉蝉，可玉蝉却已经不再是那块玉蝉了。"到后来，子和必须摘下玉蝉才能安睡。也正因为如此，玉蝉终于在子和的一次出差之后，不翼而飞。

子和特地去出差的城市去寻访，却一无所获，"子和努力从脑海里搜索哪怕一星半点的熟悉的记忆，可是没有，怎么也搜索不到。渐渐地，子和对自己、对同事都产生了怀疑，也许是他和他的同事都记错了地点。"

读到这里，故事似乎说完了。但，这只是一次假"死"。幼儿园老师的一个电话，突然柳暗花明。原来玉蝉并没有丢失在途中，而是被小女儿带到幼儿园去玩，"不知怎么就被叠到垫被下面去了。一直到这个星期天，幼儿园打扫卫生清洗被褥时，老师才发现了这块玉蝉。"

"失而复得的过程竟是这么简单，简单到出人意料，简单到让

人不敢相信。"复得的是翡翠,却不再是当初跟子和形影不离的信物了,"子和没有再把玉蝉挂起来。"也就是说,假"死"的并没有能真正"活"过来,或者说子和恋人距离第二次死亡的时间已越来越近了。

最后,"第二次死亡"在另一场车祸中完成。子和太太"动作迅速地卖掉了这块价值昂贵的玉蝉,再贴上自己一点私房钱,买了一辆家庭小轿车"。子和太太开着新车制造了另一起车祸,死者也是"一个二十刚出头的花季少女"。这是一个与子和的因车祸死去的恋人差不多年纪的女孩。

"女孩遗体告别的那一天,子和去了,但他只是闭着眼睛听着女孩家人的哭声,他始终没敢看女孩的遗容。子和内心深处似乎有一种隐隐约约的感觉,他怕看到的会是一张熟悉的脸。"

作者的这一笔,非常精妙,它把此时此地的死亡与彼时彼地的死亡,在心理层面上重叠起来。不仅如此,子和太太出了车祸后,"浑身发抖,反反复复地说,是我的罪过,是我的罪过,是我撞死她的,是我撞死她的,全是我的错……"也正是在心理层面上把两起车祸混淆。这种心理层面的重叠与混淆,揭示一个事实,当信物变成了翡翠,玉蝉转换为汽车,当事人并没有如小说所写的那样:"日子过得很美好,不仅太太心头的隐患彻底消除了,而且还坏事变好事,把隐患变成了幸福生活的源泉。"也许,这只是当事人的初始动机,结果适得其反。

这时,小说叙说的故事终于完成了。其结果是:失去后的得到和得到后的失去。前者是信物失去了,得到价值不菲的古玉。后者则是:当玉蝉的财富价值(子和太太那里)从精神价值(子和脖子上)剥离,使之成为一种纯物质,玉蝉沦为子和生命中的废弃物。

无价的信物是具体生命的组成部分，而有价的玉蝉，却成了生命的废弃物。这是一个悖论。是价值理念上的悖论。显而易见，在当下社会，这样的废弃物到处可见。

生命本身包含许多内容，过去了的时光以及种植其中的东西，都是生命的有机组成部分。如果人的生命意义只显示出物质指数的刻度，生命的价值也就值得质疑。当然，物质的东西，也许对生活有价值，但毕竟是附加值，因为生活不是生命的全部目的。生命中一些不可言说的东西，才对生命的本质有意义，又因为这个意义是属于个人的，所以是无法替代的。

这也是人与物的根本不同。在物的层面，没有了使用价值的东西，是一堆废弃物。而在人那里，没有了使用价值的东西，却因为它提示过去了的时光而显现出价值。这就是为什么一个失忆的人，会觉得自己始终处于漂浮状态？那是因为，生命的意义还在于它承载许多已经消逝的内容，而对这些内容的记忆、追怀、牵念，以及对其的满意度，构成了生命的全部意义。这也就是说，当一个人丧失了记忆，他也等于失去了过去了的时光。这时，他的生命的意义也等于被消解。

你要开车去哪里。它的张力在于，这里的你，其实并不是一种确指。虽然小说中有子和太太这个具体人，有车，有因为开车导致的车祸，有车祸造成的死亡，以至于导致子和太太的精神失常这样一个悲剧结局。然而，在读者那里，人们读出的小说的指向，其实是整个人类的困境，人的欲望始终难以平抑，尤其在物化倾向极为明显的当下。

这是一个充满现代性诱惑的世界。流动的现代性让现代人聪明地认为：既然生命是短暂的，充分享受生命。强调当下，才是现

夜长梦不多

人应有的观念。这一观念还导致了人们重物质、轻精神的倾向。遗憾的是，这种自作聪明，让人陷入一个更大的误区：人类本着充分占有当下、尽情享受生命的目标，受欲望驱使，把功利性的附加值当成生命的终极价值去追求，其结果却是许多生命的内容竟成了生命的废弃物，因而也在根本上废弃了自己的生命。

而这一切，又都是现代人在追求所谓当下的最大幸福的过程中，为欲望驱使所造成的后果。显然，这里并不存在一个明确的责任方。一切都是在正常的、道德的范畴下发生，也没有鲜明的争辩和激烈的对抗。

小说中，子和太太最初对子和玉蝉的嫉妒，后来，为翡翠的价格动心，包括她将翡翠换成小车所采取的温婉的处理方式，一切都无可非议。然而，正如歌德说过的那样：向上的路和向下的路，是同一条路。

在这里，人们可以看到，小说所揭示的内涵，要远远大于字面上的内容。你要开车去哪里。这里的你，其实不仅指子和太太，它其实是一种抽象，是人性的，是人性的异化，也是一种无休止的自我缠绕。

在这种异化面前，人类行为的真实意义将被看穿，被判断。在宇宙的无穷之中，个体生命可能会从凡人的视野中消失，比如子和的恋人，但她还活在子和的生命中。而一旦她真正的死了（第二次，从子和生命中死亡），所带来的并不是活着的人的幸福。

这就是说，她用她的第二次死亡，给现实生活造成了致命的影响。这影响体现在：当玉蝉失去了象征意义之后，子和整个人的气场不对了。

此前，"这么多年他一直把玉蝉挂在心口，从来没有不适的感觉，玉蝉是圆润的，它已经和他融为一体了，只有浑然和温暖。"

而后来，"这块玉蝉在子和的胸口作祟，搞得他坐卧不宁，尤其到了晚上，戴着它根本就不能入睡，即使睡了也是噩梦不断，子和只得摘了下来。"

当子和太太用这块玉蝉换了一辆车，却面临着车祸、精神失常……而那辆车呢，"后来，这辆车生锈了，再后来，它锈得面目全非了。"

从佩挂在子和脖子上的温润的玉蝉，到露天车位上经过风吹日晒锈得面目全非的车，这里变化锈蚀的，难道仅仅是玉蝉与小车吗？

在现代社会的价值取向和人的欲望的合谋下，当子和太太把玉蝉从一个象征物变成一个实在的物，玉蝉的精神价值被消解，成了生命的废弃物。而当玉蝉成了生命废弃物时，人们已经看到了结果：那就是子和、他的太太，甚至那些斗玉玩玉的人，那些擅于发现物品流通价值的人，那些喜欢用物质指数来衡量生命价值的人，等等。我们所有人，其实都沦为被废弃的生命。

这是生命的悲剧，也是时代的悲剧。帕斯卡尔说："任何东西对于我们都可以成为致命的，哪怕是那些造出来为我们服务的东西；例如在自然界中，墙壁可以压死我们，楼梯可以摔死我们，假使我们走得不正当的话。"

人啊人，你要开车去哪里？

夜长梦不多

"快"的盲区与切片扫描
——读范小青《梦幻快递》

快递员上门送快递。一个小区一个小区地跑,一个楼层一个楼层地爬。小说《梦幻快递》的视角,也是小说叙事人特意安排的引导读者切入生活的一个视角。有了这一视角,送快递,收快递,这种司空见惯的日常生活内容,就以切片扫描的状态呈现在读者眼中:

一个在不长时间内邮购同样两条打底裤的才25岁的收货人:"她也回屋里去了,两下刚刚转身,忽然我听到她那里发出一声尖叫。我以为又出错了,赶紧回头看,她却已经笑得直不起腰了,弓着身子在那里哎哟哟,哎哟哟。我不知道她哎哟个什么劲,既然她不是找我麻烦的,我赶紧撤。

"她见我要撤,才勉强直起了腰,冲我说,哎哟,我买过一条一模一样的哎,哎哟,我怎么忘得干干净净,一点也记不得了,看到它,我才想起来,前几天才买过的呀。"

一个屋子里堆满没有拆开包裹的收货人,"那我也只能站在她家门口,就这么一站,我顺便朝她屋里一望,我的个妈呀,堆了半屋子的快递,多半都还没有开包呢,封得死死的。"

一个"洪福花园"的人签收了"洪湖花园"的人的货:"既然签收的人名错了,首先,我当然想到了地址。我还是有些经验的,我再和那妇女核对地址,果然,地址错了一个字,洪湖花园,成了洪福花园。我经验丰富,一下就知道,这方言口音问题,因为发音中的和 h 和 f 分不清的原因。"

还有错到八国里去的地址错误:"写错地址的事情太多了,写错人名的也很多,许许多多的错误,只有你想不到的,没有他们犯不出的。有一次我打电话问收件人,你是某某街某某号某某小区某幢楼某零某室吗?对方说是的呀,我正在家等着快递呢。我就送过去了,那个人也高兴地签收了。可是很快又有人来电话讨要这个快件,我说已经准确投递了,而且签收了。但是他说没有收到,更没有签收。这真是奇了怪了。这事情后来经过长时间的反复纠缠,搅得我们大家都不知所以了,最后才发现,这个快件根本就投错了一个城市,两个城市竟然有两个同名的小区,不仅小区同名,连街名和门牌号都是一样的,你以为这样的事不会发生吗,它真的会发生。"

这些是小说《梦幻快递》中的一些细节。快递员眼睛仿佛一个针孔摄像头,在庞大芜杂的世界摄取一些似乎不为人注意恰恰又是现代人司空见惯的生活内容。如同范小青的其他关注现代生存的小说,这个短篇小说没有停留真实在反映生活的层面,而是通过司空见惯的日常生活来揭示现代生存的困境。

快递大约是今天都市中最常见的一种投递方式,也似乎是一个

夜长梦不多

朝阳行业。

快,以及对"快"的渴求,是这一行业的初始动机。从不同角度切入,可以对快递做出不同的描述,比如P2P销售模式,比如销售成本,比如运营速度,再比如……

从运营分拣的某些新闻报道,人们还可以看到野蛮装卸造成的危害,还有邮寄物品的丢失,再有一些垄断对快递业的剥削,比如交不那么合理的份子钱,等等。

如果说这样一些角度,都可能是媒体关注的角度,消费者关注的角度,而小说所采取的角度却是一个与众不同的角度,那就是快递之"快"的真实效率与效应,其实是一种过程(快速)消解目标(价值)的呈现。显而易见,这样一些过程消解目标的事件在当下现实生活中可谓比比皆是,层出不穷。最可悲的是被种种荒谬包围的人们,并没有意识到荒谬所在,也没有谁真正警觉。

在一个高楼林立的都市,在一个到处招贴着不真实的繁华的都市,男男女女,或西装革履,或花枝招摇,在这个时代不乏时尚且似乎得体地走来走去,殊不知,许多看不见的鸟粪正一坨坨掉在他们的头上。不,掉在他们的脑袋里。

这个充斥着现代性的地球,有多少荒诞剧目正一幕幕在上演:比如电子产品的极其短暂的更新换代周期,比如几乎每天都能看到的拆房、建房的社会冲动,再比如把众多粮田变成一条条六车道八车道的高速公路……这些"快"(速度)的真实效率与效应,到底有多少是正价值又有多少是负价值?这些"快"真的那么重要?比粮食更重要吗?如果粮食安全一旦出了问题,地球上这么多的人口,一顿不吃饿得慌的脆弱的生命,他们可怎么办?

布莱斯·帕斯卡尔曾经话含机锋地说过:"人们必然是疯狂

的", 而欧奈斯特·贝克乐则坚持认为:"人不可能逃离疯狂, 即便逃离也只能是进入另一种疯狂。"

这些荒诞剧目的背后推手是: 利润、利益, 以及保障这些利益的权利, 甚至维护这些基本权利的自由。这该多么可怕! 原来人的自由选择也可能导致这样的后果!

现代人太知道那些宪章上的赋予他们的权利, 网络以及各种自媒体的传播放大了人们对此的认同感。而且, 尽管尚有许多国家地区人群还正在呼吁、争取, 甚至还在争取部分或全部拥有这些权利。可是, 从那些并不缺乏这些权利的国度与人群中流溢出来的实际效果并非一种乐观。

快, 过度的、非理性的对"快"的渴求, 隐藏在"快"后面的效率动机, 被利润最大化裹起来的自我利益原则, 等等。这就使得这里显现的悲剧性尤其悲惨绝伦, 因为这显然不是只有少数国家与地区才有的局部疫情。地球才多大的一条船, 如此多充斥现代性瘟疫的疫情, 在这艘船上急剧漫延, 要把它最终变成一艘空船未必只是一种杞人忧天。

也正是因为这样一些举不胜举的荒谬, 以及人们在这些背悖前的束手无策, 当我在小说中看到"无论谁是谁非, 最后鸟屎总是要拉在我们头上的"这句话, 特别能感受一种张力, 让我联想到这"最后"的"鸟屎", 将可能是上苍对人的种种"过度"的最后的惩罚。

说到文字的张力, 这篇小说中, 有许多看似不经心其实是很用心写下的有张力的段落与词语。比如, "为什么是做梦呢, 因为对这些小区太熟悉了, 因为这些小区太相像了, 我每天进入不同的小区, 但它们好像又都是同一个小区, 无法区别, 不仅梦里会梦到它

夜长梦不多

们，就是醒着的时候，也会把它们当成是梦境。"

这里难道只是说小区是相似的？还有前面的说的"两个城市竟然有两个同名的小区，不仅小区同名，连街名和门牌号都是一样的"。也不只是说物理空间的相似，而是说，在现代人生存中，相似的荒诞不要太多！而梦是一种解脱，是让你得到自我安慰的一种情志的转移，它让你在无法挣脱的困境中，找一个心理平衡点：这只是一个梦，醒来就好。

还有，"我靠着警方这点同情心，终于可以看小区的录像了。小区物业也挺热心的，帮着我一会儿快进，一会儿快退，找到我所说的那个时间段，再慢慢看。我的个天，果然有我，我还真的是进了这个小区的。我看到我电瓶车绑了如此之多的快件箱子，自己都把自己吓一跳。要是看到的是别人，我一定会替他担心的，这轻轻飘飘的车子，能载这么多的货物吗？"

难道不是吗，现实生活中我们所有人很少会通过录像来回放、检查自己的行为，可是，如果我们稍微回想一下，我们一定会像快递员一样惊讶！"但那确实就是我干的事情。只是平时我骑着车子在前面走，那许许多多的货物堆在我身后，我看不见它们。"是的，那确实就是"我们"干的事情，"许许多多货物堆在"轻轻飘飘的我们"的身后……而我们，看不见身后堆着的许多"快件箱子"，奔跑在快速的跑道，也没有"自己把自己吓一跳"。我们那是想把自己快递给什么呢？

用一个静态的切面，扫描一下不由自主的整体的运动状态，我们会发现很多平常看不到的东西。切片扫描是对切面进行病理分析的一个专业术语。借到这里，缘起于小说家原本是另一种意义上的医生，甚至，许多文学家原本就是由医生改行而来，熟悉这一行都

知道我这不是瞎掰。

　　从熟悉的身边琐事入手,通过具体写出抽象,写出人的现代性的荒谬,是范小青近年来短篇小说的一大看点。这一篇《梦幻快递》也不例外。小说结尾还含蓄地写了一个小小祈愿:"我回到公司,又接了一沓任务,低头一看,单子上头一个投送地址是:梦幻花园。"另起一行,写着:"我就出发往梦幻花园去了。"显然,小说结尾写到梦幻并不是为了切题,是一种祈愿,但愿所有一切只是一个梦,哪怕是噩梦,醒来就好。

　　愿现代人真正从现代生存的困境走出。

夜长梦不多

穿越生死边界的一脉香火
——《香火》的文化图像与根性

香火的本义：祭祀用的线香与蜡烛。引申为祭祀，再引申为祭祀祖先者，就有了子孙、后裔、继承人的意思。依照此引申义，所谓香火其实是穿越生死的一种文化图像，是每一个活人的血液中流淌着的先人的遗传基因与文化传承。

在范小青长篇小说《香火》中，香火（孔大宝）是太平寺里管香火的人，其社会身份是一个级别低于和尚、不需要通晓佛理的寺庙里的勤杂人员。

两个不同香火，一个是必须受限于生存处境的现实中的人，一个是可以是不受时空限制的文化图像，一个实，一个虚。如果让二者的关联仅停留在象征意义上，即"显示中潜藏着讲述"（布斯语），这在我的阅读经验中，还属于让我保持常规阅读姿势的一次阅读。

《香火》恰恰是一个让我从根本上改变了阅读姿势的小说。感

觉有点像坐过山车，意想不到的人物关系及它们之间似乎不对称的位置与组合，一次次，搅得我几乎有点转向，有时甚至感觉到一种被颠覆的感觉，又转回来，那车仍在轨道中。

小说《香火》通过一种什么样的叙述技巧与章法，来改变其单纯象征意味，缩短其价值上的距离？即生活中的香火与文化图像的香火，在小说中是怎样一分为二，又合二为一。

这里不能不提到一个贯穿小说始终的人物：香火爹（孔常灵）。当读者从小说进程渐渐读出这个始终在场的重要人物，竟然是一个已故世多年的人。常规世界中，一个已故去的人，是无法直接介入当下生活并对其产生影响，二者之间有一条不可逾越的生死边界。而在小说《香火》中，从开头到结尾，与当下生活的交流互动中，香火爹似乎始终在场。比如小说的开头部分：

> 刚要拔腿，猛地听到有人敲庙门，喊："香火！香火！"
>
> 香火听出来正是他爹，心头一喜，胆子来了，赶紧去开了庙门，说："爹，是不是有事情了。"
>
> 爹奇怪地看看香火说："香火，你怎么知道？"
>
> 香火得意说："我就知道有事情了。"

很显然，当你读到这样的对话，你一定不会意识到香火的爹是一个逝者，如果香火此时还是生者，你也一定不会觉得对话双方之间隔有一道不可逾越的生死边界。

沿着小说的进程，伴随着细读，人们会发现，所有场景中香火爹的出现、介入与参与，只体现在香火的眼里与耳中，而在场的那

些人都没有与其直接对话与互动，这就是说，但凡香火爹的一言一行，有可能仅是香火的幻视幻听，而不是一种真实的存在。

有意味的是在香火这种幻视幻听（如果真是如此）中，香火爹的言行其指向竟有一种文化的根性：当历史潮流在某个阶段出现阻碍与回流，自有一股内在的力量推动它最终绕过阻碍、改变回流使之重新流入既有的河床。这也就是说，香火爹非常规地出现在香火的视听中，并非荒诞、无意义，甚至非逻辑的片断。无论是在保护太平寺菩萨、抢救"十三经"、挽救祖坟被铲除等情节中，香火爹的一系列行为以及对诸社会事件的评判，某种意义上，均构成规范人类社会进程的文化意义。

也正是在这些地方，孔常灵（香火爹）这名字的象征意蕴，尤显得意味深长。在中华文化中，以孔子为代表在其发展中杂糅进释、道等因子的儒家文化，在不同历史时期始终体现某种文化的根性。而这种根性不易被改变，所以才"孔常灵"。

不仅如此，小说中那个起初毁庙宇、砸菩萨、扒祖坟的造反派，后来的大队革委会主任，再后来的县长，最后皈依的孔万虎，以及那个决意要改名为孔绝子的对孔万虎行径深恶痛绝的孔万虎的父亲等人，也从另一侧面展示文化根性的顽强的力量。

如前所说，作为文化图像的香火是没有生死边界的。而现实生存就不同，现实世界可以有多种分类，唯独不可能出现这样的分类：死者与生者出现在同一个时空场景且产生互动交流。因为他们属于"间断的历史"（福柯语）。

也就是说，如果香火爹是个死去的人，他就不该与活着的香火以及香火所生活的现场发生关系。因为谁都知道，把生者与死者混放位置是一种荒谬。

然而，非常有趣的是，当《香火》把生与死从各自位置抽取，再置放到似乎不可能的时空位置中，人们竟惊奇地发现，反倒是许多现实的荒谬，比如毁庙、砸菩萨、掘祖坟等行为，在人们的文化判断中被纠正。

这是一种悖反。就是说，从存在的意义，模糊以致打破生死边界是荒谬的。而从文化的意义，每一个活人的身上，都落满逝者的影子。换一个叙说角度，也可以说是活着的人只是载体，"替一个个逝者留下影子"。因此，把小说里这些事件与场景，仅仅看成是存在意义的事件与场景，也许是一种误读。

伽达默尔说，"只有理解者顺利带进他自己的假设，理解才是可能的。"（《解释学》）这是从接受角度说的话，从发生角度，其实有一个如何让阅读者顺利带进"他自己的假设"这么一个现实问题。一个好的小说，它在表现手法上，应当很注意这种东西，就是说，它必须布下或埋设一些线索或线头，让阅读者经由这些线索"顺利带入"他自己的假设。

在小说现实中，跨越生死的边界是一个难题。

虽有魔幻现实主义小说在前，有穿越小说在后，它们在穿越或跨越生死边界的问题上做出了一些尝试。然而，不管是那一种，其生死边界始终清晰的。由此可见，《香火》与我们习见的魔幻小说的最大不同，是它改变了常规分类，让生者与死者的坐标轴交叉、重合、甚至互动。

《香火》也不同于那些穿越小说，在后者那里，时空的移位始终是确定的、已知的。越界，穿越时空，架空历史这样一些概念，是类型小说的支点。但在那些小说中，虽然可以颠倒时空、混淆生死，但生死的边界始终很明晰。而《香火》不是一部单纯打破或跨

夜长梦不多

越生死边界的小说，而是一部根本找不到生死边界的小说。

显然，生死没有了边界的设定是一个颠覆性的设定。福柯也说，"异位移植是扰乱人心的"。当穿越小说实现了人物关系的异位，它的前提条件是人们都知道（小说中的人物和小说外的读者），这种人物关系是错位，是出于某种考虑有心设置出来的。而《香火》中香火、香火爹、那个始终在寻找（烈士遗孤）过程中的陵园主任。他们对自己的生死处境并不自知，小说中相关人物，也对他们的生死处境陷于困扰之中。同样，一遍两遍读下来的读者，也会为这里的人物关系发怵。显然，无界的困扰是大于"异位移植"的，没有了边界，怎么来界定"异位"？

在小说的结尾处，关于香火与他爹这两个在小说场景与各种事件中不断进进出出的重要人物，还有这样的一段描写：

新瓦带着几个他不认得的人，有男有女，过来了，香火正想上前，有人一把拉住了他，回头一看，是爹，香火大喜，说："爹，爹，真的是你吗？"

爹说："是我呀，你怎么啦，不认得我啦？"

香火急道："认得认得，你烧成灰我都认得你。"

爹笑道："嘿嘿，你是我儿。"

香火发嗲说："爹，爹，他们都说你死了，我偏不信，果真的，爹，你果真没死。"

新瓦和那些男女说话，爹"嘘"了香火一声，说："听他们说话。"

爷两个静下来，且看新瓦他们干什么，新瓦往前走，众人跟着，香火和爹也跟着，走到一处，仍是坟墓，两座挨在一起，比旁边的那些坟大一些，那新瓦说："近水楼台先得月，我总要给自家祖宗做大一点，不然他们要骂我的。"

那些人问道："这是你家祖宗？"

那新瓦指了指说："这是我爷爷的，这是我爹的。"遂上前鞠躬，点上香烛，燃了纸钱，供起来。

香火又惊又气，欲上前责问，爹拉住了他，说："你看看，他还是蛮孝顺的，给我们送了这么多钱，你仔细瞧瞧，这好像不是人民币哎。"

香火眼尖，早瞧清楚了，说："这是美元。"

爹说："美元比人民币值钱噢？"

香火说："从前是的，现在不知道怎样，我好久没听他们说汇率的事情了。"

新瓦是香火的儿子，是香火爹的孙子，这里的人物关系很清楚，新瓦来给爹和爷爷上坟的行为描述得也很清楚。不那么清楚的是香火，他好像依旧不自觉自己到底是生者还是逝者。香火的不自觉还表现在他对他爹的生死状态始终不明了。

香火发嗲说："爹，爹，他们都说你死了，我偏不信，果真的，爹，你果真没死。"

这里可以看出，香火不仅认为自己没有死，而且认为他爹也没有死。事实上，根据小说的前后文，这时的香火与他爹，都是死人，他们的儿孙新瓦正在坟前给他们上坟祭奠。

夜长梦不多

香火在小说最后部分表现出来的对生与死的不自觉,以及"两个年轻村干部"在对话中对香火的到底是活人还是早就死去提出质疑,一下子使小说现场中若隐若现的生死边界,变得更加模糊不清。

一部看似无数真人活动于其中却找不到真切生死边界的小说,其形而上的意义是:取存在的角度,死对生,似乎不能产生直接影响。而取文化的角度,死与生,从来都是一体的,倒是对生没有影响的死,才是荒谬的。也正是从这个高度,小说才设计出这样一个没有了生死边界的存在与感知,让香火(孔大宝)成为勾通过去与未来的"使者",让昨天对今天产生影响,让死对生有意义。从文化意义上读生者与死者,其实可以把死者的行为与评判视作一种隐喻,即那是我们自己身上已经属于过去的某些文化品性。

显然,香火文化图像的展开,其内在张力远远大于事件的当下性。而且,严格来说香火之传承也并不狭义地体现在直接的血缘关系上。从小说的演进过程,我们知道香火爹(孔常灵)与香火之间其实没有直接的血缘关系,这一断档让孔新瓦(香火儿子)与孔常灵之间血脉承续的合法性受到质疑,然而,作为文化图像的一脉香火,并不简单与血缘发生关系。

不仅如此,香火的传承还应当有更宽阔的文化指向。关于这一点,《香火》对十三经的"误"用,最能说明问题。

在《香火》中"十三经"被作为一种佛学经典频被引用:从香火爹卷着"十三经"想藏到阴阳岗(坟地),再从大饥荒年代的饥饿的和尚背着"十三经"讨饭,到香火捧到"十三经"到县长孔万虎那里行贿借以争取批文来修复太平寺,再到孔万虎借助"十三经"皈依释教成为信徒。

事实上有两个"十三经":一个是儒家的"十三经",指的是儒家的十三部经书:《易》《书》《诗》《周礼》《仪礼》《礼记》《春秋左传》《春秋公羊传》《春秋谷梁传》《论语》《孝经》《尔雅》《孟子》。

另一个是《佛教十三经》:《心经》《金刚经》《无量寿经》《圆觉经》《梵网经》《坛经》《楞严经》《解深密经》《维摩诘经》《楞伽经》《金光明经》《法华经》《四十二章经》。

后者是中华书局约请著名佛教研究专家赖永海教授担任主编,精心选择了对中国佛教影响最大、最能体现中国佛教基本精神的十三部佛经。在逻辑关系上,加了"佛教"字样的十三经,相对于"十三经"显然是一个小概念,它与通常知识范畴的"十三经"不在同一层级。因而,把"十三经"当成"佛教十三经"来引用,应当是一种不精确的引用或误引。

当小说一而再,再而三地强调了没加定语的"十三经",我就敏感地意识这里并不是一个错误的引用,而是作者故意埋设下的一个线头。也就是说,小说里关于十三经的引用绝非误引,而是作者的精心安排。

当我们从文化的角度来解读小说,就能明白小说里面所说的寺庙、佛教,并非实指宗教,它们有更大的隐喻空间,标示着更阔大的文化空间。在这样的文化空间,佛教、菩萨、祖坟等等,其实仅是一种指事或会意,包括"孔常灵"的象征义。

还有,掘祖坟的隐喻也有两层含义。现实意义中的掘祖坟很好理解,而文化意义上的祖坟被掘,则需要带入更多的历史思考。事实上,文化意义上的掘祖坟,自秦始皇"焚书坑儒"始,在中国历史上已无数次上演。

夜长梦不多

掘祖坟事件，随着所谓的"破旧立新"成为往事。谁也没有真正破掉"旧"，没有。今天，人们会看到许多当年被破的东西——复辟回来，只是有一些东西仍处于被毁坏状态，一时半会还回不来。这是令人遗憾的事。这是文化的悲哀，也是香火作为文化图像的隐喻所在。

从文化的角度阐释小说，我们还可以看到许多悖反：从卑贱者最聪明，到高贵者最愚蠢。从奸险的人坐天下，心存忠厚的人自刎乌江。从肉食者鄙……

前面说过，寺庙里的香火与和尚属于不同级别，一是主业，一是打杂。而"香火"的传承偏偏是一个不通佛理的打杂的人在做。当寺庙历经毁建的磨难，太平寺里正经八百的僧人：大师父借往生逃遁，二师父被迫还俗，小师父从开始到最后似乎总游离在事外。反倒是一个不通佛理似乎愚顽无知的寺庙勤杂人员——香火，在香火爹（一个已亡故的人）与一些似乎愚昧的乡民共同努力下，维护着寺庙存亡。香火还斗胆闯进县政府找到县长索要修复寺庙的批文，并不惜变卖传家的宝物用以修复寺庙。

真正的"香火"就是这样传承下来。宗教、文化、甚至一个民族的精神，有时恰恰是这些固执甚至愚顽的人，他们使之历经周折，坚持下来，并延续下去。

紫金文库

一定有一枚棋子不能被移动
——读储福金长篇小说《黑白》

储福金围棋下得好，圈内广为人知。尽管下棋的人都喜欢跟上手下棋，跟储福金下棋却不容易找到快乐，因为你很难赢到他的棋。俗话说，棋高一着，束手缚脚。其实，储福金让你不快活还有一个原因，那就是棋局上的储福金，过于顶真、计较胜负。

一般来说，上手跟下手对弈，理应大度一些，没必要在某些局部锱铢必较，毕竟他水平高，堤外损失可以从堤内补回来。从另一个角度，上手如果行棋不紧凑，或由于大度在某些局部掉以轻心，往往就给了下手的机会，会增加偶然失手的概率。

储福金不会给下手这样的机会。他不管对手跟他的差距有多大，也不管盘面上胜负已经定局，依旧咬得很紧，一步不松。比如说吧，你已经被他吃掉一块大棋，盘面上的差距海了去，即便换上聂卫平、马晓春这样的国手坐下来也未必能翻盘。按说储福金应当讲点宽松和谐了吧，不，他依旧步步紧逼，一着狠似一着，眼睛早

夜长梦不多

瞄上你的另一块棋,尽管再多吃你一块棋也就是多赢一些棋子,早与胜负无关。

储福金有个口头禅:有得吃就吃!这还是在他处于优势局面下。如果开局时他一不小心处于了劣势,你这棋就更难下了,他会频频陷入长考,用时间争取空间,有时,还会来点不伤大雅的盘外招,诱使对方去犯错误。归总了一句话,跟储福金下棋,他赢了还要再赢,而且是赢得越多越好,而你根本就不要去想赢,想赢也赢不到。这就是跟储福金下棋够刺激却未必快活的理由。

记得李汝珍在小说《镜花缘》中曾借"麻姑"之口说过这么一段话:"我喜你者:因你棋不甚高,臭的有趣,同你对着,可以无须用心,即可取胜,所谓'杀屎棋以作乐'颇可借此消遣。"李汝珍老先生说得不差,论快活,还是跟水平比自己差的人下棋更快活。

一离开棋桌,储福金马上恢复谦谦君子的本来面目。生活中的储福金,白面书生一个,为人随和,待人宽厚。这在圈内也有口皆碑。

读储福金的小说,却是一件非常愉悦的事。他的小说有着唯美主义倾向,常有一种哀婉悱恻的氛围环绕,笔法细腻、沉着,有空山鸟语之静美。如果硬要打个比方,储福金的小说有点像《黑白》中的梅若云:"脱俗,清丽,洁净。"让人读后"有一种清凉的感觉,透体而入"。

储福金喜欢的外国作家有日本的川端康成,事实上,储福金只是不像川端康成生逢其时。当今时代,人心浮躁,"流动的现代性"让价值的坐标变得不那么确定。流体的特征是:"既没有固定的空间外形,也没有时间上的持久性。"在这样的前提下,终极与永恒

紫金文库

难免受到质疑。一旦迷失了确定的价值坐标，人们在做出审美判断时难免会有那么点困惑。

美在深山到后知。山之静美，置身繁华都市是想象不出的。空山鸟语与繁华闹市之间，相距也许不远，可是，又有谁真正启程了？故而，山之静美与山的寂寞，常常联系在一起，除非通向深山的路被打开。不过有一点是确定的，真正的美耐得寂寞。

作为他的同事与棋友，储福金的小说我差不多都读过，从早期的《石门二柳》，到浅近时期的《黑白》，以及新近的"棋语"系列小说。

在一个场合下，我曾经说起过，让人一口气读下来的小说，当下不是很多。一气读下来，掩卷之后，仍一时半会出不来，让人静在那里玩味的小说，尤其不多。平心而论，这里有小说的问题，也有我自身的问题。毕竟这些年小说编辑做下来了，正所谓"曾经沧海难为水"。

小说读多了，就比一般读者冷静，读着读着有时会卡壳：这地方写法落了套；这里想法不错，只是活没有做好；这样写看上去有些花头，到底没有"花"出什么新东西。新东西当然不是指时尚时装这样的行头，有时也可以是一些老货色，关键在于是否写出新意。卡了壳，一般就不会再读下去。当年做编辑，还不能不读，因为那也是工作内容之一。这也是做小说编辑没有单纯做小说读者那么自在的缘故，因为后者是不喜欢就可以不读。

储福金的《黑白》是那种尤其不多的小说。

这部写围棋的小说如此吸引我，与文友或棋友没有任何关系。事实上，根据目前图书市场反馈来的信息，喜欢《黑白》的人很多，有懂棋的，也有不懂棋的，有专业棋手，也有专业作家。这也

夜长梦不多

正是储福金的高明处。

一般来说，写下棋与棋艺这种专业性较强的题材，很难解决一个专业性与普通受众趣味性的问题，因为你不能不写到下棋；你不能把下棋的过程写得夹生了，让会下棋的人觉得你外行；你又不能写下棋写得太专业，让不会下棋的人读起来兴味索然。还有，围棋这一黑白艺术渗透着中国文化的精髓，自诞生之日即有许多说不清、道不明的文化内涵，正所谓道可道，非常道。你不能把它写得太玄奥，又不能把它写得太明白，你甚至还不能把它写得不明不白。这也是围棋这个题材许多人不敢去碰的缘故。

储福金是怎样去构思这个小说的，我不是很清楚。不过，动笔前他显然是想过好多问题，也是在想通了好多问题之后，才决定开工。这里似可借用一个棋语：谋定而动。

比如，把《黑白》这部小说的时代背景，放在从军阀割据到抗日战争这样一个历史时段，就颇见匠心。军阀混战，北伐军征讨各路军阀，日本侵华战争早期制造的摩擦。日本发动全面侵华战争，这是一个杂乱纷呈、大起大落的世局，有道是"世事如棋"。

还有一个说法是："千年无同局"，说的是围棋的繁复多变。那么还有什么历史时段能比这个时期的中国，更繁复多变呢？当然，在储福金的笔下，这些都是背景，他只扣着小说主人公陶羊子一路写过来，几乎没有用笔墨去正面写战乱，正面写抗战，甚至也没有花什么笔墨来写社会环境的复杂，而读者却从陶羊子、梅若云、祁督军、芮总、秦时月这些小说人物的生活经历中，从与日本棋手捉对厮杀中，隐隐读出来许多东西来。这就像舞台上的布景，有了它们，舞台就有了纵深感，台前演员的道白与表演，就显得更具张力。

265

紫金文库

还有,《黑白》的结构,似乎是那种没有结构的结构。粗粗一看,有点像"从前,山上有座庙,庙里有个和尚……"这样一种白话小说的叙说套路。小说开始的时候,陶羊子幼年被重病的母亲拖到娘家(一个江南小镇),然后母亲病故,父亲早已失踪,便留在舅舅家生活。

在江南小镇,少年陶羊子读私塾,认识任守一,开始接触到围棋,并显现出随意落子即暗合弈理的天赋。然后随小舅去了苏城,歪打正着地结识了喜欢下棋的祁督军与芮将军(后来的芮总),且因此结识梅若云小姐,再到苏城余园棋室下棋,少年成名。后来因为小舅车祸去世,也隐含梅若云迁往南城的缘故,从苏城去了南城……这样一种线型的结构,以及只让舞台聚光灯照着陶羊子来展开情节线的布局,很有点像陶羊子的棋风与行棋的路数。一开局,就把手中棋子老老实实地拍在星位上,然后"倚着、靠着,把棋走在了高处"。单纯从棋上来说,"像这样兵不血刃就胜了棋,懂棋的人明白,陶羊子的棋上功夫是很深的"。

当下,喜欢结构上做文章的小说很多,许多做小说的人都不甘心平实地去写,一般都会在结构布局上绕出一些花头,蒙太奇的手法已经太陈旧,什么人称变化,什么嵌入印刷字体变化等等。关于这一点,当然也不是今天小说家的风气,追溯起来,自20世纪七八十年代以来,受外国翻译小说影响的小说家,做小说的花头就已经越来越多,一时间,怎么写似乎才是做小说的首要问题。

储福金为什么要选择如此质朴的方式,来经营他的小说?我想,或许是为了题材的原因,用一种类似传统白描式的写法,来写渗透着中国文化精髓的围棋,以及抒写陶羊子这个不是雕琢的围棋天才,采用这种最平实的方式来安排情节线,要比跳进跳出的蒙太

266

夜长梦不多

奇更为妥帖。

还有，在储福金那里，怎么写与写什么，其实已浑然一体，从结果来看，小说的质地，还真有点像陶羊子下出来的棋，看似没什么讲究，"东一子西一子，随意落子，却都占在空上"，回头一看，竟暗合弈之妙理，迹近天成。

事实上，怎么写不单纯是一个结构的问题，还有小说的语言与叙事策略。这也是储福金这个长篇小说最具魅力的地方。

语言本身应当不是个问题，如储福金这样的小说家，语言的质地虽不一定用炉火纯青来形容，那也早就百炼成钢了。有意味的是，储福金在《黑白》的语言和叙述中，渗透许多隐喻、象征，以及宿命的内容。隐喻和象征的巧妙应用，扩大了语言的张力。

一部30万字的长篇小说，且采用线形的结构来叙述故事、表现人物、阐释题旨，让人读下来竟却没有丝毫的疲倦与冗闷，应当首先是小说语言和叙事策略的成功。

《黑白》的隐喻，具有多指向性。小说开头部分的江南雨，涟涟答答下着，载着行人的马车"信马由缰"地走在旅途。在幼年陶羊子的意识中，是看不尽的雨了，与他人生的第一次长途连着的，便是雨的感觉。长长的路，马车与泥浆连着，暗黑色的泥浆。这是写景的文字，可又不仅仅在写景，它写出一种氛围，一种笼罩着整个小说，笼罩整个陶羊子人生之途的氛围。

还有"黑白"本身的隐喻和象征。字面上看，黑白说的是围棋的黑子与白子，是对弈的工具，最终也通过黑与白显现出胜负。

然而，黑与白，在色彩上暗合了夜与昼，阴与阳。这或许正是古人发明围棋时所具备的隐喻和象征，储福金在小说中，通过具体生活内容，把很不容易表现的隐喻和象征充分显现出来。夜与昼交替,是时间的流动,具体生命在时间的流动中展开,走完生长、成熟、衰败、死亡的历程。黑白交替,隐喻时间的更迭,生命只能存在于阶段时间里,而每个人的生命又是有限的。汉斯·梅耶霍夫说:"问人是什么,永远等于问时间是什么。"

黑与白,阴与阳,也隐喻死与生,陶羊子母亲在抱着病拖着陶羊子回娘家后不久即病故。下面有一段幼年陶羊子跟他小舅的一段对话:

男孩说:"叫我吗?是妈妈吗?"
小舅说:"妈妈……不在了。"
男孩说:"她去哪里了?"
很久很久,小舅只是站着,雨水在他的脸上流动着。
小舅说:"她去了黑色的……世界"

陶羊子开始接触学习围棋所表现出来的兴趣,以及对黑棋的排斥,其实就与母亲的死这一记忆有关。"陶羊子发现了通过白棋围着、让黑棋无法进入的空间,是他在孤独中寻找到的一种产生希冀的方式,一种展示梦想的现实。""于是,陶羊子每天都盼着放学,他可以尽快地穿过小路去看棋……"

死与生是形而下的具体,阴与阳则是形而上的抽象。

在抽象的范畴,黑与白,又似乎隐喻邪与正。比如陶羊子与方天勤这两个差不多同时学棋、出于同门的奇才,从小说开始到小说结束,包括小说最后部分的决战,他们始终纠缠于局内局外的黑白胜负。

许多时候,看上去是陶羊子不止一次输了,陶羊子输给了自己

夜长梦不多

身上的朴实，善良，宽厚，而方天勤则一次次取胜，他胜于自己的狡黠、贪婪、狭隘。然而，在读者那里，输于朴实，善良，宽厚，其实是一种胜，而胜于狡黠，贪婪，狭隘，恰恰是一种输。这就是最后的胜负，黑白分明。由此可见，邪不胜正不止是一种愿望，也是一种必然。至于小说的结尾，到底有没有最后决战，决战的胜负如何，其结果都一样。

在陶羊子身上，黑与白，还隐喻心性的变化。比如陶羊子下棋时，执白与执黑，棋风陡变。执白行棋，他心态平稳，神情悠然，棋也讲究平衡，棋形飘逸舒展，"东跳一子，西跳一子，脱先取着势……"一旦猜到黑棋，他就下得凶狠，棋子打在棋盘上啪啪的响，似乎咬着牙，咬着无限的力量，有时"明明吃了很多，胜了很多……丝毫不放松，一步步下得更狠……"

隐喻的张力，以及透过隐喻，揭示出人物命运的轨迹、不可拗越的宿命的内涵，让读小说的人想到很多。

我忽然想起下棋时的储福金与写小说时的储福金，这两个全然不同的储福金，在小说中竟有点像一个执黑棋的陶羊子和一个执白棋的陶羊子。我又想起自己，在生活中，我不难在自己身上找到许多陶羊子、秦时月甚至梅若云他们身上有的东西。非常奇怪的事！

我们与陶羊子他们并不生活在同一个时代，也不在同一个场域生活，要说不同，我们之间的不同太多了，可是，为什么我们会找到那么多与小说人物的共同点呢？我还想到了另外一点，我和储福金应当都具备了可以审视生活的能力，也大抵明了自己在生活中的处境与状态，然而，我们却不能因此改变生活中的自己。

陶羊子不能改变他自己。方天勤、秦时月、任秋，甚至日本侵略者，所有人都不能改变他自己。那么，到底是什么东西不能被改变？有一些大约应当归于宿命，更有一种超越胜负、超越时间的东西，它应当属于人性的范畴。这让我想起了几句诗："一定有一枚棋子不能被移动／终局才发现／黑黑白白的棋子／被太阳和月亮收拾起来／一枚没有颜色的棋子／收不进时间这盒子／甚至也不属于胜负的哪一方。"

棋下完了，棋子被收进棋盒。生命终结，离开这个世界，被收进时间这盒子。可是，有一种超越胜负、超越时间的东西，永远留下来，像一枚不能被移动的棋子。

一个优秀的作品，应当让人感受到这枚不能被移动的棋子。

夜长梦不多

人将何处去
——读格非长篇小说《山河入梦》

在读到《山河入梦》（作家出版社2007年1月版）之前，我已于2004年读过格非的《人面桃花》。这是等待格非十年之后，我读到的他的两部长篇新作。格非是我非常喜欢的当代小说家，我读过他《迷舟》《褐色鸟群》等几乎全部小说作品。

20世纪90年代，我曾在《钟山》"名家炫技"栏目编发过他的中篇小说《雨季的感觉》。当格非沉寂十年之后，拿出长篇小说《人面桃花》，我几乎有点迫不及待地找来读，我是在读了《人面桃花》后，才明白格非为什么十年不做小说？也才明白这十年中格非并非没有做小说，只不过他是以一种非文本方式在"做"。格非在求变。格非为什么要求变？这应当是理论家的话题。而《山河入梦》充分体现出格非在小说变法上的完美转身。

在格非陷入长达十年的沉思中，同时期许多先锋小说家已经成功实现了大挪移，从先锋路上走回来，或者说都先后踏上了"新路，比如余华等人。只不过，与其说他们走出了新路还不如说他们踏上了归途，因为，在余华等人身上，早期的先锋性譬如一种匆忙涂上的时新的油彩，很快就褪尽颜色，还其本来面目。当然，这里并没有褒贬的意味，事实上小说的先锋性与不先锋性，也并不是小说优劣的评判标准。

我想说的是，相对于余华等人变化，格非小说的先锋意识并不是一种标贴，不是外在的，裹挟式的，因此轻易即可置换成另外一些内容。从某种意义上，格非作为一个先锋小说家，自文学新时期以来，这20多年他始终没有挪移过。格非的求变始终建筑在其小说先锋性的基本品质之上。《山河入梦》与此前的《人面桃花》标志格非走出了一条先锋小说写作新路。

> 1956年4月的一天，梅城县县长谭功达乘坐一辆吉普车，行驶在通往普济水库的煤屑公路上。道路的左侧是一条湍急的河流，岸边长着茂密的苇丛和菖蒲，成群的鹭鸶掠水而飞；在公路的右侧，大片的麦田和棉花地像织锦一样铺向远处的地平线。一畦畦的芫菁、蚕豆和紫云英点缀其间，开着白色、紫色和幽蓝的花。谭功达神情阴郁，心事重重。

《山河入梦》开头的这一段文字，让人们看到了几乎可以与现实主义经典小说相媲美的写实态度与叙事策略。然而，在《山河入梦》之中，小说手法的写实化与小说意识的现代性，非常高明地结合在一起，它们不仅具备文体意义，还包含着小说的意指意义。也就是说，小说在能指方面，它既有现实批判的力量，同时具备现代

夜长梦不多

隐喻的张力。

在一个丧失了梦的时代，格非让今天的读者读到了谭功达这个沉溺于梦的人。当然，小说提示给读者，这个喜欢做梦的人还有一个同样沉溺于梦后来被追认为为烈士的母亲。

不仅如此，小说还提示谭功达的梦来自于一种对理想社会的向往，而这个理想社会的前提，又建筑在一个新的社会模型的理论基础之上。这个新社会模型的理论基础，应当说对于接受长期灌输教育的中国读者都不陌生。因此，有人说《山河入梦》是关于"乌托邦"夭折的挽歌，其实这只是小说意指的一个取向。一个真诚的企图为人民做事的谭功达，却几乎成了为害一方的罪人。而另一些看来是较多考虑个人得失，甚至在那个早期健康社会环境中就已经流露出官僚腐败倾向的官员，却似乎对社会的经济建设和发展更有益一些。这是一个悖论。这个悖论所揭示出来的内容，要大于小说中本身"乌托邦"的夭折。

格非的小说写出了这种复杂性，许多看上去通情达理或不通情达理的人和事，在小说家、读者的感情取向方面，与小说的社会价值取向方面，并不同一。读者在被感动的同时，却分明感到困惑。站在一个更高的地方，人们会发现在价值判断方面，从不同角度取值，它们的标准不同，甚至是失范的。

小说的另一个意指的取向，则是生存的荒诞与无奈：毕竟，无论去怎么寻求、奔突，究竟是没有出路的。在第一幕处诞生，在第五幕中死去，这是剧情规定好的。舞台上人人都想逃离，因为害怕这样的结局，却发现无处可去。

他的理想与追求最后也逃脱不了这一轨迹，将面临这样的结局：

我预感到，我的事业，兄弟，我也许应该说，我们的事业，必将失败。短则二十年，长则四十年，花家舍人民公社会在一夜之间灰飞烟灭。什么痕迹都不会留下来。可以说，这么多年来，我没有一天不是在忧虑中度过的。因为我知道，那扇被神祇上了符咒的门最终还是要被打开，所罗门瓶子里的魔鬼，也会像《水浒传》里面的天罡地煞，纷纷出笼。三四十年后的社会，所有的界限都将被拆除；即便是最为肮脏、卑下的行为都会畅行无阻。举例来说，一个人可能会因为五音不全而成为全民偶像，而两个男人要结婚，也会被视为理所当然。世界将按一个全新的程序来运转，它所依据的就是欲念的规则……对于这一切，你能够想象吗？

这是小说主人公郭从年 40 年前的预言。这难道仅仅是宿命吗？这里，所罗门瓶子里的魔鬼到底是什么？小说告诉人们，那恰恰是人类之所以从动物中脱颖而出的种种欲求所导致的结局。这有点像人常说的"异化"论，异化的本源如果起始于生命的欲念，而生命的欲念又是无法且不可能止息。这才是悲剧的根本所在。

换了一代代看客来看，剧情几乎没有丝毫改变。散场时间到了，观众们走出剧场。然而，你演你的角色，我演我的生命，舞台上的演员与台下的观众都一样。

夜长梦不多

小题可以大作
——读《假如齐国统一天下》

周振鹤的《假如齐国统一天下》(见三联书店的"读书文丛"《随无涯之旅》),是一篇写文化传承与文化选择的文章。

写历史进程写文化变迁,一般来说是不适宜用假设如果之类的语汇,因为对历史而言,假设从来不成立,历史不可能倒转回去,重新按另一种可能演示一回,何况历史事件的发生,一般被认为有其必然性。难道文化传承与文化选择也有偶然性吗?

周先生说:"我怀疑在文化选择方面是存在某些偶然性的,《假如齐国统一天下》就是这一想法的表露。"根据这一设想,如果在文化传承及选择方面确实存在某些偶然性,那么假如真是"齐国统一了天下",历史的进程中,汉文化的传承以及中国社会的发展将会发生哪些变化?

在这篇一万多字的文章中,作者以翔实的资料对战国后期的秦文化和齐文化作了对比分析,从政治制度、经济思想、学术文化、

宗教信仰、风俗习尚等方面比较了两种文化的异同。比如秦文化的基本特征是中央集权政治、农本思想与文化专制等；而齐文化则与之截然不同，齐文化的特点是比较分权的地方制度，既重视农业积累财富的作用，也重视工商业、重视商品经济和市场规律，以及以消费促进生产等经济思想，政治开明，言论较为自由，有尊重知识的传统。周先生列举了齐国"不治而议论"的上大夫，有名的稷下学派及稷下学派中"百家争鸣"的景观。

比较的结果，证明了一点，那就是自公元前221年秦始皇统一了天下，两千多年来中华文化的传承其实只是秦文化的延伸与发展，在强权政治外力作用下，有时甚至通过残暴的血淋淋的手段，比如众所周知的"焚书坑儒"，使得春秋战国时期的多元的中华文化，次第融合于单一的秦文化之中，并且一以贯之地延续至晚清。

这是一篇典型的小题目大文章。它启迪人们，对于历史我们可以比教科书想得更多一些，历史进程并不一定就是通常认定的那样，是进步的、向上的、正在发展的取代落后的、倒退的、已经衰败的这样一个必然过程。

历史也是可能走弯路或者大步倒退的，并且，这种弯路或倒退有时可以延续两千年甚至更久。通过秦文化与齐文化的比较，我们还看到齐文化似乎更接近中国当代的特别是改革开放以来的文化形态。也就是说，中国原本有更加便捷的途径让传统文化与当代文明对接。由于秦文化在强权政治的暴力下强奸了多元的中华文化，使得以齐文化为代表的先秦文化与今天之间出现一个长达两千多年的断层。

以此角度来观照文化的传承，两千年前如果不是秦国而是齐国统一天下，中国的文化变迁会不会与今天看到的完全不同？历史的

夜长梦不多

进程会不会有根本的改变？这些是无法验证的。然而，有一点，那就是将来的中国走上另一条道路的可能性是存在的，并且，跨越久远的历史断层，我们可以找到原本属于我们的文化传承。